Dieci racconti da un amico

Dominique Williams

Dedico questo libro a tutti coloro che da sempre hanno avuto la "pazzia" di giocare e guardare al di la' di cio' che la societa' impone.

There are very few monsters who warrant

the fear we have of them.

— Andre Gide

CONTENTS

Due respiri dopo mezzanotte

Anche oggi, dopo che la sveglia mi ha strappato dal mondo sicuro dei sogni, mi trovo in una umida, soffocante aula di scuola. Ascolto una lezione noiosa tenuta dal professor Lanzi, che è ancora più noioso della noia se stessa. È sorprendente come la scuola sta rivelando quanto velocemente io possa annoiarmi. Sono sempre stata una brava studentessa, ma senza alcuna gioia per questo. Ho sempre sentito l'atmosfera del istituto nel quale studio come un luogo tecnico e freddo in cui non posso esprimermi. Forse è per questo che ho deciso di cucire e tagliare abiti per cosplay.

Oggi, la classe del professor Lanzi è ancora meno allegra del solito. Non riesco a strappare il mio sguardo dalla scrivania vuota dolce Stefania, quella cara amica con i capelli scuri e lisci. Non riesco a capire cosa sia successo quella notte; ci siamo salutate, sorridendo all'ingresso del parco e poi niente, nessuna parola. Da quel momento non si è fatta più' sentire e vedere da nessuno. Il suo cellulare è spento e nessuno può raggiungerla. Tutti si chiedono cosa sia successo. A me sembra impossibile che sia scomparsa in questo modo. È una dei miei migliori amici e a volte mi sento come se non mi fossi mai svegliata da un brutto sogno. Sono passati sette giorni e ancora nessuna notizia di lei.

Cerco di ricordare le nostre conversazioni per vedere se qualche dettaglio possa aiutarmi a capire cosa le sia successo quella sera dopo esserci salutate. Prima di questa orribile sparizione, ho sempre visto simili storie raccontate in TV e mi sono resa conto di quanto poco mi importava ascoltarle. Adesso, posso capire il

dramma e l'angoscia nel vivere una cosa del genere. La televisione
e I giornali mi avevano desensibilizzato. La nostra società' sa
creare persone con poco interesse per gli altri e raffredda I propri
sentimenti fino a quando le stesse storie non capitano a qualcuno a
te caro.

In questi giorni si sentono tutti I conoscenti di Stefania che parlano
della sua scomparsa. Sembra che ogni occasione venga presa per
cercare di far luce su cosa sia accaduto. Il bellissimo parco che di
solito è pieno di gente in estate, ora sembra una scena di un
dramma teatrale desolato e cupo. I lavori stradali che sono stati
fatti per mettere il tram hanno isolato parte del parco a causa del
blocco del traffico e dopo la scomparsa di Stefania, nessuno si
sente al sicuro all'interno di esso. Camminare da soli nel parco con
l'ombra di uno studente inghiottito da questo rende la gente
nervosa e sembra che tutti vogliano stare lontano da esso. La
scuola così vicina al parco, sembra una zona graziata dal pericolo.
Ci si sente protetti fra la moltitudine di studenti. Protetti da quella
tenebrosa atmosfera che sta a pochi passi dall'istituto. Anche gli
studenti che evitano di parlare di questa storia non rimangono mai
da soli mentre tornano a casa. Preferiscono andarsene camminando
in più' di uno.

La lezione prosegue mentre la mia mente è avvolta in altri pensieri
e tutto a un tratto noto che da fuori la finestra i rami spogli non
sono più' illuminati dalla luce calda del giorno e che la giornata è
quasi finita. Nel buio dei miei dubbi pieni di paura, non mi sono
resa conto delle ore passate in fretta.

Mentre mi accorgo di questo, sento il campanello della scuola

suonare. I miei amici, che hanno notato la mia preoccupazione per tutto il giorno, vengono con uno sguardo comprensivo per chiedermi di uscire con loro la sera. Marica accenna un sorriso forzato e dice: *"Dai, dobbiamo fare qualcosa. Stefy ritornerà' presto, vedrai. Sai che è una persona particolare e probabilmente siamo noi vittime di uno dei suoi soliti scherzi stupidi."*
Sto pensando che è difficile credere a Marica, ma una voce rompe l'aria spessa e tossendo esclama: *" Sì, continuiamo a ingannare noi stessi! Stefy è scomparsa! Le cose che mi ha detto circa il parco non erano per niente buone! "*

" Paolo fai silenzio! " Urla Marica.

Paolo è un bel ragazzo con un carattere introverso. Non parla mai ad alta voce e non impone la sua presenza in maniera forte e decisa. Il comportamento che sta avendo ora e il modo di parlare sono totalmente diversi da quello che lui è di solito! Sono sbalordita. Nonostante l'esplosione delle sue parole c'è qualcosa che Paolo non dice direttamente e che sembra abbia paura di dire. *"Paolo non stai bene? Stai tossendo e sembri sconvolto. Cosa stai cercando di dire?"*

Paolo prende respiro e dopo qualche colpo di tosse più pesante, con un viso pallido continua ...
" Ti sto dicendo che c'era qualcuno o qualcosa in giro della quale Stefy aveva paura."

I miei amici provano a tranquillizzare Paolo, ma non riescono a tacere la forza della sua voce che disperata rimbomba in un'aula quasi vuota*"Lei mi confidò alcune cose e continuò a ripetere che* *nulla era normale. Non si sentiva sicura dopo quello che vide nel parco."*

Sono ancora più incredula. Cosa impauriva Stefania? Cado in uno stato di shock e mi sento ghiacciare.

"Smettila Paolo!" I miei amici urlano di nuovo. Sembrano sapere che cosa Paolo abbia intenzione di dire e vogliono zittire quella voce angosciata.

"No, non si fermerà!" Urla Paolo. Non posso fare a meno di chiedere cosa lui voglia dire. Sapevo che Stefy ultimamente agiva in maniera strana e che allo stesso tempo iniziò a leggere ossessivamente romanzi gotici su argomenti oscuri. Incolpai di questo la sua bizzarra personalità e alcune medicine che le prescrisse il suo medico. Con un attimo di esitazione non resisto e invito con finta calma Paolo a continuare e a dire tutto! Paolo sembra indifferente ai tentativi dei nostri amici di farlo tacere:

"Ok ... Ok ... Un giorno, durante una passeggiata, Stefy mi disse di una notte mentre stava camminando attraverso il parco da sola. Stava tornando a casa e sentì una sensazione strana. La nebbia era fitta e c'erano dei rumori sinistri provenire dalle foglie cadute a terra. I rumori si muovevano dietro di lei e tutto intorno, ma lei non riusciva a vedere nulla. Disse che un brivido le passo' sulla pelle perché qualcuno la stava seguendo e non voleva essere visto. "

" Paolo cosa stai dicendo? Arriva al punto!"

Del sudore freddo mi scende dalla fronte e mi gira la testa. Non capisco perché Stefy non mi abbia detto niente di tutto ciò. Forse, non mi disse nulla perché sapeva che ero il tipo di persona che avrebbe insistito per farle raccontare tutto alla Polizia. Marica, ora con molta meno decisione aggiunge:

"Questo non prova nulla. ! È normale avere strane sensazioni nel parco soprattutto in una notte nebbiosa e scura."

Paolo scuote la testa accennando un sorriso ironico e con poco fiato continua:
" Ma tu non capisci. Stefy riceveva costantemente chiamate da qualcuno che nascondeva il numero. Ne ricevette una proprio in quel momento al parco, mentre una persona che la stava inseguendo. "

Marica irrompe nel discorso nuovo dicendo: *"una persona reale o immaginaria?"*

" Marica! Chiudi la bocca e lasciarlo parlare! " Rispondo in fretta!
Paolo riprende a parlare: *"Il suo cellulare squillò di nuovo da un numero nascosto. So che è stato lui a chiamarla! È stato quello che la stava seguendo!"*

Sto scoprendo che la mia cara amica non mi stava confidando i suoi peggiori incubi e le cose orribili che la tormentavano prima della sua scomparsa. Qualcuno la pedinava! Perché' pedinare proprio Stefania? Dico a Paolo ...
"Aspetta un attimo. Stefy ha mai risposto al telefono? Ti ha detto se avesse saputo chi la stava inseguendo? Questo è importante! La stessa persona potrebbe essere la causa della sua scomparsa."
Paolo:*" No! Non lo so. Ogni volta che le chiesi se sapesse chi la stesse inseguendo o se lei avesse sentito la voce del tizio, cambiava argomento. In ogni caso, pensi che rispondere alle chiamate di uno stalker sia una buona cosa da fare?*

" Paolo, dimmi di più. Hai detto che Stefy quella notte non solo senti' qualcosa, ma vide qualcosa di troppo? "

" Sì e penso che sia il motivo della sua scomparsa! Non voleva dirmi di più! Dannazione! Dannazione! "

" Calmati e cerca di andare avanti per favore."

Con voce tremante Paolo dice:*" Ti ricordi la vecchia signora che soffriva d'insonnia che andava sempre al parco di notte? Quella signora che faceva tutta quella strada con la sua bici per dar da mangiare alle anatre al lago? "*

" Sì, certo. "

" Bé, nessuno ha fatto attenzione che la vecchia signora scomparve prima della sparizione di Stefy! La gente parla solo della giovane studentessa scomparsa, ma nessuno sembra preoccuparsi o notare della sparizione della vecchia signora! "

Paolo diventa confuso, sembra avere ancora più paura e incapace di parlare. L'ansia e il terrore fanno diventare il suo respiro così sottile che sembra stia per svenire. Paolo si riprende e continua:*"Stefy, vide la vecchia signora! Era l'unica persona presente al parco in quel momento. Per cercare aiuto, si fece coraggio e cominciò a correre verso di lei! Il rumore dello spostamento delle foglie si fece più forte e chiunque si stesse*

muovendo, accelero 'in picchiata verso la signora anziana e lei ...
Lei ... "

" Lei che cosa? Dimmi! "

Nel giro di un secondo la storia che Paolo stava per raccontare viene interrotta con l'ingresso del professor Graf, un professore di antropologia che ho sempre considerato in maniera molto buona. Ha avuto spesso comportamenti molto protettivi verso gli studenti. Con il solito accento straniero dice:*"Che cosa sta succedendo?"* *Dopo un momento di pausa riprende: "Credo di sapere di cosa si stia parlando. Capisco che questa storia può causare paura. Per favore, cerchiamo di non mettere in giro voci che possono degenerare e creare il panico assoluto."*

In quel momento Paolo si ferma e zittisce. Nessuno riusci' a fermare la sua narrazione, che suonava come qualcosa uscita da un racconto di cronaca nera, ma il professor Graf, merito della sua autorità, riesce a far Calare il silenzio. Sento sempre di più' una sensazione di terrore, e Paolo si chiude in uno tacere forzato. Invece di calmarmi, rimango confusa e senza parole.

Ho il cervello in subbuglio. Cerco di mettere assieme tutte queste notizie, sentendomi persa senza direzione, ma con più' indizi dei giorni precedenti alla scomparsa di Stefy. Ora sembra sicuro che fosse presa di mira da qualcuno.

Mi ritrovo in questo ciclo infinito di pensieri, mentre sento che Marica mi sta strattonando assieme agli altri amici. Vogliono tirarmi via da questa situazione surreale. Dalla paura che sto provando mi sono resa conto che ho perso alcuni secondi nella mia memoria.

Non ricordo bene cosa sia successo dopo l'entrata del professor Graf e se io lo abbia salutato andandomene portata via dai compagni.

Ancora scossa, mi ritrovo sulla soglia del palazzo della scuola. Gli altri studenti se ne stanno andando via. Noto Paolo che stranamente lascia la sua bici incatenata dove si trova e cammina rapidamente con un'andatura goffa. Si gira momentaneamente per gridare una frase simile a quella che Stefy gli disse nella sua storia del parco. La voce suona un po' lontana ma distinguo:
"Attenzione, non c'è nulla di normale e siamo tutti presi nel mezzo!"
Impaurita di come Paolo stia reagendo e del suo stato mentale che sembra essere vacillante, aspetto un paio di secondi di troppo per cercare di fermarlo e sento una mano che mi afferra il braccio trascinandomi via. Ancora una volta i miei amici cercano di distrarmi.

La notte continua lentamente nella mia angoscia. I miei amici vogliono andare in un posto in cui possiamo prendere una pausa da questa storia orribile che ci mantiene più' o meno tutti in un ciclo di pensieri spaventosi. Io, Marica, Paola ed Erica stiamo camminando per strada. Si sentono le nostre scarpe scricchiolare con un rumore stridulo su alcuni chicchi di ghiaia. Questi sono stati lasciati sul terreno da quelle grandi macchine che lavorano sulle strade vicino alla scuola. Qualche minuto scorre in silenzio.

Ascoltando questo rumore, posso dire di sentirmi protetta. Siamo tutti assieme.

Gli amici mi hanno portato in un luogo affollato, che grazie alla presenza di molta gente è meno spaventoso e dove per il momento sto cercando di trovare un po' di sollievo prendendomi una pausa dal dolore che provo pensando a Stefy e Paolo. Questo locale è ben conosciuto da tutti gli studenti. Ha una grande insegna colorata all'ingresso che attira nuovi visitatori. E 'il luogo ideale per trovare un sacco di gente e fare nuove amicizie. Un po' di musica viene riprodotta nel centro della stanza alla console del DJ. Altra gente gioca a freccette in fondo a destra dove i tavoli sono mancanti. Inoltre, come di consueto, alcune persone chiacchierano semplicemente stando seduti sui divanetti.

Alcuni ragazzi, con fiducia e altri in maniera goffa, si avvicinano e cercano di rimorchiarmi parlando sopra una musica troppo forte. Devo ammettere che nonostante la mia volontà di voler uscire per un secondo dai pensieri riguardanti Stefy, non ci riesco. Anche se in questo luogo ci sono molte cose per distrarsi, la scomparsa di Stefy è l'unica cosa alla quale posso pensare. Questa notte nessuno riesce a farmi socializzare. L'ultima cosa che mi viene in mente è quella di forzare un sorriso falso e lasciare qualcuno di presentarsi per fare amicizia. Il mio pensiero è costantemente diretto a Stefy e a Paolo. La storia che ha raccontato, non è complete e manca un pezzo. Che fine ha fatto la vecchia signora? Forse Stefy è testimone di un omicidio? Paolo non ha avuto il tempo di spiegare di più. La signora delle anatre era lì con Stefy, ma cosa è successo dopo? È scomparsa anche lei, diceva Paolo! Che diavolo è successo dopo che Stefy corse verso di lei? Non riesco a vedere la connessione tra Stefy essere pedinata e inseguita da qualcuno con la vecchia signora. E 'impossibile che Stefy non avesse riferito un caso d'omicidio o di aggressione alla polizia? Accidenti! Paolo era troppo confuso per finire la storia e ha lasciò fuori la parte più importante. Ancora una volta, che cosa ha visto Stefy? Sto iniziando a credere a quello che lui ha detto. Nulla in realtà è normale. Sicuramente, quello che vedo accadere ora non lo è certamente!

Mentre la folla si mescola nel locale, una minuscola ragazza bionda che è appena entrata, attira l'attenzione di tutte le persone che stanno attorno a lei. Appare molto spaventata. Alcuni di quelli che sembrano essere suoi amici la stanno guardando con volti attoniti, cercando di capire quale sia il problema. Non riesco a sentire quello che dice a causa della musica ad alto volume, ma lei indicando qualcosa all'esterno, sembra spaventata. Punta continuamente il dito verso qualcosa che sta oltre la porta d'entrata.

Devo avvicinarmi e provare a sentire quello che dice. I suoi occhi sono spalancati in un'espressione terrorizzata. Mi muovo attorno alla gente, mantenendo la vista su ciò che la ragazza sta facendo e inizio a sentire un po'di quello che dice.
"Ascoltatemi ancora una volta! Qualcuno mi stava seguendo e tentava di uccidermi! "

Un ragazzo che sembra conoscerla le chiede:*" Cerca di calmarti e di spiegare meglio. Chi e dove avrebbe tentato di ucciderti? "*

Lei cerca di ricomporsi. *" Mentre venivo qui in sella alla mia bicicletta nel parco ho sentito un gran rumore proveniente dal bosco vicino. Tutte le foglie si muovevano. Ho pensato fosse un cane ero spaventata, ma ... ma ...* " È titubante per un secondo:*" E ho visto qualcuno!"*

Un altro amico, un ragazzo con i capelli scuri e una giacca di pelle dice: " Era un uomo non un cane? Cosa ha fatto? *"Non lo so. Non è chiaro ... Quello che ho visto era una grande ombra. Non poteva essere un animale di sicuro. Troppo grande. Più' grande di un orso! Troppo grande e grosso! Quando mi sono trovata più' vicino a questo, ha iniziato a correre! Era dietro di me! "*
Lo stesso amico dice *" Ti ha ferita? "*

" No! Era dietro di me! Ha spinto la bicicletta da sinistra a destra! "

Di nuovo la sua amica: *"È uno scherzo?"*

" No! Non scherzo! Stava giocando con me come un gatto fa col topo, ma a un certo punto ... "

E si ferma di parlare. Un amico la incalza:*" A un certo punto che cosa?"*

"A un certo punto, mentre ero quasi arrivata all'uscita del parco ho sentito la mia bicicletta sollevarsi da dietro mentre correvo! "

Ognuno si guarda attorno. I volti sono spaventati ma increduli e guardano l'amica minuta come se stesse dicendo qualcosa di folle.

Lei riprende con voce disperata: *"Sì! Ha preso me e la mia bicicletta e... e ... Non so come abbia fatto, ma ho sentito I miei piedi pedalare a vuoto. Ero sollevata in aria!"*

Un altro dei suoi amici invita con voce scettica a continuare la storia.

"Quando mi sono sentita sollevata da terra ho iniziato a urlare! Alcune vetture erano parcheggiate al di fuori del parco e ho visto alcuni ragazzi aprire le portiere delle loro automobili dopo aver sentito il mio grido. Penso che fossero alcuni ragazzi della squadra di basket. Chi mi stava sollevando da terra ha visto i ragazzi e ha lasciato subito la mia bicicletta. Ho evitato di cadere e l'ho sentito scappare nel bosco. Quando ho sentito le ruote toccare terra di nuovo ho iniziato a correre ancora più veloce e non mi sono fermata fino a quando sono arrivata qui. "

Il ragazzo con la giacca di pelle dice:*" Ti voglio credere, ma come è possibile che qualcuno possa sollevare una persona in corsa mentre pedala su di una bicicletta? E 'impossibile. "*

" Davide! Chi lo ha fatto ha anche strappato il cavo del freno posteriore con le mani e ha stracciato via anche il cestino che stava dietro alla sella! "

Sto ascoltando tutto ciò standomene in disparte e non posso evitare di pensare a una connessione tra lei e quello che è successo a Stefy. Nel mentre, il ragazzo con la giacca di pelle spinge tutti gli altri amici a uscire e a guardare la bicicletta. Li seguo e nella confusione nemmeno mi notano. Ammetto che ho paura di andare fuori e guardare quello che è successo alla bicicletta, uscire lasciando i miei amici dentro non mi fa sentire abbastanza sicura, ma voglio capire meglio la cosa.

Il ragazzo con la giacca di pelle esce per primo aprendo la porta. Viene seguito dalla ragazza e altri tre amici. Esco subito dietro di loro e vedo il ragazzo fermasi davanti come se avesse colpito un muro! Tutti gli altri amici e la ragazza si fermano immediatamente senza dire una parola. In un primo momento non riesco a vedere che cosa stiano guardando, perché a parte la proprietaria della bicicletta, tutti gli altri amici sono alti e coprono ciò' che stanno vedendo.

Spostandomi di lato capisco immediatamente perché tutti si siano fermati! Siamo tutti di fronte a qualcosa di veramente assurdo! La bicicletta della ragazza è orribilmente avvolta e accartocciata attorno al palo di metallo dove probabilmente lei l'ha legata! Sembra come essere avvolta con la stessa facilita' di come si avvolge una sciarpa! Che diavolo è questo? Le ruote sono tutte piegate e il telaio è incastrato attorno al palo. I ragazzi hanno cominciato a chiedersi cosa e chi abbia fatto questo. Mentre stanno discutendo i loro pensieri, posso vedere che il cavo del freno posteriore non c'è e il cestino dietro al sedile è tutto strappato come se qualcosa lo avesse tagliato a brandelli!

Non so più cosa pensare. Chi o che cosa può' fare un'azione del genere?

Il ragazzo con la giacca di pelle sbotta urlando: *"Chi ha fatto questo stupido scherzo la pagherà cara!"*
Guarda in faccia gli altri amici e ricomincia: *" Questa è una cosa ridicola che qualcuno ha fatto per spaventarci."*

Se tutto ciò non fosse accaduto in questi giorni orribili potrei essere stata d'accordo con lui, ma rimane qualcosa d'innaturale e inspiegabile. Anche se fosse uno scherzo di cattivo gusto, come si spiega che la ragazza sia stata sollevata mentre correva? Ho l'impressione che anche il ragazzo con la giacca di pelle abbia riflettuto sul mio stesso pensiero e non trovando risposta si ammutolisce. La sua spavalderia è stata messa sotto il tappeto nascosta da ciò' che è inspiegabile.

Non voglio rimanere fuori un minuto di più. Lascio la visione della bicicletta accartocciata attorno al palo e volto la schiena per andare in cerca dei miei amici mentre le mie gambe perdono sicurezza e tremano per la lunga giornata piena di troppe sorprese non volute.

Vedo Marika e gli altri ballare ignorando quello che ho visto accadere. Mi avvicino a Marika e cerco di spiegare. *"Marika! Senti, è accaduta un'altra cosa che tutti devono sapere!"* Marika si ferma e mi chiede *"Che cosa c' è adesso'?"*

Spiego con dettagli quello che ho visto e come risposta ottengo… *"Hahaha! Ragazzi stupidi della squadra di basket! Sono abituati a fare queste stronzate! "*

Cosa? Qui sembra che Marika non capisca il punto della situazione.

"Marika! Non capisci che questa storia assomiglia esattamente alla stessa dell'uomo che stava inseguendo Stefy? Quella ragazza è probabilmente fortunata che una intera squadra di basket era all'uscita del parco dopo aver lasciato la palestra della scuola.

Quei ragazzi hanno scoraggiato il predatore da quello che voleva fare. Quel tizio ha Preferito lasciare andare la ragazza, invece di essere visto da tutti! Sono sicura che questa persona sia la stessa che ha fatto sparire Stefy!"

Marika con un gesto di assenso sembra comprendere e con un tono calmo *dice "Ok, posso vedere la somiglianza con quella storia che ha raccontato Paolo, ma come possiamo essere sicuri che Paolo stesse riportando una cosa vera? Ha ascoltato quello che ha detto Stefy e Stefy sta prendendo un farmaco forte per la sua mente non proprio lucida. Chi ci può dire che ciò' che è successo stasera a quella ragazza non era uno scherzo stupido degli stessi che erano usciti dalla palestra della scuola? Forse erano in attesa di far cadere qualcuno nella loro trappola e la ragazza della bicicletta fu stata sfortunata a passare da quelle parti e divento' il loro bersaglio."*

Sì, mentre Marika sta parlando, penso ancora a come qualcuno possa ricreare uno scherzo cosi' fatto bene e fare in maniera che una ragazza si senta sollevare da terra mentre scappa con la bicicletta. Come si potrebbe fare una cosa del genere? Sono in disaccordo con Marika, ma non posso evitare di tornare indietro e sedermi su un divanetto e cercare di riposare la mia mente per mettere un altro tassello di questo puzzle nel giusto ordine e vedere se riuscirò a finirlo.

Sono caduta di nuovo in uno stato d'intorpidimento pensando troppo a tutte queste cose confuse. Le ore passano in un modo strano. Vedo il bicchiere che ho in mano e mi rendo conto che è vuoto da molto tempo ma non ricordo da quanto. Ho perso il senso del tempo di nuovo.

Dopo aver ordinato un' altra bevanda, mi pongo l'obbiettivo di chiacchierare un po' con qualcuno o rischio d'impazzire. Mi costringo ad ascoltare alcune battute stupide e dopo non molto la notte volge al termine.

È passata la mezzanotte e la mia mente si è esaurita nel pensare a tutti questi incubi. Non vedo l'ora di essere al sicuro a casa e cercare nel sonno una tregua che verrà' rotta quando nuovamente l'allarme della sveglia mi catapulterà' nel mio viaggio giornaliero verso la scuola umida e soffocante.

Sto iniziando a preferire la sensazione di giornate noiose e normali, piuttosto che giorni come questi in cui l'interruzione della routine sembra provenire da un incubo raccapricciante e surreale.

Mi accorgo all'improvviso del rumore di tutte le persone che stanno per uscire tutte assieme. Capisco che il locale sta chiudendo e con un tono di voce positivamente falso dico ... *"Cari amici, grazie per la bella serata, ma ora devo correre a casa, chi vuole camminare con me?"* In questo modo, almeno non avrò un attacco di cuore per la strada. "Marica, che è la mia più grande sostenitrice esclama:*" Hey è passata la mezzanotte e se non ci sbrighiamo perderemo l'autobus! "*

Questa cosa non mi piace! *"Hey, hey, non hai intenzione di lasciarmi da sola?"*
Nessuno ha notato l'ora e incredibilmente tutti si sono dimenticati degli orari dell'autobus! Si guardano fra di loto sbalorditi della propria stupidita' e sento Erica che con tono frivolo dice: *"Non ti preoccupare, non dovrai camminare attraverso il parco. Potrai aggirarlo standone all'esterno. Se non prenderemo questo autobus*

16

dovremo attraversare tutta la città a piedi. Tu abiti molto più'
vicina di noi. "

" Bene, grazie! "...

Non ho nemmeno il tempo di criticare la frase di Erica che i miei amici corrono verso la fermata dell'autobus dove spariscono prendendolo al volo! Bene! Prima, sembrano preoccuparsi di me e poi mi lasciano da sola.

Cosa posso fare? Oltre al fatto che mi in questo momento mi piacerebbe avere le ali, l'unica scelta che ho è quella di camminare rapidamente, senza pensare che nessuno dei miei presunti amici è attorno!

E 'incredibile che anche se la distanza che mi separa da casa sia cosi' breve, la paura la fa sembrare un viaggio lunghissimo! Sto cercando di convincermi che saranno solo pochi minuti e andrà tutto bene, ma nonostante la buona volontà'non riesco davvero a illudermi di questo. Dovrebbero essere poche centinaia di metri. Sì, nei quali rischio di scomparire! A quest'ora le strade sono deserte e non posso nemmeno contare sulla compagnia di qualche estraneo. Rifletto sulla storia che Paolo mi ha detto e mi sembra ancora più' assurda!

Non riesco a fermare il cuore che batte troppo in fretta. Dopo aver lasciato il club e camminando per pochi minuti interminabili mi trovo di fronte due scelte di percorso. Prendere la strada più lunga o tagliare attraverso il parco. Non penso minimamente alla seconda scelta. Sul lato sinistro della strada riesco a vedere uno degli ingressi del parco, è proprio dietro l'angolo, c'è la mia scuola che senza aver nessuna luce accesa assume uno sguardo sinistro.

Continuo a camminare sulla strada tra il parco e la scuola, cosa sicuramente più sicura che tagliare per il parco.
Almeno Avrò' sempre la possibilità che alcune automobili possano passare e non sarò'completamente da sola.

Improvvisamente un rumore irrompe nell'aria umida di questa notte terribile...Cos'è? Proveniva da fuori l'edificio della scuola. Un rumore di tintinnio metallico ... Sì, sì! So di cosa si tratta! Posso sentire che è la catena della bici di Paolo! Era l'unica rimasta parcheggiata fuori, o almeno spero davvero che lo sia! Sono sicuro che è ritornato a riprendersela. Devo correre a fermarlo, cosi' potrò' tornare a casa con lui! Dovrò' solamente svoltare l'angolo per avere finalmente un po' di compagnia e una scorta fino a casa. Lo sprint per incontrare Paolo mi ha quasi fatto scivolare sul marciapiede umido.

Girato l'angolo, la prima cosa che I miei occhi possono vedere come arrivo vicino alla scuola è il lucchetto della bicicletta di Paolo. Sta sul terreno sotto il palo dove la bici era incatenata per tutto il giorno. Non sono sorpresa. Va tutto bene, so che Paolo è distratto e non sarebbe la prima volta che lascia cose in giro. Purtroppo, tirando il fiato un po' per la corsa e un po' per la paura, non vedo nessuna presenza del mio amico.

Vedo solo la strada desolata e un altro vialetto d'ingresso del parco dove le ruspe sono state bruciate da alcuni vandali. A causa della stagione il tutto è incorniciato da una fitta nebbia che si sta calando dappertutto. E 'terribile, mi sembra di essere in un incubo. Ancora una volta, mi dico che questa non può essere la mia città!

Senza avere il tempo di guardarmi meglio attorno, sento di nuovo

un rumore ben distinto. Un colpo di tosse che cosi' vicino mi fa sperare ancora. Certo, dev'essere Paolo. Oggi tossiva e ho appena sentito la sua bici venire liberata dalla catena. Urlo e corro verso l'ingresso del parco dove penso che il colpo di tosse sia venuto: *"Paolo, dove sei? Sono io, Francesca! "*
Non lo vedo, ma riesco a sentire il rumore di alcuni raggi rotti della sua ruota posteriore che ritmicamente battono sul telaio mentre lui pedala. Deve essere lui! Perché non risponde? *"Paolo dove sei?"* Devo correre e fermarlo, non posso più stare da sola!

Prendo due respiri profondi, aspetto un secondo e guardo nella direzione dalla quale credo che il rumore della ruota provenisse... Mi rendo conto che dovrò' imbattermi in quello che ora è diventato il mio peggior incubo, il parco nel quale Stefy è scomparsa!

Comincio a correre decisa. L'aria è incredibilmente umida e la nebbia si è fatta fittissima. Le mie gambe sono così veloci che sembra facciano esplodere il mio cuore, non riesco a respirare. Mi accorgo che la nebbia è così fitta che anche la luce dei lampioni vecchi del parco non riesce a penetrare. I rami degli alberi sembrano mani ossute di streghe pronte ad afferrarmi. I viottoli del parco sono vuoti e non c'è un'anima in vista!

Dannazione! Il rumore che stavo cercando di seguire è scomparso! Questo non può accadere a me! Perché sono qui? Continuo a correre su uno strato di foglie scivolose e non mi rendo conto che mi sono spinta troppo lontano e sono in mezzo al parco senza fiato.

Anche se sono vicina a casa, rimango comunque così lontana dal sentirmi sicura. Mi devo fermare, non posso fare un altro passo o rischio di svenire, mi guardo attorno per rassicurarmi se qualcuno con cattive intenzioni sia vicino a me e sento l'ultima cosa che vorrei sentire. Qualcosa si sta muovendo fra i cespugli lungo il piccolo viale! Le mie gambe tremano, sono paralizzata, faccio fatica a muovermi. Cerco di farmi coraggio, ma sento che il rumore mi sta seguendo sempre più' da vicino.

Ho bisogno di trovare un posto dove correre al sicuro. Continuo a non vedere chi si nasconda dietro i cespugli e ho paura che salti fuori di sorpresa da un momento all'altro. Forse chi mi segue vuole evitare di essere riconosciuto, se riuscirò' ad arrivare dove c'è il ago con le anatre, chi mi sta dietro probabilmente mi mollerà perché' lì, lo spazio è aperto e non potrà più' nascondersi.

Riesco ad arrivare fino alla pavimentazione cementata attorno al lago ed effettivamente il rumore che chi mi sta seguendo si fa più lontano. Forse avevo ragione!

Riesco a vedere ampiamente tutto attorno a me, ma non credo a quello che mi sta di fronte. Vicino al bordo del lago c'è la borsa col pane della signora anziana che Paolo disse spari' prima di Stefy.

Oltre a questo, sistemate per terra ci sono anche quelle che sembrano essere le sue scarpe e il cappello. Tutto è posizionato ordinatamente come se qualcuno volesse esibire questi effetti personali per dimostrare qualcosa.

Anche se Paolo non avesse detto la verità, nessuno lascerebbe le proprie scarpe a bordo del lago per camminare a piedi nudi d'inverno! Paolo non stava mentendo e nemmeno Stefy. Chi sta facendo questo? Anche se terrorizzata devo riprendere fiato e andare avanti! Devo ricominciare a correre e devo stare attenta a ciò che mi sta attorno. Nella mia direzione sulla destra ho la linea di cespugli e non posso evitare di passarci a fianco. Altrimenti non Arriverò mai a casa.

Senza pensarci troppo a lungo, decido di caricare sulle mie gambe lo sprint più veloce che il mio insegnante di ginnastica abbia mai visto! Sento che chi mi stava seguendo è di nuovo attorno a me dà qualche parte. Non oso girarmi a guardare e scatto con tutta la forza! Nella corsa riesco a sentire il mio inseguitore sempre più vicino. Sento l'odore del muschio umido e le foglie muoversi più velocemente! Dannazione! Quanto veloce corre questo maledetto?

Raggiungo la fine del viale, mi giro velocemente d'istinto per capire quanto il mio aggressore sia vicino, ma faccio un passo su qualcosa che ostacola la mia corsa. Sento le gambe inciampare e cado sul cemento! Cerco di vedere ciò che mi ha fatto cadere prima della fine del sentiero che da verso l'uscita e… E 'la bici di Paolo sdraiata per terra. Ma lui dov'è?

Il rumore delle foglie in movimento si avvicina e la paura che si fa più' grande mi toglie il coraggio di guardare. In meno di un secondo, il suono del mio cellulare squilla e fa sobbalzare il mio cuore che già batte troppo forte. Forse ho ancora una chance e qualcuno mi sta chiamando da qua vicino.

Prendo il cellulare dalla tasca con una presa forte per paura che mi cada dalle mani. Chi sta chiamando è la mia unica speranza contro chi mi sta inseguendo. Il rumore delle foglie che l'inseguitore muove nella corsa si ferma. Probabilmente anche lui ha sentito il mio telefono suonare e attende. Lo schermo si illumina nella nebbia e mi colpisce gli occhi, ma quello che vedo è tutt'altro che rassicurante. Il nome della chiamata sul display è quello di Stefy! Proprio adesso? Approfitto che chi mi sta rincorrendo si è fermato e rispondo: *"Stefy dove sei? Sono nei guai. Aiuto! "*
Come un rapido colpo al petto il terrore mi ferma il respiro, in risposta dall'altro lato del telefono non c' è una voce, ma sento dal

piccolo altoparlante un ansimare pesante, lo stesso che riesco a sentire in persona poco distante da me! Oltre a questo riesco a sentire il verso di alcune anatre. È la dimostrazione che ancora una volta che la chiamata è stata fatta dalla persona che è qua' a pochi passi. Chiunque esso sia è vicinissimo. Non riesco a muovermi.

Sento la sua presenza raggiungermi alle spalle. Ora è così vicino che ho il suo fiato sul collo. Capisco quanto Paolo avesse ragione, non c'è nulla di normale.

Il suo respiro caldo si scontra con la pelle fredda del mio collo. Sento una mano stringersi attorno al braccio col quale tengo il telefono e un'altra mano girare attorno alla mia schiena.

Il terrore è così forte che riesco a malapena a muovere la testa per vedere la mano che mi ha afferrato il braccio. La pallida luce del lampione che attraversa la nebbia, permette a malapena di farmi vedere che la mano del mio aggressore è incredibilmente grande, ha lunghe dita e le unghie sono prolungate come artigli. L'altra mano che sta scorrendo sulla mia schiena si muove lentamente verso l'alto e accarezza il mio corpo come un animale fa con la sua vittima per trovare un punto debole da colpire. Sento l'odore del suo fiato pungente entrare nelle mie narici.

Sembra che io non riesca a muovermi non solo a causa del terrore ma anche per via di qualche altra forza oscura che mi sta bloccando. La sua mano continua a spostarsi verso il mio viso e dopo essere arrivata vicina a esso si stacca per mostrarmi qualcosa davanti ai miei occhi. Vedo che attorno alle lunghe dita c'è la collana di conchiglie di Paolo! Ora ho capito che colui che ha tossito poco fa non era il mio amico, ma un buon imitatore. Lo stesso che ha rubato la sua bici, facendo finta di essere Paolo e mi ha attirato nella sua trappola qui nel parco.

Ora mi sta mostrando una prova che Paolo potrebbe non essere più in giro. Sento il suo corpo che spinge dietro di me. Con un rapido movimento ha messo la collana di nuovo in una tasca e velocemente mi mostra qualcos'altro. Ora le dita terrificanti sono in possesso di un piccolo anello. Lo muove lentamente per mostrarmi alcuni dettagli. Vedo che l'anello ha l'incisione di una S. Sta mostrando tutto questo con dei movimenti eccentrici dalla sua grande mano. È l'anello di Stefy. Quello che un ex fidanzato le regalo' tempo fa.

Ora non ci sono più dubbi. Gli effetti personali della vecchia signora, la collana di Paolo e l'anello di Stefy. Chi mi ha afferrato, sta mostrando la sua collezione di feticci rubati alle sue vittime che rappresentano il possesso delle loro vite.

Mentre la sua mano si alza in alto riesco a vedere i vestiti che indossa. Una manica in tweed gli avvolge il polso e circonda quella che sembra più una mano di un mostro che di un essere umano! Riconosco il colore del tessuto, è familiare.

Sento il viso del mio cacciatore che si sfrega contro il mio. Ora ho capito tutto! Il luogo che sembra così sicuro è in realtà, quello che fornisce le prede. Quale posto se non una scuola è migliore per trovare persone vulnerabili ... La sua bocca sfiora la mia guancia e riesco a sentire il respiro di una creatura mostruosa.

Sento lentamente sul mio collo due canini che cominciano a premere addosso a una mia vena che pulsa. So chi possiede quella giacca in tweed e ora sta sussurrando qualcosa con il suo solito forte accento. *"Buona sera professor Graf!"*

Craig & Newton Distillery

Sono le 11:30 PM e la pioggia batte forte sul parabrezza della mia auto, vorrei fermarmi a lato della strada, ma la poca luce e le cattive condizioni del ciglio mi mettono la seria paura che qualcuno mi possa venire addosso. Non sarebbe la prima volta che si legge di un incidente simile sui quotidiani. Mi chiedo perché ho accettato di venire ad abitare e lavorare in un posto come questo.

La desolazione è perenne! La strada con condizioni atmosferiche come quelle di questa notte mi ricorda tremendamente quanto sia facile rischiare di non poterti più risvegliare al mattino successivo. In questa desolazione, l'autoradio è l'unico mio appiglio al mondo abitato e che mi fa capire che qualcuno da qualche parte la fuori esiste ancora. La solita stazione radiofonica mi fa compagnia e riesce a trasmettermi un po' di calma necessaria in questa guida rischiosa.

Il programma che ascolto a quest'ora è solitamente divertente. Battute e giochi scherzosi mi tolgono di dosso l'effetto ipnotico che la guida può dare nel dopolavoro. Larry, il suo conduttore è sempre di buon umore e trasmette la sua positività agli ascoltatori. Purtroppo, giusto in questo momento come se non bastassero le condizioni meteorologiche avverse stanno trattando un argomento poco usuale che ha colpito il paese.
Il presentatore dice:

"Cari ascoltatori, questa sera vorremmo porre l'attenzione su qualcosa di estremamente serio.

Ospite da noi c' è lo sceriffo Stanley Wallin che ci spiegherà qualcosa riguardo alla inquietante notizia di qualche giorno fa.

Come forse tutti sanno, è stato rinvenuto in una vecchia fattoria abbandonata un vero e proprio laboratorio fotografico. Qualche persona sicuramente affetta da disturbi mentali ha collezionato maniacalmente una moltitudine di fotografie scattate segretamente e all'insaputa di tante persone.

Come se non bastasse, più raccapricciante, assieme alle foto c'era una raccolta di piccoli feticci. Oggetti appartenenti alle stesse persone nostre compaesane immortalate nelle foto di nascosto. La persona che ha fatto tutto questa è stata in grado di seguire e pedinare meticolosamente i soggetti fotografati e a carpirne rubandole cose personali senza che loro se ne accorgessero.

Sfortunatamente il maniaco non è stato trovato all'interno del luogo dove la raccolta si trovava e in paese c'è la paura aumentata dai pettegolezzi al riguardo che questa persona possa essere pericolosa e commettere crimini peggiori. Alcuni di questi oggetti personali riguardano calze da donna e rossetti".

Questo argomento alla radio e questa faccenda non mi piacciono affatto! Sopratutto per il fatto che mi ritrovo a guidare sempre da solo nell'oscurità della notte mi mette un forte disagio. Ammetto che hanno ragione a parlarne in radio anche se in un programma solitamente di puro divertimento. Il ritrovamento ha fatto molto scalpore e in paese tutti si chiedono chi possa essere questa persona. Ovviamente, i pettegolezzi stanno creando allarmismi e voci su altre cose trovate nel laboratorio nascosto che la polizia non vuole dire. Sembra che i feticci siano molti. Lo stupore che il collezionista sia riuscito a rubarli senza che le vittime se ne accorgessero aggiunge la paura che questo riesca a stare a stretto contatto con le persone senza farsi notare.

Lo speaker passa la parola allo sceriffo:

"In qualità di sceriffo della contea vorrei cercare di dare più spiegazioni possibili in merito, informare al meglio i cittadini sulle tante voci fasulle createsi su questa storia.
Però oltre a questo, questa sera sono qui per chiedere collaborazione fra i cittadini per un'altra cosa.

È mio dovere prima di tutto focalizzare l'attenzione su un particolare che nessuno può sapere. Tutti ormai sono a conoscenza del ritrovamento del laboratorio nascosto e grazie anche ai giornali locali chiunque sa' che il caso è divenuto di dominio pubblico, ma nessuno si rende ancora conto che nella grande quantità di fotografie e feticci ritrovati, ce ne sono alcuni appartenuti a una ragazza di nome Francine Stewart, figlia del meccanico Tom Stewart che in città sono molto conosciuti".

Con un sospiro di pausa come per darsi coraggio lo sceriffo rompe il ritmo dell'appello e continua

"Francine è da ieri scomparsa. Approfitto della popolarità di questa trasmissione radio e chiedo supporto a tutta la città nel raccogliere informazioni su di essa che possano aiutarci a ritrovarla. Vorrei comunque far presente che Il fatto che la ragazza non sia ritornata a casa da ieri non significa necessariamente che questa sia rimasta vittima di qualcuno, tuttavia alcuni dettagli lasciano pensare che le attenzioni del "collezionista" fossero molto concentrate su di lei."

Lo speaker si intromette nell'appello del tutore della Legge con tono preoccupato e chiede cosa lo sceriffo Wallin intenda con "attenzioni". Lui prontamente risponde*:" Fra le cose che abbiamo ritrovato nello studio nascosto c'erano anche dei capelli di Francine, incollati alle sue foto. Questa cosa non è stata riscontrata in nessun'altro dei feticci raccolti dal "collezionista". Io e i miei colleghi supponiamo che lei conosca direttamente questa persona e per questo lui o lei sia riuscito a prelevare delle ciocche dei suoi capelli. Altrimenti non ci sarebbe ulteriore spiegazione di come questo maniaco possa aver dei capelli di qualcun altro."*

"Ah Merda!" Esclamo io, questo è grave! Non si parla più di uno stalker che fa foto e rubacchia oggetti a persone ignare, bensì di uno squilibrato che forse ha rapito una giovane ragazza!

Lo sceriffo con la sua spiegazione cerca vanamente di far mantenere la calma, ma è ovvio che non ci possa riuscire, tutti i paesani si conoscono l'un con l'altro, il paese è piccolo. Anche io che son arrivato da poco conosco più o meno tutti. Conosco il padre di Francine che come meccanico mi ha sistemato un problema all'auto.

Se non ricordo male Francine è una bravissima ragazza, quindi escludo che sia volutamente scappare e rimanere fuori casa per tutto questo tempo. La pioggia dei temporali così forti a 16 anni spaventa. Pioveva e tuonava anche ieri. Dove potrebbe essere finita se non rapita?

Ascoltando difficoltosamente a causa dello scrosciare della pioggia l'appello dello sceriffo non vedo l'ora di essere fuori da questo nubifragio. Le luci della mia automobile faticano a illuminare la strada. Un muro d'acqua proveniente dal cielo blinda la mia vista. Meglio non pensare che se a quest'ora avessi dei problemi meccanici come solitamente ho, nessuno potrebbe aiutarmi senza sbatterlo giù dal letto".

Attraverso la mia autoradio gracchiante ascolto lo sceriffo che senza dilungarsi molto finisce il suo appello con modo quasi sconfitto sulla ricerca d'informazioni di Francine e la trasmissione faticosamente riprende un tono semiserio come al solito. Purtroppo quello che non riesce a tranquillizzarsi sono io. Mi rimane difficile cacciare dalla mente che per il nostro paese gira un maniaco che ci ha tenuti d'occhio da chissà quanto tempo e che è addirittura in grado di collezionare cose personali dei fotografati. Era in possesso di alcuni capelli di Francine. Incredibile! Lo sceriffo ha detto che erano incollati per bene vicino alle foto. Spaventato, mi chiedo cos'altro una mente simile possa arrivare a fare.

Un particolare che non è stato rilasciato dalla polizia e ne tanto meno scoperto dalla stampa che inquieta tutti riguarda quanti di noi ci fossero in quelle foto. La polizia non ha voluto svelare le molte identità perseguitate a loro insaputa che furono ritrovate immortalate nelle fotografie in quella vecchia fattoria abbandonata. Molti si chiedono la stessa cosa. Pure io mi domando se il maniaco abbia seguito anche me e sia diventato un fantasma presente alle mie spalle e a mia insaputa.

Adesso è pure scomparsa Francine e più penso a tutto ciò e più nulla mi toglie dalla mente che a rapirla sia stato lo stesso misterioso individuo che ne ha raccolto i suoi capelli. Chissà se anche le altre persone fotografate ora sono sotto lo stesso rischio di venir rapiti. E se anche in questo preciso momento, il maniaco stesse rapendo qualcuno?

Potrebbe essere che le foto e i feticismi siano l'inizio di un piano ben studiato da un serial killer che poi porta a uccidere tutti i fotografati?

Guidando con i pensieri rivolti verso queste paure, vedo i fossati ai lati della strada straripare dalla quantità di pioggia caduta. Ancora qualche minuto di macchina e lascerò la strada desolata per addentrarmi nel piccolo paese dove la mia casa mi aspetta.

È difficile capire dove sulla strada finisca l'acqua sopra di essa e inizia la discesa nel fossato. Spero di non andare oltre il bordo asfaltato.

Tenendo la mia attenzione su questo vengo distratto da qualcosa che sta succedendo poco più avanti. Attraverso il movimento veloce dei tergicristalli vedo qualcosa che assomiglia a un oggetto rosso al lato della strada. È un automobile. Un pickup truck rosso che da fermo a lato, si rimette in carreggiata e si allontana da qualcosa che spunta dall'acqua nel fosso. Rallento incuriosito per vedere meglio cosa abbia probabilmente gettato. Quale momento migliore per scaricare della immondizia illegalmente e non essere visti da nessuno? Ammetto che solitamente la gente del posto raramente scarica nei fossi le immondizie.

Avvicinandomi sempre di più, quello che ora vedo chiaramente mi fa saltare dal sedile! Accidenti! Quello che sbuca dall'acqua del fosso è una ruota di una bicicletta. Un incidente e il guidatore è scappato? Forse il tipo con il pick up truck rosso si è semplicemente sbarazzato di un ferro vecchio? Non vorrei che oltre alla bicicletta ci sia anche il suo padrone accanto!

Accosto subito l'auto e senza prendere l'ombrello esco fuori a controllare.

La pioggia talmente fitta mi inzuppa i vestiti in un secondo, pianto bene i piedi sui bordi del fosso per non scivolarci dentro e con le mani stringo il cerchio della bici che spunta dall'acqua torbida. Scivolo con un piede nell'acqua ma riesco a tirarla fuori.

Con orrore vedo qualcosa che mi fa collegare ciò che di orribile ho sentito stasera alla radio. La bicicletta è di color rosa e la mia buona memoria mi ricorda che questa è identica a quella che ho visto nell'officina meccanica del Sig. Stewart. Lo vidi io stesso ridipingerla per la figlia Francine!

Che sia vittima di un incidente successo ieri? Forse è questa la spiegazione della sua scomparsa! Se è scomparsa da ieri, possibile che nessuno sia passato a controllare questa strada? Che nessun passante abbia notato la bici? Scivolo nel fosso ma nonostante la quantità d'acqua riesco a vederci attraverso. Controllo anche più in là, ma nessun corpo e nessuna Francine! Anche se sollevato nel non aver visto nulla di orribile rimane l'ansia di aver scoperto la bicicletta che potrebbe appartenere a Francine. Devo subito chiamare la polizia e dire del ritrovamento. Esco dal fosso completamente inzuppato. Appoggio la bicicletta a lato della strada, rientro nell'abitacolo della mia auto per prendere il telefono cellulare cercando di portare in essa meno acqua possibile. Vedo dalla luce dei fanali che filtrano attraverso la pioggia che una macchina si avvicina. Riconosco che non è un automobile comune e per fortuna è proprio quella dello sceriffo.

Ovvio! Sta rientrando dalla trasmissione radiofonica di Larry! Siamo nella stessa direzione per entrare in paese!

Vedo che rallentando dopo avermi visto accende i lampeggianti e si avvicina illuminando con il faro posto a lato della sua auto la bicicletta che io ho tirato fuori dal fosso.

Dall'altoparlante posto sulla sua macchina di servizio sento che intima:
"Stai fermo all'interno dell'auto e tieni le mani in vista appoggiate sul volante!"

Posso capire il perché di questa procedura, ma non sono di sicuro un criminale. Istintivamente, senza fare ciò che mi è stato intimato preferisco prevenire ulteriori domande e spiegarmi subito. Abbassando il finestrino sotto l'acquazzone cerco di dire qualcosa allo sceriffo che coperto della sua cerata sta avanzando verso di me. Ancor prima di farmi parlare dice: *"Ho visto che stavi cercando di gettare la bicicletta nel fosso!"*

No! Impossibile! Lo sceriffo crede che sia io a cercare di far sparire la bicicletta! La nottata non poteva finire peggio che essere accusato di una cosa della quale sono innocente!
Appena si avvicina all'auto comincio a dare spiegazioni:

"Mi ascolti ho visto la bicicletta spuntare dal fosso e sono corso a tirarla fuori! Credo sia stata un'altra auto a portala qui e ora sta correndo per questa strada Nella direzione del nostro o del prossimo paese!"

Lo sceriffo Stanley sembra non credermi e con tono molto deciso dice:

"Esci lentamente dall'auto e metti le mani sopra la testa!"

31

Maledizione! Mi vuole arrestare! Sicuramente anche lui ha riconosciuto che quella è la bicicletta di Francine. Il probabile colpevole è a poche centinaia di metri da noi e sto finendo io nei guai al posto suo!

Io ripeto ancora una volta:

"Sceriffo Stanley, io la conosco, mi ascolti! La macchina sospetta che ho visto ferma vicino alla bicicletta se ne sta andando. Se si sbriga la raggiungerà!"

Come se non avessi parlato lo sceriffo ripete ancora:

"Esci dalla macchina come ti ho detto e senza fare opposizione!"

Vedo che lo sceriffo con un movimento veloce estrae la pistola. Mi rendo conto che l'unica mia possibilità di liberarmi da quest'accusa è ritrovare subito il pickup rosso. So come possono finire le accuse in paesi piccoli come questi. Sono convinto che lo sceriffo non abbia intenzione di spararmi. Sarebbe sciocco sparare al sospettato di un rapimento, specie mentre la rapita non è ancora stata ritrovata. Col motore ancora acceso avrò una buona probabilità di riuscire a scattare via. Se mi faccio arrestare non avrò più possibilità di difendermi e il guidatore del pick up rosso sarà già al sicuro altrove.

Con un movimento rapido della mano sposto il cambio dal parking e ingrano la marcia. Guardo dallo specchietto sinistro dell'auto la pioggia che rimbalza sulla tesa del cappello dello Sceriffo Stanley che tenendo la pistola puntata verso di me ormai è quasi vicino al mio sportello e premo sull'Acceleratore più forte che posso. La macchina sgomma scivolando sull'asfalto bagnato. Mossa forse inaspettata al caro Sceriffo Stanley. La figura dell' uomo della legge diventa più lontana mentre scorgo la stessa ritornare di corsa in macchina. Anche se credo che lui non voglia sparare ho comunque paura che questo possa accadere. Nello scappare per riprendere il pick up rosso avrò il tempo necessario per poter chiamare la centrale e spiegare il perché è della mia fuga. Allontanandomi non vedo più l'auto dello sceriffo che sicuramente si sarà lanciato al mio inseguimento. Forse ho visto troppi film e nella realtà non è facile rincorrere qualcuno nella notte piovosa.

In quale maledetta coincidenza mi sono cacciato! Tutto per aiutare qualcuno. Ora riesco a scorgere da dietro che nella nuvola d'acqua che alzo con le ruote sull'asfalto c' è l'auto dello sceriffo che sta arrivando. Vedo i lampeggianti blu diluire le loro luci nell'acqua che non vuole smettere di scendere. Per sua sfortuna ho molta esperienza di guida veloce e da quello che vedo lui ne ha molta meno di me. Nel suo piccolo paese quanti inseguimenti avrà mai fatto? Io invece ho un passato da pilota amatoriale e ha poche possibilità di prendermi. Spero di raggiungere il pick up rosso e di togliermi da questa situazione detestabile! Non può essere andato lontano, la strada è solo questa e ci sono due possibilità di continuare. Quella di entrare nel paese e un'altra di proseguire fuori per raggiungere quello successivo.
Devo avere fortuna e scegliere la strada giusta. Credo che se qualcuno volesse sbarazzarsi di qualcosa non lo farebbe proprio fuori del suo paese, ma sceglierebbe un posto più lontano, quindi scelgo di continuare per la strada che conduce al centro abitato più distante.

Avendo un po' di distacco dallo sceriffo impugno il cellulare e tristemente vedo che si è spento sicuramente a causa di tutta la pioggia che ha preso.

A monte la chiamata alla centrale, dannazione!

L'ansia di scappare solo momentaneamente dallo sceriffo e il motivo della mia corsa non mi fanno guidare come dovrei. Devo correggere più volte il volante a causa delle mani che mi tremano. La strada si fa tortuosa e fra le varie curve non riesco a veder l'auto d'ordinanza dietro di me ma ne sento le sirene che urlano. A questo punto anche se potrei distaccare lo sceriffo è meglio che mi stia dietro fino a quando raggiungeremo il pick up truck.

Nell'ansia della fuga riesco tuttavia a chiedermi se chi guida quel pickup sia davvero lui ad aver gettato la bicicletta nel fosso. Se così non fosse sarei davvero nei guai per poi poter spiegare la mia fuga. Dall'altro canto, se il guidatore è quello che gettò la bicicletta nel fosso, significa che sto rincorrendo il possibile rapitore di Francine e sto collaborando al suo ritrovamento.

L'auto scivola parecchio nelle curve ed è molto difficile tenerla in strada. Sento che adesso mi tremano anche le gambe e i piedi rispondono confusamente ai comandi. La pioggia sempre più fitta fa vedere poco. Guardo il tachimetro e vedo che sono a 80 miglia orarie! Solo un pazzo, o chi deve scagionarsi dall'essere un possibile rapitore guiderebbe a questa folle velocità con il fondo bagnato in una notte come questa! Lo sceriffo Stanley nascosto dietro le varie curve procede attendendo un mio piccolo errore di guida, il quale non devo fare! Lascio sulla sinistra l'entrata del paese dove vivo. Confermo il mio pensiero che il misterioso individuo nella fuga starà andando più lontano.

All'improvviso vedo avvicinarsi l'unica strada laterale che non avevo tenuto in considerazione. Quella che porta alla vecchia distilleria abbandonata. Velocemente, collego il fatto che il maniaco abbia dovuto abbandonare il suo vecchio nascondiglio e che la vecchia distilleria potrebbe essere quello nuovo. Se chi sto seguendo è il maniaco, potrebbe essere diretto proprio là. Rallento. Vedo la strada sterrata che illuminata dai miei fari ha dei segni recentissimi di ruote larghe che entrano dentro di essa. Ma certo! Un ottimo nascondiglio! Il pick up rosso senz'altro ha girato li dentro verso la distilleria diroccata! Il bastardo non ha tenuto conto che con tutta la pioggia ha lasciato le sue traccie sul fango! Nessuno penserebbe mai di andare in quel posto durante un tempo simile con questo temporale. Anche se non fosse per le traccie delle sue ruote, me lo sentirei ugualmente che il bastardo è la dentro!

Svolto con l'auto in un istante sperando che anche lo sceriffo sia così pronto a cogliere le mie traccie e procedendo lentamente scorgo immersa nel buio la sagoma della costruzione malandata con un'aria spiritica della:

" Craig and Newton Distillery"

Arrivo al ponticello che separa il piccolo corso d'acqua dalla distilleria alla strada, è quasi totalmente allagato, devo oltrepassarlo andando molto lentamente. L'auto dello sceriffo non è ancora comparsa, credo non sia riuscito a starmi dietro, ma sicuramente lo vedrò apparire fra qualche secondo.

Man mano mi avvicino alla struttura dall'aspetto inquietante illuminata solo dai fari della mia auto. Mi sembra che lo stile con la quale è stata costruita la rende più rassomigliante a un vecchio ospedale psichiatrico che a una vecchia distilleria.C' è una tettoia mezza caduta a causa dell'abbandono di anni e di temporali passati. Sotto di essa ci sono le stesse impronte di copertoni viste all'entrata della strada impresse sul fango. Come avevo già notato dalle dimensioni, devono sicuramente appartenere a un fuoristrada e sono sempre più sicuro che siano del pickup rosso! Le impronte proseguono verso un portone di metallo arrugginito tutto bagnato dalla pioggia che non vuole smettere.

Sono così vicino al possibile maniaco che ora comincio a chiedermi cosa farò se sarò io a incontrarlo prima che lo sceriffo arrivi. Mi rendo conto che forse sto rischiando troppo. Se fosse armato? Io non ho nulla con me che posso usare per difendermi.

I dubbi e la paura salgono sempre di più man mano che lo sceriffo ritarda nell'arrivare. Probabilmente il pick up col suo padrone è dietro al portone arrugginito, ma se lo sceriffo non volesse ascoltarmi finirei con l'aver fallito nella mia corsa e verrei portato via come un'animale braccato durante una battuta di caccia. L'ironia è che forse il vero colpevole sta nascosto a due passi e io sono l'unico incriminato.

Devo guadagnare tempo e abbandonare la mia automobile, almeno per nascondermi finché non troverò il sistema di comunicare nella giusta maniera allo sceriffo e convincerlo dell'esistenza del pickup rosso.

Esco dall'auto nuovamente senza ombrello, prendo con me una piccola torcia che tengo sempre in macchina in caso d'emergenza. Oramai la cosa che meno m'importa è la pioggia. Non posso essere più bagnato di così. L'acqua mi è già entrata dappertutto.

Mi guardo attorno per capire dove posso scappare per prendere tempo. L'unico rifugio ovviamente è dentro la vecchia distilleria.

Dopo qualche attimo di titubanza mi rendo conto che non ho altre alternative e che questa è l'unica cosa che posso da fare. Tuttavia, la distilleria è molto grande e non sarà facile ne per lo sceriffo ne per il maniaco di trovarmi...almeno spero.

Corro verso l'entrata costruita in uno stile pseudo vittoriano e scorgo attraverso qualche finestra rotta che ci sono ancora delle grandi cisterne e vecchie ampolle. Questo posto fa venie i brividi!

A passi tremanti mi addentro nel vecchio stabile diroccato, l'entrata è mezza soffocata dall'edera rampicante che qui sembra essere la nuova padrona. Mi guardo attorno e con un senso di forte disagio mi chiedo se qualcuno mi stia osservando. Riconosco che quest'ala della distilleria doveva essere una zona di stoccaggio e suddivisione negli arrivi dei materiali da raffinare, difatti ci sono altre uscite che porteranno sicuramente in altri depositi.
Mi muovo con circospezione all'interno della grande stanza e in lontananza attraverso una finestra noto nel buio una piccola luce provenire da qualcosa all'esterno. Mi avvicino alla finestra e vedo un cortile interno circondato dallo stabile. Di fronte a dove mi trovo al piano superiore c'è una piccola luce che si muove in una stanza. Sembra essere una luce calda emessa probabilmente da una candela. Bingo! Li dentro deve per forza esserci il proprietario del pick up rosso!

Non ho ancora sentito la macchina dello sceriffo arrivare.

Nonostante il terrore del rischio che il maniaco mi stia spiando, mi chiedo se in questo momento l'uomo nascosto nella distilleria non

decida di andarsene, anche perché se ha visto la mia macchina arrivare sicuramente non vorrà essere scoperto qui.

Se questo succedesse sarei fregato e non avrei nessuna scusa da dare allo sceriffo. Devo far qualcosa per rallentare la sua possibile fuga. Se almeno riuscissi a raggiungere il suo pick up nascosto qui da qualche parte senza farmi vedere e cogliere di sorpresa potrei sgonfiargli le ruote. Così sarebbe totalmente bloccato qua fino all'arrivo dello sceriffo.
Sicuramente lo sceriffo non starà arrivando da solo, avrà chiamato rinforzi.

In maniera più decisa e attenta, ma sempre terrorizzato salgo le scale scricchiolanti che sotto i miei passi si fanno pericolanti. Cerco di percorrere alcuni corridoi per avvicinarmi a quella stanza con l'intento di scorgere se da dove si dovrebbe trovare il maniaco posso vedere il suo pick up nei paraggi.

Mano a mano che mi avvicino l'ansia si fa più pressante. Giro per qualche corridoio e lascio alle mie spalle entrate di stanze buie. Dovrei essere vicinissimo e poco distante da quella che credo sia la stanza rifugio del maniaco e infatti vedo dalla fessura sottostante a una porta fuoriuscire la luce della candela. Decido di controllare che il conducente del pickup sia la dentro. Ovviamente, decido di evitare di farlo direttamente ed entro in una stanza adiacente alla sua, le pareti sono fatte di assi di legno mezze dissestate e mi lasciano intravedere fra le fessure.
Mi terrorizza esser qua da solo ed essere a due passi da un pazzo maniaco rapitore. Pochi centimetri mi dividono da lui. Cercando di

muovermi piano per non farmi scoprire vedo cosa nasconde la stanza illuminata dalla fioca luce di candela. Trattengo il respiro e mi avvicino lentamente alle fessure sulla parete. Cerco di vedere in faccia e scoprire chi si celi dietro questo individuo mentalmente disturbato.

Riesco ad avere una piccola visuale della stanza, quello che orribilmente vedo conferma tutto ciò che pensavo. Ci sono tantissime foto appese alle pareti decadenti. Un paio di sacchetti dell'immondizia dai quali forse avrà cercato di ritrovare oggetti personali della gente da lui spiata. I miei occhi fissi che non battono ciglia si soffermano su di una foto di una ragazza bionda, è ben illuminata dalla candela. Riesco a distinguere molto bene il soggetto. Una donna bionda che è ritratta mentre esce dal supermercato. Riconosco l'inconfondibile taglio di capelli. È Shannon, l'insegnante di danza arrivata da poco in città. Sulla sua foto c'è una calza rotta incollata accanto, probabilmente il maniaco l'avrà trovata in mezzo alla sua spazzatura.

Chiunque sia il maniaco si permette di rischiare tanto usando dei covi in strutture abbandonate!

Avrà una breve libertà. Fra poco sarà il mio alibi e finirà in carcere. Nel mentre un mio pensiero va alla povera Francine, chissà che fine avrà fatto.

Attorno alla luce della candela si muove un'ombra Sento il pavimento scricchiolare sinistramente, è il maniaco che sta sistemando altre foto da lui scattate. Purtroppo l'angolazione non mi permette di vederlo in viso. Riesco a scorgere le sue mani tozze e grandi che lavorano su di un collage d'immagini.

Comincio ad avere molto freddo. Gli abiti bagnati fanno pressione sulla mia pelle raffreddandola in maniera terribile.

Ma quando arriva lo sceriffo Stanley! Ho paura che sia andato fuori strada e che per questo ci stia mettendo troppo per raggiungerci.

Sento dai rumori che il probabile killer si sta muovendo nell'altra stanza e sta per uscire, Mi sobbalza il cuore. No! Spero passi la mia stanza e non si accorga che sono qui!
Sento distintamente i suoi passi nel corridoio che con rumore lento si fanno presenti davanti alla porta della mia stanza. La paura cresce sempre di più. Che abbia sentito i miei movimenti? Ho il terrore che senta il mio respiro affannoso provenire da dove sono. I passi si fermano davanti alla mia porta. Per un attimo smetto di respirare e mi rendo conto di una cosa terribile!

Sono tutto bagnato e sicuramente ho lasciato delle tracce fuori nel corridoio!

Mi sono messo in trappola da solo! Se lo sceriffo non si sbriga a essere qua sarò la prossima vittima!

Mi sposto e cerco velocemente una possibile via di fuga. Nel mentre avverto che il losco individuo che sta a pochi metri da me gira lentamente la maniglia per venirmi a prendere. La luce di un fulmine mi aiuta a intravedere l'esistenza di un'altra porta che non so dove colleghi.
Devo sbrigarmi, non ho molto tempo a disposizione, ormai sa che sono qui. Scatto e imbocco la porta e sento che allo stesso tempo

alle mie spalle il bastardo è entrato nella stanza dov'ero poco fa. Prendo un asse appoggiato sul muro e la posiziono incastrando la porta. Questo dovrebbe rallentare l'arrivo del pazzo!

Mi ritrovo in un ambiente aperto su di un lato, Un altro lampo illumina lo scenario e il vento e la pioggia ricominciano a bagnarmi di riflesso.

È una stanza da dove si poteva caricare la merce dal di fuori, c'è una struttura arrugginita esterna che serviva come montacarichi, ormai è inagibile da chissà quanti anni.

Non ho tempo da perdere e devo scappare via da questo posto. Guardo dal lato aperto giù verso l'entrata della distilleria. Vedo il ponte illuminato da alcuni fari. Sono il segnale che l'auto dello sceriffo sta per arrivare. È giusto sopra al ponticello che sta passando il corso d'acqua.

La situazione è grave, ho alle mie spalle un serial killer che mi vuole uccidere e corro il rischio di finire ammazzato anche dallo sceriffo.

Sento che il pazzo prova ad aprire la porta e capendo che è bloccata comincia a sbatterla a calci.

Mi guardo attorno e l'unica mia via di fuga è un poco più in là. Una vecchia struttura tubolare di metallo che serviva a far scendere dei probabili sacchi nel piano sottostante.

I calci alla porta si fanno sempre più forti e quell'asse vecchio non terrà ancora per molto. Ok ho deciso! Devo gettarmi giù dallo scivolo!

Volto le spalle alla porta e sento che con un rumore di legno distrutto viene sfondata, non mi resta che correre il più velocemente possibile nella direzione dello scivolo. Finché le mie gambe sfrecciano sento il respiro affannoso del maniaco dietro alle mie spalle. Non voglio che finisca tutto qua. Nonostante la stanchezza di una giornata lavorativa la paura mi dà una scossa d'adrenalina che aiuta i miei muscoli a tenere distante il killer. Cerco di girare il capo e con una rapida occhiata provo a dare un identità al mio inseguitore, ma l'unica cosa che riesco a intravedere è la sua sagoma e indossa un cappello. Il volto e i suoi occhi rimangono nel mistero.

Ecco, sono arrivato allo scivolo, la porta metallica è fortunatamente aperta e mi tuffo alla cieca senza sapere dove cadere! Il mio corpo preme scivolando malamente sulle pareti metalliche impolverate e sporche, l'altezza deve essere considerevole e lo scivolo è molto pendente, sento che mi manca il fiato e ho la stessa sensazione di vuoto delle montagne russe!

Stupito, non capisco perché non sento il maniaco seguirmi. A un tratto sento che durante la mia caduta il tubo finisce!..Maledetto! Lo scivolo è interrotto prima di arrivare a terra e la struttura è spezzata anticipatamente.

Cerco di tener le gambe salde e attendo l'urto del suolo! Ecco perché non mi ha seguito!

Senza vedere dove cado sento l'impatto del cemento sotto ai miei piedi, l'altezza era troppa e sbatto a terra colpendo il duro pavimento grigio anche con il resto del corpo!

Un secondo dopo il mio rovinoso atterraggio comincio a sentire dolori in varie parti del mio corpo. Cerco di fare un passo e una fitta molto forte mi fa comprendere che ho una caviglia malandata, ma probabilmente non è rotta. Riesco a far forza sull'altra gamba e cerco di mettermi nascosto fra quello che rimane di un cumulo di vecchi sacchi accatastati vicino al muro.

Il rumore della mia caduta e il mio lamento hanno attirato sicuramente l'attenzione dello sceriffo Stanley.
Sento che qualcuno sta per arrivare. C'è poca luce. Ci sono solo due possibilità su chi si sta avvicinando. È il maniaco o è lo sceriffo. Spero che sia il secondo ad avvicinarsi. Ecco vedo che nell'oscurità una sagoma forse una persona in divisa si avvicina e chi la indossa dice:

" Mike! Sono il commissario Stanley..."

Allibito mi chiedo come faccia a sapere il mio nome? Il commissario continua rispondendo alla mia domanda:

"Mike, ho letto la tua targa e sono riuscito a sapere chi sei. Esci fuori e consegnati. Non ti farò nulla."

Nascosto fra i sacchi vedo la sua camminata. Sta illuminando con la torcia e con la pistola puntata. Questo è un segnale che non mi rassicura sul fatto che non mi farà nulla.
La situazione è tragica, sono braccato da un poliziotto e da un maniaco assassino! Toccandomi la caviglia dolorante sfioro la parete dietro a me e sento che il muro di assi è rotto in un punto e che potrei passare dall'altro lato dello stabile.
Dove sarà finito il maniaco? Avrà sentito l'arrivo dello sceriffo e se ne sarà andato, o forse starà tramando alle spalle di entrambi?

Riesco a intrufolarmi attraverso le assi rotte e mi ritrovo nel deposito adiacente. La caviglia mi fa male ma riesco a muovermi lo stesso. Se lo sceriffo trova le impronte bagnate che ho lasciato riuscirà a trovarmi anche qua. Devo muovermi ancora in questa orrenda caccia alla mia persona.

Nuovamente un lampo illumina la stanza e sentendo il fragore del tuono vedo che l'ambiente è molto grande. È un deposito adiacente all'altro, sulla parete destra ha una scala a chiocciola che probabilmente porterà in qualche ufficio. Provo a salirla trascinando la gamba.

Mi chiedo quando arriverà il momento che il commissario si accorgerà che saremo in due ad attenderlo e che il maniaco sarà un altro. Lui stesso sta rischiando la vita in una maniera che ancora non gli è chiara.

Man mano che salgo faticosamente la scala, vedo che la stanza alla quale conduce è illuminata in maniera molto debole. La porta ha delle piccole finestre usate sicuramente per vedere dalla stanza cosa succedesse nel deposito. Riesco a scorgere bene il suo interno e noto che è vuota, non c'è nessuno. Nuovamente con orrore vedo che sulle pareti ci sono le serie di fotografie e gli oggetti recuperati dalle vittime.

Sicuramente questa è la stessa stanza che io ho visto dal piano di sopra. Paradossalmente credo di poter essere più al sicuro qua dentro che fuori, visto che il maniaco mi crederà in un'altra parte. Entro e chiudo la porta che da sulla scala a chiave. Col poco fiato che mi rimane spengo la candela, lo sceriffo potrebbe vederne la luce e raggiungermi. Mi avvicino all'altra entrata e chiudo la porta con il chiavistello al suo interno. Sento del movimento al piano di sotto e purtroppo non so capire chi dei miei due cacciatori sia.

Devo escogitare qualcosa, non posso attendere qui che uno dei due mi bracchi e mi faccia fare una brutta fine.

Spero che lo sceriffo sappia che qui siamo in tre. Se il maniaco troverà lo sceriffo per primo potrebbe ucciderlo e allora mi ritroverei veramente finito. Senz'altro staranno arrivando dei rinforzi, ma prima che arrivino dovrò prendere in mano la situazione. Devo comunicare con lo sceriffo Stanley!
Mi trascino verso la finestra che da sul deposito sottostante, se il commissario ha buon fiuto sarà già arrivato là. Apro la finestra e mi metto a urlare:

" Sceriffo! Sono io Mike, mi senta bene! Sono innocente, non siamo soli e oltre a me c'è il vero maniaco! Non so dove sia ma stia attento!"

Faccio due secondi di pausa ma non sento nessuna risposta. Sono sicuro che lo sceriffo mi ha sentito, ma sembra evitare di rispondermi. Dopo un poco sento provenire ancora dei rumori ma questa volta dal corridoio esterno dalla parte dell'altra entrata di questa maledetta stanza piena di raccapriccianti foto e feticci.
Sono in preda al panico e non posso sapere chi dei due si stia avvicinando. Nel buio della stanza ogni tanto illuminata dalla luce di un lampo proveniente da un furioso temporale che dura da troppo tempo cerco un oggetto per difendermi o forse un'altra via di fuga improbabile.
Da qui non posso più fidarmi di uscire. Ho due porte ai lati della stanza, una mi riporterebbe giù dallo sceriffo e l'altra verso chi si sta muovendo nell'altro corridoio adiacente. Lo sceriffo non mi ha risposto e non ho la sicurezza che non mi spari a vista.

Muovendomi attorno sento ancora altri rumori, ma questa volta sono vicini alla porta a vetri. Riesco a intravedere un'ombra, non capisco, forse lo sceriffo avrà spento la torcia elettrica per non essere lui stesso un bersaglio, oppure sarà il maniaco?

Allo stesso tempo, dall'altra parte all'esterno della stanza i rumori di passi dal corridoio si fanno più vicini. Siamo alla resa dei conti e non so se ne uscirò vincitore.

Il pericolo sta arrivando da entrambe i lati e ancora non è chiaro se sopravviverò o se finirò ammazzato per mano della legge o per mano di un pazzo furioso.

Un altro fulmine illumina la stanza e scorgo attraverso la porta a vetri la forma di una mano che si appoggia su di essa, è terribile una situazione che mezz'ora fa non avrei mai pensato mi potesse accadere.

Giro ripetutamente in maniera confusa la testa a destra e a sinistra verso a tutte e due le direzioni da dove provengono i rumori e mi chiedo chi entrerà per primo e cosa farò. Il rumore della pioggia rimbalza rumorosamente sul tetto del vecchio stabile.

Sento che qualcuno prova ad aprire la porta che da verso il corridoio e capisce che è chiusa. Dall'altro lato anche chi è dietro alla porta a vetro fa un tentativo di aprirla ma senza nessun successo.

Non so più cosa fare. Sanno tutti e due che sono qua dentro. Cosa succederà appena saranno tutti e due qua dentro? Devo schiarire la mente allo sceriffo e che sia pronto a colpire il vero maniaco! Ma come? Mi sento completamente perso.

I rumori da scasso da entrambi le parti si fanno più forti e insistenti! Cosa posso fare?

Sono fra due fuochi e senza via d'uscita! Devo cercare di mettermi al riparo. Se trovo un nascondiglio e se sono fortunato i due che apriranno la porta si troveranno faccia a faccia e il commissario potrà colpire il vero assassino. Questo mi farà guadagnare tempo.

Corro subito a cercare di riaccendere la candela per far vedere bene chi colpire allo sceriffo. Cerco maledettamente sul tavolo qualcosa per accenderla e sento una scatola di fiammiferi.
La impugno e dal mio tremore mi cade dalle mani un paio di volte mentre i tentativi di abbattere le due porte si fanno più furiosi!

Ho in mano i fiammiferi e riesco a riaccendere la candela! Ok è fatta!
Con il ritorno della debole luce rivedo orribilmente di nuovo tutte le foto attaccate alle pareti. Cerco attentamente nei pochi secondi che mi rimangono prima che i due inseguitori entrino nella stanza se c'è un posto riparato e nascosto.

Vedo che c'è una piccola scrivania con un lato coperto, quello è il mio unico debole nascondiglio che mi riparerà da quello che succederà qua dentro fra un secondo. Corro trascinando la gamba sotto alla piccola scrivania.

Vedo dalla fessura da sotto la scrivania la completa visuale della stanza, sento un primo rumore di sfondamento provenire dal lato destro, dalla porta che da sul corridoio e sento che entra qualcuno. Con la mano per nascondermi meglio porto vicino a me una sedia che ha dei vestiti su di essa.

Un altro forte rumore proviene dalla porta a vetri sul lato sinistro e sicuramente anche l'altro mio inseguitore è entrato.

Sto aspettando che in un secondo capiti qualcosa di orribile!

Sicuramente adesso si vedranno a vicenda. Lo sceriffo vedrà quello dannato maniaco sperando che riuscirà a fermarlo!
Avverto la presenza di entrambi nella stanza ma uno strano silenzio si fa presente. Perché lo sceriffo non fa e non dice nulla? Nemmeno il maniaco reagisce alla vista dello sceriffo?
Scorro gli occhi sulla fessura della scrivania e cerco capire dove siano e cosa stia succedendo. Stando nascosto qua dietro mi sento come se volessi nascondermi da un tornado sotto a una foglia.
Il mio sguardo terrorizzato che cerca di capire la tremenda situazione. Perché è questo silenzio? Con la mano stringo nervosamente parte della sedia che sta dietro di me e sento che sto toccando un pezzo dei vestiti che stanno sopra di essa. Mi giro e vedo che non sono comuni vestiti ma di color chiaro e con dei simboli! Non posso credere ai miei occhi! È una divisa! Riesco a leggere anche il nome sulla targhetta…

Gregory Smith

È semplicemente assurdo! Gregory è l'aiutante dello sceriffo! Ora capisco molte cose! Ecco perché il maniaco potesse usare nascondigli di questo tipo e perché il ritrovamento del vecchio covo nella vecchia fattoria fosse stato fatto dalla polizia e non dallo sceriffo! Dal silenzio capisco che Gregory non era solo nel suo intento. Il maniaco non era uno solo. Purtroppo dalla fessura della piccola scrivania vedo lo sceriffo e il suo aiutante che procedono in maniera calma verso la mia direzione e che per un'altra volta sono pronti ad agire assieme.

Amici e fiducia

Sono le 10:15 PM E mi ritrovo indeciso se starmene a casa sdraiato sulla mia poltrona consumata in un dopocena noioso, oppure seguire Andrea e gli amici in quello che dovrebbe essere uno scherzo di dubbio gusto nei confronti di Thomas. Trovo la cosa poco spiritosa e lui ignaro di tutto, crede di andare piacevolmente a far delle foto notturne nel bosco dei Carpini. Si, fotografare è una passione che unisce me al resto degli amici più fidati.

Mi ripeto continuamente che non mi va molto di vestirmi. È un caldo afoso e nemmeno a quest'ora si riesce a respirare. Il bosco di notte non mi piace e un ricordo poco gradevole di esso me ne fa stare alla larga.

La calda serata viene solleticata dalla buffa suoneria del mio cellulare, un allegro motivo passatomi dal mio stesso amico Andrea in una delle solite serate al pub. Svogliatamente allungo il braccio e come volevasi dimostrare è lui

"Pronto Andrea, allora non siete ancora nel bosco?"

Andrea con la solita maniera poco rispettosa ma che alla quale ormai sono Abituato ribatte:

"No! Aspettavamo la tua ex fidanzata per andarci ahahaha."

"Complimenti per lo stile" Rispondo: *"Ascolta fa caldo andate voi io rinuncio"*.

Andrea prima si sofferma in un attimo di pausa e poi replica:

"Eh no Luca! Devi venire, vuoi perderti la faccia di terrore che farà Thomas quando gli combineremo lo scherzo? Ancora pensi a quella brutta storia nel bosco? Poi fa più caldo in casa che nel bosco. Dai muoviti passiamo a prenderti."

Ecco qua un'altra serata a tirar tardi con stupidi scherzi e amici che si incazzeranno.

"Ok, dai fra dieci minuti passate sotto casa mia, sarò pronto con la macchina fotografica, e non citarmi più quella vecchia storia. Piuttosto, ancora non mi hai spiegato bene come sarà questo scherzo e che cosa dovrò fare."

Andrea felice della mia risposta positiva mi dice che non devo preoccuparmi che capirò quando sarà il momento giusto e che la mia dote d'improvvisatore farà il resto.

È riuscito a intrigarmi, Andrea sa come fare leva su di me e sta riuscendo addirittura a portarmi in un posto che io sinceramente evito sempre con piacere. Mi preparo in maniera veloce e mi accorgo di aver abiti poco consoni per il bosco. Le scarpe a suola liscia sul al terreno sono poco adatte.

Scendo giù dall'appartamento e senza aspettare molto ecco puntuale l'auto, anzi le auto. Sono due, una è quella di Andrea con a bordo Francesco, un'altro nostro amico e l'altra è di Thomas con Marco seduto al suo fianco il quale appena ci vede esclama:

"Ciao ragazzi allora tutti pronti con le macchine fotografiche?

Ecco qua come mettere nella tela del ragno una buona persona, che non merita di essere punita con uno scherzo del cavolo. Salgo nella vecchia auto e mi aggrego alla compagnia del lungo e magro Andrea e del altrettanto lungo e magro Francesco. Due amici molto simili per carattere e fisicità, tanto da essere soprannominati i "Gemelli".

L'unica cosa che so e che ho capito bene è che dovremo attirare Thomas nel bosco e poi? Mah! Nonostante la mia fervida immaginazione non riesco ancora a immaginarmi cosa succederà.

La strada principale che stiamo percorrendo attraversa il centro abitato da qui a poco percorreremo le più isolate vie per arrivare al bosco. La distanza è abbastanza lunga e di questa stagione la sua via è poco frequentata, sono tutti a godersi le ferie in qualche zona balneare alla faccia del caldo afoso.

Tuttavia, non sono convinto di quello al quale sto per partecipare, forse provo un po' di amichevole pietà per Thomas e ho sempre quel famoso sesto senso che mi sta avvisando di qualcosa. Senz'altro la visione che anni fa ho avuto in quel posto è il deterrente maggiore nel farmici entrare. I miei ricordi poco piacevoli vengono interrotti da una frase:

"Francesco ma la sai la storia di Luca nel bosco?"

Indubbiamente Andrea vuole creare un clima pauroso, però non glielo permetto usando una brutta storia che mi è successa davvero!

"Quale storia? Non ne so nulla" Replica Francesco…

Io pronto controbatto…

"E nemmeno ne saprai nulla! Sono affari miei!"

"Su, su" insiste Andrea*:" Digli di quello che hai creduto di vedere, o forse di quello che hai visto sul serio."*

Sembra un complotto! Tutti a insistere sul farmi raccontare questa storia! Preso fra le insistenze di entrambi gli amici e con la speranza che nel raccontarlo mi farà liberare da quella paura comincio a spiegare.

"Un po' di anni fa, d'inverno, andai da solo nel bosco in cerca di fotografare degli insetti. Il sole stava per calare e cercai di sbrigarmi per avere più luce possibile. Mentre guardavo fra i cespugli di rovi mi accorsi che c'era un furgone color beige e delle persone abbastanza trasandate che ci giravano attorno. Stavano facendo qualcosa con aria sospetta."

Purtroppo il raccontare solamente l'inizio di questa storia sta ottenendo l'effetto contrario a quello che pensavo. Sento che il mio respiro e la mia parlata si fa più ansiosa. Ho un attimo di esitazione, ma mi riprendo e spinto dalla curiosità inopportuna degli amici ricomincio a spiegare il pauroso accaduto.

Diffidai subito di quelle persone, avevano un aria poco piacevole. Rimasi ben nascosto per paura di essere visto e cercai di capire cosa stessero facendo. Da dietro il cespuglio il quale mi trovavo non era facile capire. Sicuramente era un lavoro di fatica visto i movimenti di alcuni di loro.

Purtroppo, quello che scoprii più tardi mi fece capire che sarebbe stato meglio se non vedevo nulla. Intravidi uno di loro che cominciò a ricoprire di terra quella che era una buca, aveva uno sguardo malandato e più losco degli altri, una barba incolta e lunghi capelli sporchi. Cominciavo a notare chiaramente dei lineamenti molto marcati nei loro visi. Sicuramente non erano li per fare qualche picnic fra amici.

Preso dalla curiosità di capire cosa stesse succedendo volli sbirciare meglio cosa stavano seppellendo.
Purtroppo ero abbastanza distante da non riuscire a intravedere la parte bassa di dove si muovevano. Ebbi un'idea. Presi la mia macchina fotografica senza staccare lo sguardo dal gruppo e cambiai l'obbiettivo con uno più adatto a ciò che stavo per fare. Ovviamente, non potevo alzare la testa e farmi notare, ma far sporgere la macchina fotografica più in alto e scattare una foto mi avrebbe garantito un' immagine di cosa stessero facendo senza compromettere la mia sicurezza.

Francesco che prima ascoltava seriamente mi interrompe il racconto da una domanda…

"Ma perché non mi hai mai raccontato questo fatto?"

"Shhhhh! Lascialo andare avanti!". Replica Andrea, e intanto ci avviciniamo al bosco entrando nella strada sterrata che lo costeggia.

Io continuo col fiato corto e ricominciando il racconto spiego…

"Quello che vidi con lo scatto fotografico fu scioccante!"

Ancora Francesco interrompe:
"Ma cosa hai visto!? Diccelo!"

"Nella foto c'era una chiara immagine. Finché l'uomo più brutto seppelliva qualcosa, gli altri erano immortalati mentre ripetevano frasi come in una litania, credo in una lingua straniera a me sconosciuta, sembrava un rituale. La terra cosparsa con dei badili lasciava intravedere quella che sembrava una persona sdraiata! La cosa più distinta che mi fece credere in questo fu la presenza di una possibile scarpa, ma dopo lo scatto non ci fu più tempo di vedere altro. Avevano ricoperto tutto."

A quel punto decisi di scappare. Sicuramente uno di loro si accorse di me, mi ricordo di aver incrociato il suo sguardo ma non cercarono d'inseguirmi. Io persi la macchina fotografica, ero così impaurito che non mi interessò più di tanto cercare di recuperarla. Stupidamente non andai dalla polizia anche per timore di ritorsioni da parte di questi personaggi sconosciuti. Non sarebbe la prima volta che alcuni criminali la fanno pagare a chi li ha denunciati!

Francesco ripete*:" Ma questa cosa me la dite proprio adesso che dobbiamo entrare nel bosco? Se sapevo sta storia non ci venivo, andate a quel paese!"*

Andrea ride sadicamente e io penso che l'effetto creatosi è perfetto per uno scherzo del cavolo! Ora Francesco non è il solo a essere impaurito ma lo sono anche io! C'era veramente bisogno di creare questo? Non è Thomas la vittima dello scherzo?

La stradina sterrata che costeggia il bosco è completamente coperta dagli alberi, sembra di essere entrati in un tunnel soffocante dove i fitti rami fanno da sigillo verso il cielo. Sono talmente fitti che non filtra nemmeno la luce della luna.

Andrea con sicurezza dice:

"Ok fai cenno a Thomas che ci fermiamo qui ai bordi della strada siamo vicini all'entrata."

Parcheggiamo le automobili ai lati della stradina e in gruppo scendiamo dalle auto prendendo torce elettriche e attrezzature fotografiche. L'aria col bosco vicino è effettivamente meno afosa di quella in città. Assaporandola con qualche timore visto il racconto appena spiegato, prendiamo con noi le macchine fotografiche e ci dirigiamo all'interno del bosco saltando il fosso che lo circonda. Io mi sono già pentito di essere qua, e dallo sguardo di Francesco pure lui.
Procediamo camminando più o meno vicini con Thomas lasciato per primo a fare strada come se fosse una guida, io per secondo, Andrea, Francesco e Marco allineati.

Il bosco come previsto mette inquietudine e gli unici apparentemente sereni sembrano Andrea e l'ignaro Thomas.

Cominciamo a scattare delle foto più o meno con intento di originalità. Le foto notturne sono molto difficili. Mi accorgo che il mio respiro non riesce a tornare normale, il ricordo di quello che vidi è ancora ben distinto e pressante.

Il bosco è stranamente silenzioso, cosa strana vista la vita che c'è in esso. Gli unici rumori li creiamo noi camminando spostando rami e cespugli. Ogni tanto nel buio si intravede una luna enorme che ci spia dall'alto fra gli alberi fittissimi.

A un tratto inaspettatamente Francesco stupito dice:

"Ma Marco dov'è finito?"

Ecco da questo momento metto in moto il mio istinto e capisco che probabilmente ha inizio lo scherzo.

Andrea apparentemente tranquillo dice:

"Come al solito il nostro artista avrà proceduto per un altro sentiero, oppure gli uomini che vide Luca anni fa sono ancora nei paraggi. A ogni modo il sentiero è ben tracciato e ce lo rivedremo sbucare fuori nei prossimi incroci."

A me questa cosa piace sempre meno e ancor di più perché è la seconda volta che si usa una mia paura reale per qualcosa di fittizio.

Thomas sembra cominciare a preoccuparsi, forse avrà capito che c'è un accordo di fondo in questa serata.

Proseguo facendo finta di non aver paura e continuo a fotografare, ma un brivido di terrore mi corre lungo la schiena. Ho visto qualcosa nel buio. Intravedo ancora qualcosa, Si... Sembra la sagoma di qualcuno. Lo spiraglio degli alberi ha fatto illuminare una figura. Calmo, penso che per forza di cose sia Marco che ci sta seguendo dopo la sua finta sparizione.

Ok, rilasso i muscoli e continuo questo schifo di scherzo, sarebbe stato meglio se me rimanevo a casa sulla mia poltrona consumata.

Ci siamo addentrati abbastanza nel bosco. Ormai è già da molto
che camminiamo. L'aria seppur migliore non toglie il caldo afoso e
adesso che siamo in movimento si fa sentire di più. Sicuramente
l'ansia e la paura me lo fa avvertire in maniera superiore. La serata
sta peggiorando nonostante fosse già anticipatamente cominciata
male.

Dopo aver girato attorno a degli alberi le mie scarpe lisce
scivolano e cado facendomi male, i ragazzi pronti vengono ad
aiutarmi e Thomas con aria tutt'altro che serena mi dice:

*"Ti sei fatto male? Che cavolo sei venuto a fare nel bosco con
queste scarpe!"*

Eh si, Thomas ha ragione dovrei aver fatto attenzione a mettermi
qualcosa di più adatto. Ma ecco che all'apparenza lo scherzo
continua e ora in piedi di fronte a me vedo solamente Thomas e
Andrea. Francesco è sparito anche lui senza che noi ce ne
accorgessimo. Ma come ha fatto a scomparire in maniera così
veloce senza far rumore? Eravamo tutti molto vicini.

Analizzando l'accaduto e cercando di capire se questo fa parte
dello scherzo, vedo di nuovo che dall'espressione di Thomas c'è
dello stupore e che sicuramente non capisce come Francesco abbia
fatto a scomparire in maniera così magistrale.

Girando di poco il mio sguardo nel buio incrocio quello di Andrea
e percepisco dalla sua espressione sbigottita che anche lui non è
convinto di cosa sia successo. Nel suo sguardo trapela un segnale

che mi mette ancora più ansia.

Thomas sembra aver capito tutto:

"Ok ragazzi, ora ho capito, mi avete portato qua per farmi uno scherzo da imbecilli, ma non ci siete riusciti. Uno alla volta Marco e Francesco sono scomparsi. Toccherà anche a voi e io rimarrò solo. Vi ho scoperto! Io continuo a fotografare, quando ne avete abbastanza fatemelo sapere."

Andrea risponde con tono fin troppo reale:

"Mi dispiace, ma mi sa che lo scherzo lo stanno facendo loro a noi. Non era questa l'idea di partenza. Thomas anche se hai capito che la serata è stata organizzata per scherzo quello che sta succedendo non lo avevo previsto".

Mi rialzo dolorante e vorrei capire se fa tutto parte di un copione e se quel tono di voce spezzato che Andrea ha assunto dalla paura sia reale oppure no.

Io penso che è arrivato il momento di finirla con questo scherzo. Mi avvicino ad Andrea e senza farmi sentire da Thomas con un tono deciso e arrabbiato gli sussurro vicino a un orecchio:

"Ok Andrea credo che la cosa stia per andare fuori controllo. Vediamo di darci un taglio!"

Nel frattempo mentre il buio ci avvolge, vediamo malamente quello che la luna cerca d'illuminare.

Non avrei mai voluto sentirmi dire quello che Andrea sta

rispondendo.

"Hey Luca, ma cosa cavolo mi state combinando? Non doveva sparire nessuno. Il piano era diverso. Mi avete rigirato lo scherzo? Guardate che non ci casco!"

Capisco dal tono di voce e dalla presa nervosa che Andrea stringe attorno al mio braccio che non c'è nulla da scherzare, è davvero impaurito.

Siamo fermi in mezzo al bosco in cerca di capire cosa fare, se ci stiamo prendendo in giro a vicenda, oppure se è iniziato un vero incubo.

Ma gli altri dove sono finiti? Che stiano facendo loro uno scherzo a noi? Bello diffidare degli stessi amici. Però, pensandoci bene i creatori degli scherzi siamo sempre stati io e Andrea, è improbabile che abbiano rigirato la cosa, nessuno dei due ci avrebbe mai pensato. Gli altri sono sempre stai solo complici esecutori, senza mai improvvisare o creare nulla.

Ora Thomas assume delle espressioni serie e ben distinte, capisce che la cosa è più che strana e comincia ad avere paura.

Nelle ombre del bosco cerchiamo con uno sguardo d'intesa di stipulare un'accordo che ci tiri fuori dai guai all'istante, creare una fiducia che per questa sera escluda scherzi di cattivo gusto per farci uscire e ci protegga in questa strana e paurosa avventura.

Finalmente di comune accordo decidiamo di ritornare alle macchine e invertiamo la via del cammino.

Rimaniamo in un silenzio indeciso, la notte si fa sempre più terribile e il ricordo del mio passato in questo posto diventato lugubre accentua i tremori.

Capisco che le andature che abbiamo assunto sono sconnesse e che tutti e tre siamo molto impauriti. Andrea ogni tanto con lo sguardo cerca di vedere nel buio se nei paraggi scorge la presenza degli amici che probabilmente arrivati a questo punto ci chiediamo dove siano davvero. Thomas urla un paio di volte muovendo la torcia attorno:

"Non ci state spaventando imbecilli! Saltate fuori!"

Inutile tentativo di farsi coraggio. È spaventato eccome! Lo siamo tutti e tre!

Prima il bosco era silenzioso ma ora molti rumori sembrano intricarsi fra di loro e aggiungono allarmanti preoccupazioni alle nostre menti turbate dalla paura. Capisco ancora meglio come la paura dello sconosciuto possa farsi forte nel buio in un bosco che ora sembra per niente sicuro.

Nella ricerca di ritornare sani alle desiderate automobili, veniamo tutti e tre distolti da un rumore ben distinto in mezzo ai cespugli...giriamo le teste simultaneamente verso di esso.

Questa volta è Andrea che urla:

"Vieni qua cretino! Chi sei, Marco o Francesco?"

...Un attimo di pausa e solo Silenzio come sottofondo.

Troppo silenzio, nessuno di noi porterebbe avanti uno scherzo fino a questo punto sarebbe una crudeltà. Mi chiedo ancora una volta dove siano i nostri amici e se siano loro che dietro il cespuglio hanno mosso le foglie.

Il panico fa sragionare, potrebbe anche essere un animale, ma l'istinto di sopravvivenza preferisce creare e immaginarsi un mostro per non rischiare di cadere nelle fauci di uno realmente possibile. Le nostre menti cercano di proteggersi in una serata diventata orrenda.

Io intimo a tutti e due:

"Amici! Non dobbiamo badare ai rumori, pensiamo piuttosto a raggiungere quelle fottute macchine! Se gli altri non ci saranno chiameremo aiuto! Pensiamo a metterci al sicuro per primi altrimenti non saremo d'aiuto nemmeno agli altri!"

Non faccio nemmeno in tempo a finire la frase che Thomas calpesta qualcosa. Vedo che si china e raccoglie quello che ha confermato che non viviamo più in uno scherzo.

La macchina fotografica di Marco!

Thomas: *"Avete visto? Marco non l'avrebbe mai lasciata per terra!* " Passa la macchina fotografica nell'altra mano e stranamente si guarda il palmo aperto come per controllare qualcosa che lo ha sporcato. Un leggero colpo di vento sposta i rami e fa trapelare una debole luce dalla luna che illumina le mani di Thomas. Io istintivamente illumino le sue mani con la mia torcia. Tutti e tre inorridiamo e vediamo che le mani sono completamente bagnate e colorate di rosso sangue!

Thomas in preda al panico urla: *"Via! Via! Dobbiamo correre!"*

Non si corre nel bosco di notte ma adesso è più pericoloso che procedere con calma e farsi beccare!

Impossibile fermare i ragazzi, la paura ormai li ha lanciati in una folle corsa a caso, fatta per scappare da chi ci sta inseguendo, che forse ha ucciso i nostri amici! Le automobili sono ancora distanti e non si intravede l'uscita.

Devo correre anche io nonostante la botta dolorante dopo la caduta, altrimenti rimarrò solo e sarà ancora peggio! All'improvviso un rumore molto forte ci fa percepire che qualcosa di velocissimo corre parallelamente a vedo dai gesti delle teste degli altri che tutti e tre ne siamo consapevoli, ma ovviamente non ci fermiamo. Speriamo che sia uno dei nostri due amici, ma a un tratto ci supera e taglia la strada sparendo nel bosco senza avermi fatto capire chi era! Troppo veloce e non sono riuscito a illuminarlo con la torcia.

"Fermi!" Urlo io, *"lo avete visto?"* Ci blocchiamo di brutto. Andrea si gira con uno sguardo mai visto prima su nessun volto umano, è completamente senza fiato dal terrore e impallidito dice:

" Chi era?...No! Cos'era? "

Io replico:*" Ma cos'hai visto? Parla accidenti! "*

Andrea si blocca e non riesce a continuare a parlare, invece

Thomas in un uno scatto d'ira opposta alla reazione di Andrea si lascia andare a un pianto e con le lacrime che riesco a scorgere brillare difficilmente sul suo viso comincia a imprecare e a dire che sicuramente era Marco o Francesco!

Sono sicuro che non ha visto chi fosse. Sta reagendo così solo per farsi coraggio. Andrea Continua:

"Vaffanculo! So che sei uno dei due! Vieni qua!"

Io conoscendolo bene riesco ad anticipare la sua prossima azione ma non a fermarla.

Urla ancora: *"Marco! Ora ti prendo e ti spacco le ossa! Brutto bastardo!"*

Cerco di afferrarlo e di fermarlo mentre Andrea rimane ancora impietrito e non riesce a capire la situazione. Andrea ha detto che non era qualcuno ma qualcosa? Vado a vuoto col braccio e Thomas sparisce di corsa fra i rumori dei cespugli in cerca di catturare quello che crede sia l'autore di uno scherzo.

Urlo per tre volte: *"Dove sei?..."Dove sei?...Dove sei?"*
Il terrore di non sentire nessuna risposta si fa reale all'istante e io guardo il viso sconvolto di Andrea che mi dice che non voleva che tutto questo accadesse. È orribile Siamo rimasti solo noi due.

Devo fare qualcosa o spariremo anche noi! Prendo Thomas per la maglietta e scuotendolo riesco a farlo ricominciare a correre. Non so cosa ne sarà di noi se non ci sbrighiamo a trovare la via d'uscita e mettere in moto almeno una delle due automobili. Thomas ha addosso le chiavi e dobbiamo farcela!

Ho l'impressione che di li a poco le gambe mi cederanno. Non ho mai corso così tanto e adesso è troppo tardi per rimpiangere un allenamento per niente fatto.

Sento di nuovo che qualcosa sta per succedere. Una cosa attira la mia attenzione sul lato sinistro del buio sentiero…è un flash di una macchina fotografica! Scaturito fra il fogliame. Qualcuno si sta prendendo gioco di noi e ci impuarisce ulteriormente facendoci capire di essere vicino!

Thomas preso dal panico totale nemmeno se ne accorge, io cerco di seguire la direzione giusta e un altro flash vicino dal lato opposto al primo illumina la notte scura! Sto per crollare dalla stanchezza e dopo due secondi ne scorgo un terzo ma nonostante i miei tentativi non riesco a vedere chi sia a farli.
Dopo aver guardato il flash sulla mia sinistra rimetto subito diritto lo sguardo per non andare a sbattere addosso a un albero e continuare a controllare se qualcuno si mette davanti per bloccarmi. Scopro inorridito che sono rimasto da solo a correre! Thomas non è più davanti a me!

Tutti i miei amici sono spariti e sono rimasto da solo a correre in un bosco con qualcuno che mi sta addosso! Dovrò far ricorso a tutte le mie forze, la via d'uscita del bosco è vicina e non mi fermerò finché non ne sarò fuori.

Ecco che la torcia illumina la strada di sassi, significa che sono arrivato! Sento la presenza di qualcuno che mi ha sfiorato la maglietta da dietro e che velocemente è sparito nel bosco! Sto perdendo la speranza, chiunque sia sta giocando con me mi tiene sotto il suo potere. La mia vita è nelle sue mani.
Non mi fermo! E con un salto riesco a scavalcare il fosso che mi

divide dalla macchina! Ora realizzo che non ho le chiavi! E adesso?

Mi giro per vedere se qualcuno è dietro alle mie spalle e vedo il fosso. Nessuno o nessuna cosa che avanza di fronte a me.

In una frazione di secondo ricordo chi mi fece vedere quasi per scherzo come si fa ad aprire e a mettere in moto le automobili. Non aspetto un attimo di più e con un sasso distruggo il vetro della portiera del guidatore. Salto in macchina e da sotto il volante spacco il cruscotto per collegare i fili. Prendo i cavi li unisco e metto in moto l'automobile. Faccio saltare il blocco a sterzo con un colpo deciso e finalmente mi sento libero di sgommare via da chi mi voleva uccidere!

Alzo una nube di polvere bianca dovuta alla strada di sassi e all'andatura da gara che sto tenendo. Nella confusione noto delle cose sul sedile di fianco a me. Le guardo, sono delle foto. Prima non c'erano, ma chi le ha messe là? Nel frattempo la strada mi sfreccia ai lati. Dopo questa scoperta il mio stato d'animo che si era calmato un attimo riprende a farmi scoppiare il cuore.

Un'altra cosa sullo stesso sedile attira la mia attenzione. Terribile....è la mia macchina fotografica persa nel giorno della fuga dagli uomini nel bosco. Si è la mia! Cosa ci fa qua? Volando per la stradina di sassi con l'auto difficile da tenere in strada prendo le foto in mano e vedo che ritraggono a nostra insaputa io, Marco, Thomas, Francesco e Andrea in momenti vari della nostra vita quotidiana. Vedo le nostre case scattate dall'esterno e zoomate di foto fatte da lontano che ritraggono tutti noi inconsapevoli di essere fotografati in alcuni momenti della nostra vita. In una ci sono io che entro in un negozio e Andrea che pattina nel parco. Non ci posso credere. Chi vidi nel bosco

65

seppellire qualcuno mi seguì fino a casa e spiò me e i miei migliori amici.

Non trovo un senso alla modalità delle loro azioni. Hanno aspettato anni prima di agire. Si sono divertiti perversamente ad avere tutti noi come obbiettivo per lungo tempo. La loro pazienza li ha ricompensati. Devo subito raggiungere il commissariato di polizia e raccontare tutto! Forse sono ancora in tempo per salvarmi! Purtroppo questa mia fievole speranza viene subito cancellata, sento un rumore provenire dal sedile posteriore. Un flash da macchina fotografica illumina l'abitacolo e per un attimo mi abbaglia facendomi sbandare nel fosso. Non riuscendo a vedere, avverto un urto molto forte e mi ritrovo in condizioni di essere bloccato. Sono incastrato fra il sedile e il cruscotto spezzato. L'auto è coricata su di un lato nel fosso col fumo che esce dal cofano. Sento che chi sta dietro di me con le sue mani mi dà uno scossone e vuole controllare se sono ancora vivo. Non riesco a vederlo ma sento con un senso di sopravvivenza che si sta avvicinando un mezzo in strada. Chiunque lo stia guidando mi vedrà nel fosso e forse scoraggerà l'assassino a fare qualcosa. Ho ancora una possibilità di salvarmi. Ecco sento che si sta fermando, fate presto! Riesco con un po di voce a urlare: *"Aiuto! Sono qui! Aiutatemi!"* Riesco a vedere la ruota vicino al fosso che si ferma, però con sgomento chi credevo essere il mio salvatore altro non è che un vecchio furgone color beige. Scendono delle figure e distinguo che in mano stanno impugnando delle pale le quali concluderanno una serata che doveva essere scherzosa. Rimpiango di non aver deciso di passare la serata sulla mia vecchia poltrona consumata mentre sento che qualcuno mi sta tirando fuori dall'auto.

Il Sig. Pembrick

Oggi, come ogni domenica mattina da un mese a questa parte mi troverò con il mio grande amico Marc per cercare in internet qualche pezzo di ricambio per la mia macchina d'epoca, una Corvette Sting Ray del 1973.

Marc è molto più bravo di me nelle ricerche in Internet e a usare il computer. Il suo lavoro consiste nello sviluppo di nuovi software. Io a malapena so come andare sui social network e fare qualche ricerca. Ultimamente preferisco che ci sia sempre la sua presenza nel seguirmi mentre navigo in siti internet dove dovrò mandare i miei soldi per comperare i ricambi. Ho sempre il timore d'incappare in qualche fregatura. I miei amici di scuola sapendo come io sia, mi hanno vivamente suggerito che è meglio che io me ne stia sui libri a studiare piuttosto che prendere fregature in Internet.

Sono le 09:00 AM e conoscendo la sua perfetta puntualità fra meno di un secondo suonerà il campanello facendomi intravedere la sua folta chioma dalla porta a vetri della mia entrata. Ho sempre trovato ridicolo il suo taglio di capelli, ma lui affezionato alle cose più stranedice gli crea un'aria particolare, mah!

Come previsto il suono del campanello squilla forte e come avevo pensato poco fa, ecco l'enorme capigliatura trasparire attraverso il vetro.
Aprendo la porta lo saluto con un:

" Hey ciao Marc! Quando ti decidi a tagliar via tutti sti capelli?"

Con risposta simpatica Marc esclama:

"Non parlare di tagliarli! A parte che mi donano, ma sai che non butto via niente vero? Oggi tutti i tuoi vicini hanno aperto lo:"Yard Sale" e al posto di starcene a casa in cerca di pezzi di ricambio per il tuo infinito progetto potremmo farci un giro e vedere se si trovano cose interessanti."

Tutto sommato non mi sembra una cattiva idea. Senza pensarci molto mi infilo le scarpe e seguo Marc che già uscito mi aspetta sapendo che senza dubbio non avrei obbiettato alla sua idea.

Il quartiere è molto tranquillo, forse anche troppo. La vita si assomiglia di giorno in giorno e a volte la noia non da spazio a nulla di più che a se stessa.

Cominciamo a curiosare camminando fra la merce varia, un po' su dei tavoli da campeggio e un po' messa a terra. Il tutto ovviamente esposto fuori dai vari garage dei cari vicini. Come sempre succede nelle suddivisioni immacolate, con la cordialità del posto riceviamo molti saluti e qualche domanda su cosa io stia facendo ultimamente. I Signori Melbrook oltre ai sorrisi ci offrono qualcosa da bere e ci invitano a dare un'occhiata alla loro "preziosa" collezione di vasi.

A volte è difficile non far trapelare dal proprio sguardo un senso di disinteresse all'articolo e questa è una di quelle. Cercando frettolosamente di salutare i Melbrook io e Marc continuiamo il nostro giro senza tanti risultati, almeno per me. Invece, Marc si è comperato un vecchio gioco da tavolo famoso negli anni 80 il"Cluedo". Al momento della compera ha detto:

"Fantastico! Lo sapevo che prima o poi ne avrei trovato uno a questo prezzo! È mio!"

Sinceramente, posso capire questa sua piccola passione per questi giochi. Rimanere un po' bambini per lui è stato il segreto per mantenere la curiosità di fronte alla vita e a imparare il suo lavoro. Senza che ce ne accorgiamo la mattina vola camminando fra i vari garage aperti e ritornando a casa chiacchieriamo sul fatto che molti svuotano le proprie abitazioni anche di oggetti molto personali senza affezionarsene più di tanto.

Altri pochi passi nella suddivisione ed ecco spuntare le pareti bianche della mia casa in: "Old Pine Street". Il giro è finito e non ho portato a casa nulla. Tutto ciò che ho visto oggi era fuori al mio interesse. Se non altro non mi sono informicolito una mattinata intera sulla sedia davanti a un monitor. Già ci passo anche troppo tempo per studiare. Proprio mentre pensavo a questo, Marc mi afferra per un braccio e con un gesto chiede la mia attenzione:

"Cillo, guarda nell'angolo del garage del tuo vicino di casa." (Marc è solito a chiamarmi Cillo!)

Cerco con lo sguardo cosa Marc voglia farmi notare: *"Non capisco hai visto un altro gioco da tavolo?"*

Marc risponde: *"No è una cosa per te."*

Girando un po' di più lo sguardo. *"Ah! Si ora lo vedo, è un vecchio*

computer con un note post appiccicato che sembra riportare la
password per usarlo. Ti sei ricordato che ne avrei bisogno per
farci funzionare quel programma che invece nel mio computer
blocca tutto."

Marc: *" Si esattamente. Potresti prenderlo e lavorarci più tardi."*

Ci avviciniamo alla casa del Sig. Pembrick, abitiamo proprio uno
di fronte all'altro. Guardiamo più da vicino il suo computer
valutando un attimo il modello e se ne vale la pena. Nel mentre la
voce del padrone di casa dice:

"Salve ragazzi come va? Siete interessati al mio vecchio
computer? Ah sei tu Jimmy, cosa dici potrebbe servirti?"

Il Sig. Pembrick è un uomo sulla cinquantina con una vita molto
regolare, lo vedo sempre andare e tornare agli stessi orari, non si è
mai sposato da questa città dopo esserci nato cinque decade fa.
Spesso quando ha avuto bisogno di aiuto con il giardino mi sono
offerto disponibile nei suoi confronti. A questo punto chiedo
gentilmente al Sig. Pembrick quanto voglia del suo PC e con un
buffo sorriso mi risponde:

"Jimmy quel computer è vecchio e tu sei un caro ragazzo, se
davvero lo vuoi te lo regalo."

Con uno sguardo d'intesa io e Marc capiamo che meglio di così
non poteva andarci.

Prontamente rispondo:

"Va bene Sig. Pembrick lei è molto gentile lo accetto. Cosa posso fare in cambio per lei?"

Lo sguardo del signore alto dai capelli canuti diventa riflessivo e dice: *"Guarda caro figliolo, domani dovrò tagliare quell'albero che purtroppo è morto, però da solo non è la cosa migliore da fare. Te la sentiresti di aiutarmi?"*

Io annuisco e accetto la sua proposta, d'altronde lo avrei fatto anche senza aver ricevuto il computer in regalo.

Dopo alcuni convenevoli mi ricordo di presentare Marc al mio vicino il quale mi dice:

"Ah si, ma Marc lo conosco. Ti ricordi quando avevo problemi col computer collegato all'impianto d'allarme? Mi passasti il suo biglietto da visita per chiedere un suo parere. In due giorni sistemò tutto anche se dovetti portare il PC a casa sua."

Certo dico io. Non me ne ricordavo più. I due si stringono la mano e passati un paio di minuti ci congediamo dal vicino. È tempo di andare a casa mia per far funzionare il nuovo regalo.

Da li a pochi passi rientriamo in casa e ci sistemiamo nel mio piccolo studio al piano di sopra. Ci sediamo e riesco a vedere dalla finestra il Sig. Pembrick che colloquia dal suo Yard Sale con altri interessati su una sedia di legno. Chi lo avrebbe mai detto che proprio a dieci metri da casa mia avrei trovato in regalo il vecchio computer che mi serviva? Marc si mette al lavoro, collega tutti i cavi e comincia a dare un'occhiata al sistema che adopera.

"Marc, da quando abito qua, mi son sempre chiesto cosa piaccia al Sig. Pembrick e come lui passi il tempo. Quando parliamo assieme, non è mai uscito nulla dalla sua persona che possa farmi capire come lui sia." Incuriosito gli chiedo:

"Non è che ci sia ancora del materiale del suo vecchio proprietario?"

"Certo che si!" Risponde Marc, " Anzi ti spiego meglio. Il materiale apparentemente non c'è perché il tuo vicino di casa ha formattato il disco fisso ma non tutti sanno che anche da un disco completamente formattato si può ritirare fuori il suo completo contenuto."

Io dico:*"Ma stai scherzando?"*

Marc con un gesto negativo del capo conferma tutto quello che ha detto è vero. A questo punto gli chiedo:*"Ma tu saresti capace di estrarre qualcosa da questo disco?"*
Marc ripete la stessa frase di prima con tono spiritoso.
"Certo che si! Per me sarebbe un gioco da ragazzi!"

Ok, credo che a tutti sia capitato di essere curiosi di dare un'occhiata su cose di qualcun un altro. Mi trovo spesso intrigato a cercare di carpire cosa effettivamente i miei vicini di casa possano custodire dietro alla loro apparente facciata perfetta! So che quello che sto pensando non è un giusto comportamento, però in questo momento mi ritrovo di fronte a una situazione alquanto allettante che mi stimola parecchio.

Marc mi guarda leggendomi nel pensiero e mi dice:*" Hehe ho capito che vorresti che io lo facessi, ti piacerebbe che io tirassi fuori le cose che il Sig. Pembrick aveva nel suo disco fisso."*

Confermo pienamente e non riesco a resistere a questa tentazione. Marc mi dice che per farlo deve portarsi il PC a casa e che nel giro di poco mi avrebbe riportato tutto ripristinato.

"Sei un maledetto curioso!" Stizza Marc con un sorriso malizioso. Dopo qualche chiacchiera sui tempi di procedura ci salutiamo e Marc se ne esce col computer fra le braccia e ritorna a casa sua.

Io nell'attesa di scoprire quali informazioni possa darmi il computer del mio vicino su di esso prendo qualche snack e mi siedo sul divano davanti alla televisione.

Ormai il pomeriggio è inoltrato e Marc sarà di ritorno per sera. Dopo un oretta, alla fine del mio bivaccare mi appisolo di fronte ad alcuni noiosi programmi televisivi di gossip e dopo un po' vengo svegliato dal mio cellulare. Vedo che è Marc che mi sta chiamando e noto che ormai sono le 09,00PM. Ho dormito parecchio e Marc è un grande! È riuscito senz'altro a tirar fuori di tutto. Ora vorrà dirmi che sta per arrivare. Rispondo al cellulare e con stupore sento Marc che con voce tentennante dice:

"Jimmy! È terribile! Ho scoperto delle cose raccapriccianti! Non ritorno da te, non ritorno vicino al tuo caro Sig. Pembrick!"

Io mi alzo in piedi di scatto e chiedo spiegazioni:

"Cosa stai dicendo? Ma cos'hai visto di tanto terribile?"

Marc con tono impaurito risponde poco chiaramente:

"Non va bene curiosare nella vita degli altri! Lo sapevo! Dobbiamo andare alla Polizia!" Vieni subito qua!"

Io senza farmelo ripetere due volte accendo il viva voce del cellulare per tenermi le mani libere al fine d'indossare le scarpe e cerco di far parlare Marc:

"Ma vuoi calmarti per favore? Non ho ancora capito nulla, ne mi hai tanto meno detto cos'hai trovato!"

Prendo la porta d'uscita e sento Marc che tenta di rispondermi: *" Ho trovato cose orribili!"*

Io, sempre parlando al telefono apro la porta ed esco di corsa, Marc continua quasi urlando:

" Dobbiamo andare subito a denunciare il Sig. Pembrick!"

Con mio stupore e con una scossa d'improvvisa paura fuori alla mia porta mi ritrovo faccia a faccia ad attendermi proprio col Sig. Pembrick! Salto dallo spavento e con un attimo di pausa penso e spero che non abbia sentito Marc, il viva voce è ancora inserito e la voce era chiarissima! Prontamente schiaccio il pulsante per rimettere la modalità normale e cerco di nascondere i miei pensieri mentre rifletto se dall'espressione del mio vicino diventato serio tradisce ciò che voglio nascondere. Per prendere tempo esclamo:

"Buonasera Sig. Pembrick le serviva qualcosa? Sto per uscire, ma dica pure".

Avverto che il mio tono di voce non è calmo come al solito, c'è una leggere serietà e stupore nel suo volto che solitamente non ho mai notato. Non sono riuscito a nascondere lo spavento che Marc mi ha fatto prendere. Il mio vicino pacatamente risponde:

" Scusami ti ho forse spaventato? Ho sentito che eri al telefono col tuo amico Marc."

No! È riuscito a distinguere anche con chi ero al telefono! Allora per forza avrà anche sentito cosa mi stava dicendo! Maledetto viva voce!

"No non si preoccupi Sig. Pembrick, non mi ha spaventato, dica pure."

Il Sig. Pembrick risponde:
"Hai dell'olio per la catena della sega a motore? il mio è finito e volevo provarla prima di domani, ne avremo bisogno. Se ti va bene puoi venire verso le 09,00 del mattino."

Mi guarda e avverto che mi sta scrutando come non ha mai fatto prima. Sarà una mia sensazione, oppure è riuscito a distinguere il significato delle frasi di Marc? Cercando di non far trapelare ancora una volta le mie emozioni con una voce con tono nervoso e impaurito rispondo:

" Si, ne ho un flacone, però adesso sono in ritardo. Domani lo porterò con me. Alle 09,00 del mattino precise sarò da lei."

Mentre dico queste frasi il pensiero della telefonata interrotta di Marc mi terrorizza e mi chiedo chissà che cosa abbia trovato nel

PC del signore che mi sta salutando con un sorriso "gioviale". Non sono per niente tranquillo. A un tratto quel piacevole sorriso non mi mette più serenità ma mi sembra più una maschera che nasconde i suoi reali pensieri. Non avrei mai pensato di dover nutrire dei seri e oscuri dubbi sulla sua persona.

Senza perdere altro tempo salgo in macchina e cerco di richiamare Marc il quale mi risponde in un secondo:

" Hey Marc, sono in auto mi vuoi spiegare qualcosa? Sto arrivando. Ho dovuto agganciare perché mentre parlavi c'era Mr. Pembrick proprio ad aspettarmi di fronte alla porta d'uscita. "

Lui con un tono decisamente terrorizzato ma meno scombinato di prima mi dice:

" Il tuo vicino nasconde un terrificante segreto! Noi andando a ficcanasare sul suo disco fisso lo abbiamo scoperto! Credo che lui abbia pensato di essere al sicuro formattando il disco. Meglio se non ne parliamo al telefono, ho la batteria scarica e il caricabatterie è rimasto a casa di Rosanna. Non posso rimanere senza telefono. Passa di corsa a prenderlo altrimenti sarò isolato dal comunicare con te e con qualsiasi altro, ma mi raccomando, poi corri qua veloce che ne discutiamo subito! Spero che il tuo vicino non mi abbia sentito! "

Marc riaggancia e io non riesco a farlo stare di più al telefono come avrei voluto. Senza essere riuscito a salutarlo mi concentro alla guida. Cerco di sentirmi forte con l'aiuto della luce del sole che se ne sta andando mentre attenua il mio senso di paura nei confronti di questa terribile e misteriosa scoperta. Il senso di curiosità che avevo prima si fa più forte come si fa più forte anche la preoccupazione di cosa nasconda quel mio vicino dall'aspetto non più tanto innocente.

Passo a casa di Rosanne allungando la strada di quindici minuti che in questo momento sembrano troppi, ne perdo un'altro velocemente nei soliti convenevoli e per tagliare corto dopo aver preso in giro la sbadataggine del nostro amico in comune mi faccio ridare il caricabatterie e proseguo per raggiungere la casa di Marc. Appena arrivo, scendo dall'auto e noto che alla fine del vialetto sulla porta di casa c'e un foglio appiccicato con del nastro adesivo. Mentre continuo ad avvicinarmi mi chiedo cosa sia, una volta di fronte leggo:

" Ciao Jimmy, sono dovuto uscire, ho un impegno del quale mi sono dimenticato e col telefono scarico non sono riuscito ad avvisarti. Ci vediamo domani per quello che già sai."

È assolutamente impossibile! Dopo lo spavento che mi ha fatto prendere e il terrore che ho sentito nella sua voce, non può essersene andato! Voleva assolutamente che io venissi da lui, lo conosco troppo bene per aspettarmi una reazione simile dalla sua persona. Poi un altro particolare che è decisamente improbabile è che mi abbia chiamato Jimmy! Marc da 15 anni mi chiama Cillo! Non ha mai usato il mio nome di battesimo! In un biglietto non mi avrebbe mai chiamato per nome! Mi guardo attorno per cercar risposta. Qui c'è qualcosa che non torna, dove sarà finito Marc? Cercando una possibile spiegazione, prendo il mio cellulare e provo a chiamarlo, ma una voce femminile predefinita registrata dice: *"Il cliente da lei chiamato non è raggiungibile, oppure potrebbe avere il telefono spento."* Accidenti! Rimango fermo davanti alla sua porta e strappo il biglietto. Lo piego per mettermelo in tasca, non si sa mai se potrà mai servire a chiarire qualcosa. Non voglio credere in quello che ho letto. Lui abita da solo e so che nella veranda del retro ha un finto termometro dove tiene al suo interno una copia delle chiavi di casa. Stando molto attento che nessuno mi veda vado a prenderle e dopo aver fatto questo, cercherò all'interno della casa se Marc se ne è andato sul serio e dove sia il computer del Sig. Pembrick. Girando verso il retro mi guardo attorno sempre più diffidente, trovo il finto termometro posto vicino all'entrata secondaria e aperto il coperchio vedo le chiavi di scorta, decido di prenderle e di entrare.

Devo vedere con i miei occhi cosa sta succedendo e mi chiedo se la casa sia davvero vuota, se Marc se ne sia andato veramente e voglio trovare quel maledetto vecchio computer! Apparentemente, entrando dal retro sembra tutto a posto. Chiamando Marc a voce alta nessuno mi risponde. Sembra che se ne sia uscito per davvero. Alcune luci sono accese, sembra strano. Marc, per una sua forma maniacale spegne sempre tutto. Appena girato l'angolo della cucina vedo che la televisione è accesa! Anche questo non è da lui, se Marc è uscito dovrebbe averla chiusa come fa sempre. Sul tavolo ci sono dei frammenti di briciole di tacos e una lattina di coca cola mezza vuota. Mi giro e controllando la seduta del divano, un particolare che forse per altri sarebbe poco significativo colpisce i miei occhi, una piccola vaschetta di salsa di formaggio è appoggiata su di esso, istintivamente mi viene da controllare una cosa, intingo il dito nella salsa e sento che il formaggio è ancora tiepido e filante. Non è passato molto tempo da quando è stato scaldato nel microonde! Se Marc se ne è uscito lo deve aver fatto poco meno di qualche minuto fa. Il mio amico che sembra volatilizzato nel nulla, era qui giusto prima del mio arrivo, non ha aspettato il caricabatterie nonostante lui stesso mi abbia pregato di riportarglielo, altrimenti come da suo timore sarebbe rimasto isolato.

Sospetto che Marc non se ne sia andato spontaneamente. Come credo che il biglietto non sia vero significa che qualcun altro lo ha scritto al posto suo. Chi ha probabilmente convinto Marc ad andarsene o a portarlo via con la forza forse è ancora nei paraggi.

Questo sembra un rapimento in piena regola con la messinscena per depistare le tracce! Pensando a questo la paura che ci sia qualcuno qui nella casa a spiarmi e a tenermi un possibile agguato comincia a farsi sentire. Da fifone mi sono sempre preoccupato fin troppo di possibili aggressioni ma questa volta la sensazione è che realmente possa accadere!

Non oso pensare che il Sig. Pembrick da gentile persona sia diventato un mostro. È possibile che il Sig. Pembrick abbia sentito tutto e sia passato di qua a "sistemare" la cosa? Ma ancora più orribile è pensare che qualsiasi cosa contenesse quel computer possa essere così tremendo da scatenare un rapimento.

Mi muovo circospetto nella casa e salgo al piano superiore camminando al buio percorrendo la scala per raggiungere lo studio di Marc per cercare il computer del Sig. Pembrick. Gli scalini in legno scricchiolano attraverso la copertura di moquette e mi fanno pensare che se qualcuno arrivasse da sotto lo sentirei prima che lui possa raggiungermi, ciò non toglie che se qualcuno è già al piano di sopra mi sentirà anche lui e starà ad aspettarmi. Lui nascosto in un angolo al buio! Vedo lo studio con la porta aperta. Con cautela entro al suo interno e accendo la luce. La stanza di Marc è come al solito, un po' di confusione, cibo mezzo smangiucchiato qua e là.

Cerco e ricerco ma non vedo nemmeno l'ombra del computer del Sig. Pembrick! La stanza è colma di apparecchiature, cacciaviti e altri attrezzi da lavoro. Mi pongo di fronte alla scrivania e vedo che nella sua solita confusione qualcosa stona. La sua scrivania solitamente è stracolma di fogli, materiale elettrico e pezzi di computer come il resto della stanza, ma adesso presenta uno spazio vuoto posto al centro di essa. Sembra che qualcosa sia stata spostata, ne sono certo! Il rimanente dello studio non ha un centimetro libero. Guardo molto attentamente attorno in ogni angolo e lo sguardo cade sulle prese di corrente che stanno sotto il lato destro della scrivania. Ecco qualcosa, me lo sentivo. Tutte le prese sono occupate da alcune spine, si vede la spina del suo portatile che è collegata, vedo la spina del fax e man mano tutti gli altri apparecchi che sono collegati a esse ma, una di queste finisce nel vuoto, è di color grigio. Nonostante sia inserita nella presa multipla non è collegata a nessun apparecchio! Mi chino e la prendo in mano, la guardo attentamente e non ho nessun dubbio. È grigia mentre tutto il resto dei cavi sono neri e moderni. È la cordicciola di alimentazione del computer regalatomi dal Sig. Pembrick! Il computer era qui e ora è sparito! Mi chiedo se sia stato nascosto da Marc, visto il contenuto orribile a me ancora non spiegato potrebbe averlo fatto per cautela.

Improvvisamente sento dei rumori provenire dal di sotto, sperando che se sia Marc e non il suo presunto rapitore. Mi sento ugualmente in pericolo. Qualcuno è ancora qua con me e potrebbe non essere il mio amico! Sono indeciso se nascondermi o affrontare la possibile minaccia. Purtroppo a mio svantaggio in questo momento sarei io la preda disarmata, mentre lui, per quello che ne so io potrebbe essere armato e avere la meglio su di me. Probabilmente, mi avrà visto entrare. Sicuramente sa che sono qua. Mi soffermo per capire meglio e cerco di ascoltare dove si stia dirigendo. Le case in legno hanno il vantaggio di avere molti scricchiolii e grazie a questi di aiutarmi a capire da che parte e dove l'uomo misterioso si stia muovendo. Per mia fortuna sento che non sta salendo le scale. Lo avverto girare sotto la stanza nella quale mi trovo, di conseguenza è vicino all'entrata principale nel salottino, credo che si stia muovendo lentamente per non farsi sentire. Se il mio istinto non sbaglia starà per uscire.

Si! Percepisco esattamente il cigolare della porta principale che si apre! Non ho il coraggio di muovermi. Sono a pochi metri da qualcuno che ha fatto sparire un mio amico e inscenato con un biglietto falso uno stratagemma per ingannarmi!

Vorrei chiamare la polizia ma non ho nessuna prova di ciò che sta succedendo? Un biglietto di un amico che mi avvisa che non è in casa, un computer con degli indizi terrificanti dei quali non potrei descrivere nulla e io stesso che sono nell' abitazione di un amico commettendo effrazione senza che lui lo sappia. Non avrei nessun credito e al contrario potrei essere io quello che finirebbe nei guai! Ormai chi è qua se ne sta per andare e non ho il coraggio di fermarlo. Sento un caldo terribile e il battito del mio cuore che rimbalza nella gola!

Facendomi coraggio mi avvicino alla finestra dello studio e scostando leggermente la tenda cerco di spiare chi stia per uscire. Purtroppo la visuale non è delle più comode e adatte. Le luci del giardino non sono accese.

Mi accorgo che la finestra è aperta e senza zanzariera. Sporgendo cautamente la testa leggermente all'esterno di essa riesco a posizionarmi per vedere meglio, guardando sotto e sento che qualcuno si muove nascondendosi fra i cespugli sul bordo della casa. È furbo! Sa che se prendesse il vialetto lo vedrei chiaramente! Vedo che nella direzione dove si muovono i cespugli c'è un auto parcheggiata, ma non riesco a visualizzarla bene! È buio e gli alberi ne coprono la vista, sicuramente chi si sta muovendo è diretto verso di essa!

Devo inventarmi qualcosa! Forse questa è l'unica possibilità che ho per identificare chi era qui e che cosa ne abbia fatto di Marc!

Nel giro di un secondo mi viene in mente un'idea, porgendo la mia attenzione sul fucile da paintball che Marc usa nelle partite! È caricato a pallini colorati, corro a prenderlo, alzo ulteriormente la finestra e mi sporgo al suo esterno imbracciando il fucile! Cerco di mirare al meglio possibile l'auto misteriosa e nel mentre il personaggio in maniera molto furba entra nel suo abitacolo senza farsi vedere.

Sparo qualche colpo, dal rumore delle foglie dei cespugli sento che ci passa attraverso! Centrata! Si ho sentito che ho colpito la carrozzeria! L'uomo accende il veicolo e a luci spente si allontana senza farsi notare.

Brutto bastardo! Chiunque tu sia ora hai l'auto marchiata! Sarà facile identificarti! Mi faccio coraggio e scendo al piano di sotto, esco dalla casa di Marc senza chiudere a chiave, adesso la cosa che mi preme di più è salire nella mia macchina e cercare di raggiungere chi era qua dentro, identificarlo e possibilmente circondato da altra gente al sicuro, obbligarlo a dire dove sia sparito mio amico!

Finché rimarrò in strada non potrà farmi nulla! Io sarò al sicuro e i pallini colorati che ho sparato sulla sua carrozzeria mi aiuteranno a identificare il suo mezzo! Salgo in macchina e dalla fretta senza mettermi le cinture accendo i fanali e sgommo alla caccia del bastardo! I proiettili colorati hanno colpito il lato destro della sua autovettura e finché io starò sulla corsia di destra riuscirò a vedere la fiancata giusta. L'importante è capire la direzione che ha preso. La strada principale è quella più vicina e i miei occhi non si staccano da nessuna autovettura che percorre la mia stessa direzione!

Il mio obbiettivo è una berlina! Nella corsia di destra sorpasso rischiando di essere fermato per eccesso di velocità. Guardo qualsiasi tipo di mezzo di ogni marca Ford, Toyota, Nissan…ma nessuna di queste ha la fiancata sporca di colore! Non so più che direzione seguire e le strade ormai si sono intersecate in vari incroci. Chiunque fosse, temo di averlo perso! Guardando le luci dei lampioni che illuminano l'asfalto sento gli occhi infastiditi. Con rabbia decido di ritornare a casa, ormai ho perso la battaglia, ritorno sulla via che conduce alla mia abitazione cercando di fare varie ipotesi sull'accaduto e mi rendo conto che l'unico possibile indiziato è il gentile e alquanto misterioso Sig. Pembrick. Nessun altro sarebbe entrato a casa di Marc e avrebbe trafugato il suo computer facendolo sparire assieme a lui. La deduzione non necessita di un genio. Nessun altro avrebbe motivo di farlo, l'unico è proprio lui, il mio vicino di casa che sicuramente avrà sentito Marc durante la nostra telefonata mentre parlava di denunciarlo. Avrà capito tutto, se io non fossi passato a prendere il caricabatterie, senz'altro lo avrei anticipato e forse in due al suo arrivo saremmo riusciti a fermarlo!

Rientro lentamente nella strada dove abito e controllo circospetto se qualcosa di strano si aggira nei dintorni. Vedo la mia casa e di fronte a essa l'abitazione del Sig. Pembrick, tutto sembra come al solito. Nessuna cosa fuori posto nonostante la giornata testimoni tutto il contrario!

A questo punto decido di controllare l'automobile del mio vicino se sia al suo posto ed eventualmente se la possibile vernice colorata sulla sua fiancata possa provare la sua colpevolezza che è stato a casa di Marc. Passando con la mia auto di fronte alla sua abitazione riesco a vedere la sua macchina parcheggiata, ma vedo solamente il lato destro della sua Toyota, non è abbastanza, a me serve vedere questo, nel caso fosse la sua auto a essere stata colpita troverò senz'altro la vernice distribuita sulla fiancata e allora potrò avere la sicurezza che sia lui quello da essere incolpato.

Parcheggio la mia auto nel vialetto e corro a controllare se ci siano movimenti all'interno dell'abitazione del Sig. Pembrik, c'è una luce soffusa proveniente dal salotto del piano terra, sicuramente si tratta di una lampada che il mio caro vicino lascia sempre accesa, l'energia elettrica "grazie" alle centrali nucleari nei paraggi è a basso costo e si spreca molto.

Purtroppo la Toyota del Sig. Pembrick ha il lato destro parcheggiato adiacente a una fitta siepe e non posso controllarlo!

Decido di prendere tempo e mi avvicino all'entrata di casa mia, ma noto qualcosa di strano, la tendina che io solitamente tengo chiusa sulla finestra della porta è spostata! Non l'ho sicuramente spostata io. Credo proprio che qualcuno sia entrato a farmi visita! La paura aumenta nuovamente, devo entrare e controllare.

La porta è chiusa a chiave, quindi nessuno dev 'essere passato per l'entrata principale. La apro e all'interno la mia vista scorre verso tutti gli angoli nascosti dove potrebbe attendermi in agguato il personaggio che sta terrorizzando la mia vita.

Per adesso vengo suggestionato dalle ombre e finti riflessi che disegnano figure umane inesistenti. Credevo non fosse più possibile che alla mia età rimanessi ancora spaventato e suggestionato da ombre e dal nulla!

Accendo la luce e percorro con molta attenzione il corridoio d'entrata. Giro per la cucina dove vedo che nulla è stato toccato, procedo per il salotto e poi non trovando ancora niente di strano cammino verso la camera da letto, ed ecco una sorpresa! Il tablet che avevo lasciato sul comodino è sparito! Lo sapevo! La stessa persona che ha razziato il computer del Sig. Pembrik a casa di Marc ora ha fatto sparire anche il mio tablet! Il Sig. Pembrick è riuscito a passare di qua mentre io cercavo di trovarlo per strada. È venuto a cercare qualcos'altro, a cercare qualsiasi cosa che possa avere i dati del suo computer trasferiti in esso. Non vuole lasciare nessun indizio su cosa abbia da nascondere.

Mi prende un pensiero e mi chiedo se Mr. Pembrick sia effettivamente ancora in casa! Una a una controllo tutte le stanze, fino a poco fa le cose toccate erano la tendina e il mio tablet scomparso, ma, adesso guardando nel mio studio la cosa si aggrava. Il mio computer con tutti i suoi accessori è stato rubato! Certo! Quel maledetto avrà pensato ancora una volta che qualche dato fosse già stato trasferito nel mio computer e così me lo ha portato via!

L'aspetto sereno di Mr. Pembrick è andato a svanire e ora la sua personalità è quella del mostro custode di chissà quale torbido e terrificante segreto! La cosa terribile è che Marc ancora non mi chiama, non voglio pensare a cosa possa essergli successo! Ho timore che per via della gravità di quello che c'è nel computer lui possa essere stato ucciso e non vedo quali altre soluzioni rimangano. Ripenso ancora di andare alla polizia, ma mancano gli elementi di prova e non mi ascolterebbero nemmeno come già successo.

Un altro pensiero mi balena per la mente. Chi ha rubato i miei computer come avrà fatto a entrare se la porta principale era chiusa a chiave? Devo controllare la porta secondaria nel retro della casa. Mi lancio giù per le scale armato stupidamente di un innocuo tagliacarte che raramente uso e non accendo le luci per non annunciare il mio arrivo. Mi abbasso cautamente per non rischiare di essere colpito di sorpresa al capo e giro verso la porta del retro. Sembra non ci sia nessuno e l'angoscia continua a farmi intravedere forme e presenze che la mia fantasia sta creando di continuo.

Prima ancora di avvicinarmi alla porta secondaria vedo che uno spiraglio di luce illumina il buio della stanza. Senza dubbio indica che la porta è aperta! A un metro da essa posso constatare che qualcuno è entrato proprio da qua, ma accortamente ha pensato bene di forzarla sullo stesso punto che io la forzai un mese fa visto che mi ero dimenticato le chiavi! Maledetto! I segni della vecchia forzatura farebbero credere alla Polizia che la cosa non sia successa stanotte. Anche questa volta non posso denunciare niente!

Chiudo velocemente la porta del retro ed essendomi assicurato che nessuno sia in casa, mi avvicino alla porta dell'entrata principale e nel controllare la tendina spostata vedo che in fondo al vialetto dall'interno della casa di Pembrick si muove qualcosa. Sono le 10,15 PM e solitamente a quest'ora nella sua abitazione non vola una mosca. Strano che proprio stanotte ci sia movimento vero?

Continuo a ripensare all'auto sporcata con la vernice dei proiettili da war games. Se solo potessi avvicinarmi di nuovo e controllare il lato che probabilmente è stato macchiato sarebbe una prova schiacciante su chi fosse nella casa di Marc. Decido che devo uscire di nuovo e andare a controllare l'auto del "caro" vicino. Per non essere notato è meglio che indossi la giacca nera regalatami da un amica ed esco dalla seconda entrata nel retro per non farmi vedere. Mi accorgo che era da tanto tempo che non sentivo l'aria fresca che la notte riesce a portare. Visti gli impegni soliti difficilmente esco la sera. Peccato lo stia facendo ora per una cosa che non ha nulla di godibile.
Giro attorno alla mia casa, vedo tutte le altre abitazioni hanno le luci interne spente e sembra che tutti stiano già dormendo. L'unica luce ancora accesa all'interno della casa è proprio quella del mio "stimato" vicino! Per raggiungere la sua casa faccio il giro largo camminando sull'erba del prato tenendomi a un angolo più nascosto possibile dalle sue finestre. Sperando che nessuno possa vedermi arrivo proprio nell'angolo della casa del Sig. Pembrick. Se ho scelto il percorso giusto dovrei essere abbastanza sicuro che non mi ha visto. L'ansia di controllare l'automobile è forte. Visti i pochi piedi che mancano per arrivare all'auto e spinto dall'agitazione decido di accelerare il passo e tramutarlo in corsa non curandomi più se qualcuno dei vicini possa insospettirsi. Le mie scarpe bagnate dall'umidità notturna sull'erba ritornano a

calpestare il cemento.

Il piccolo lampione del vialetto di Pembrick illumina il mio viso infastidendo i miei occhi abituatisi a quei pochi secondi di oscurità. Sono di fronte alla sua entrata! L'automobile è a due yards da me, sono nuovamente sul lato destro. È arrivato il momento di riuscire a controllare l'altro lato anche se nascosto dalla vegetazione!

Mi muovo a sinistra dell'auto incastrandomi fra la siepe e guardando con accurata attenzione la portiera e la scocca del mezzo non trovo nessuna traccia di vernice! Non è possibile! Allora non era lui? Non trovo nessun indizio logico che possa farmi pensare a qualcun'altro o a un estraneo alla faccenda del computer!

Guardo più accuratamente la carrozzeria e vedo che ci sono alcune gocce d'acqua su di essa. Guardando il cemento dove la macchina è parcheggiata vedo che non è l'acqua dovuta all'umidità notturna ma che anche sul pavimento direttamente sotto al lato destro dell'auto è molto bagnato. La quantità d'acqua che si vede nonostante il buio è troppa per essere dovuta all'umidità notturna e seguendo con lo sguardo si intravede che proprio da questa posizione è stata spruzzata dell'acqua che poi è scesa giù dal vialetto scorrendo fino alla strada. Questo significa solo una cosa. Certo! Il timido Sig. Pembrick ha pensato bene di lavare la macchina a un orario per lui del tutto insolito! Si era accorto della vernice. Forse ha sentito i proiettili colorati arrivare addosso alla carrozzeria ed è stato molto svelto. È riuscito a pulire tutto e a portare via i miei computer mentre io perdevo tempo inutilmente dandogli la caccia per le strade. Non avrei mai sospettato che una persona dall'aria così pacata e a volte timida potesse essere così scaltro in azioni del genere. È proprio vero che non si può mai essere sicuri di chi si ha a che fare.

Nello scrutare l'auto alla ricerca di altri possibili indizi mi appoggio sul cofano anteriore e senza stupirmi sento che è tiepido a ulteriore conferma che l'auto è stata parcheggiata da poco. Si sentono i classici rumori da sotto il cofano di scricchiolio metallico dovuti al cambiamento di tensione che il calore ha creato e che ora il raffreddamento riporta allo stato precedente.

Ripenso di nuovo arrabbiato con me stesso di come Pembrick riesca a precedermi su tutto. Stupidamente mi sia fatto ingannare più di una volta. Non ha lasciato nulla che possa indicarlo come colpevole di qualcosa. Ora che ho la certezza che sia lui ad aver rapito Marc e che sta braccando anche me. Devo escogitare qualcosa per tirarmi fuori, capire dov'è Marc, salvarlo e recuperare il computer di Pembrick. Allora a quel punto potrò denunciarlo alla polizia! Non so bene da dove cominciare. Quindi decido di mettermi al sicuro e avviarmi cautamente a casa, in cerca di qualche buona idea per ritrovare Marc. Ovviamente non riuscirò e non vorrò dormire, chi potrebbe farlo visto tutto quello che sta succedendo? Mr. Pembrick senz'altro non starà fermo ad aspettare una mia mossa, quindi decido di chiudere bene e sigillare tutte le porte e finestre, non vorrei mai che mi venisse a fare visita durante la notte. Davanti alla porta principale sposto il baule carico di vecchie riviste e libri. Se farà leva, o spingerà dal di fuori non riuscirà a spostarlo di un centimetro senza che io non possa sentirlo. Sulla porta dell'entrata posteriore colloco senza pensarci molto una delle sedie di legno incastrandola sotto alla maniglia sperando che davvero come sentito dire riesca a tenere la porta bloccata.

89

Dopo essermi assicurato che la casa sia per quanto possibile a prova d'intruso mi sdraio finalmente nel mio letto, sento la schiena che fa male e cerco di rilassarmi. La mente è stanca ma non voglio ne tanto meno posso staccare da questa orribile vicenda. L'ultima mia occhiata va alla casa di Pembrick. Vedo spegnersi la luce al suo interno, un brivido mi corre addosso pensando che il caro vicino sappia cosa io stia facendo e che adesso sono nella mia camera da letto. Sembra quasi che lui sia consapevole delle mie mosse e adesso come dopo aver spento la luce se ne sta come un animale in attesa nella sua tana per sferrare l'attacco alla preda.

Mille pensieri si accavallano e altrettante mille paure crescono nuove ogni minuto che passa. Nella dormiveglia nella quale cado involontariamente mi sembra che tutto quello che è successo oggi sia solo parte di un brutto incubo. Un brivido di paura mi risveglia dal torpore e mi fa piombare di nuovo nella terrificante realtà cercando di trovare una soluzione.
Per mia sfortuna capisco che ad un certo punto della notte il mio cervello ha smesso di pensare e stremato dalla stanchezza sono piombato per un tempo imprecisato in uno stato di sonno più o meno profondo.

Finalmente la luce del mattino insistendo filtrata attraverso la finestra mi risveglia, ma nonostante il suo calore non riesce a togliermi il senso di fredda paura che nuovamente mi riassale. I miei incubi e pensieri dalla giornata precedente saranno alla guida anche di questa che mi si sta presentando. Guardo la radiosveglia e vedo che sono le 08,00 AM ricordo l'impegno preso la giornata scorsa e fra un ora dovrò essere dal Sig. Pembrick a tagliare il vecchio albero! Mi chiedo se seguendo il suo gioco e facendo finta di nulla io possa coglierlo in fallo e fare qualcosa per salvare Marc.

Se è stato rapito sicuramente non ci sarà l'intenzione di lasciarlo andare e la paura che possa essere già stato ucciso mi crea uno sgomento al quale la mia mente cerca di fuggire.

Ho paura che Pembrick non mi lascerà andare tanto facilmente e che abbia escogitato qualcosa. Il dubbio che mi tenda una trappola è più che giustificato. Cercherò di non mettermi a contatto con lui e di non rimanere da solo. Qualsiasi cosa alla quale sto andando incontro porterà in me la necessita di una risposta immediata e improvvisa. Al momento, andrò da lui come da programma, porterò con me qualcosa per difendermi nel caso finirà male e in qualche maniera spero di poter guidare la sua stessa persona cercando di farlo incastrare da solo.
Molto velocemente, cambiandomi con qualche vestito comodo per lavorare scelgo d'indossare I miei pantaloni che hanno dei tasconi molto grandi nei quali potrò nascondere qualche arma improvvisata. Purtroppo non ho coltelli o altri tipi di armi in casa. Decido di fabbricarne una al volo spezzando un vecchio pezzo di lastra di vetro, lo avvolgo con uno straccio ed ecco che posso tenerlo nel grande tascone di destra, così sarà a portata di mano in caso di necessità. Così facendo anche in caso succedesse qualcosa, nessuno potrà indicare che avevo cattive intenzioni. Posso giustificare che è un pezzo di vetro che mi son portato come campione da dover comparare in negozio.

Presto arrivano le ore 09:00 AM e qualcuno suona alla mia porta. Vedo dalla finestra della mia camera il Sig. Pembrick in fronte di essa puntuale e preciso. Aveva paura che non andassi ed è venuto lui in persona a chiamarmi. Mi aspetta come se nulla fosse, la situazione è diventata davvero come una partita a scacchi dove i due avversari cercano di nascondere le mosse all'altro! Faccio forza sulla volontà di salvare Marc e scendo verso il mio vicino di casa.

Intravedo il ciuffo di capelli bianchi dal vetro della porta d'entrata, mi chiedo quale espressione potrà mai indossare oggi per celare quello che davvero si nasconde dentro di lui. Apro la porta e col suo solito sorriso mi dice:

"Ciao Jimmy! Sei pronto ad aiutarmi a sradicare una vita passata?"

Penso, davvero? Questo è quello che ha detto? Il suono di questa frase sembra decisamente a doppio senso. Sta giocando con me in maniera molto diretta ma non accusabile! Io mi fingo ignaro e rispondo:

"Buongiorno Sig. Pembrick, Sono pronto ad aiutarla."

Lui mi sorride ironicamente forse pensando a tutto quello che so su di lui e quello che forse crede che io sappia. Mi gira le spalle e ci avviamo a fare il lavoro programmato. Io non posso fare a meno di essere completamente distratto in ciò che sto facendo con lui e di cercare di capire a come abbia programmato le sue mosse future.

Ora durante l'operazione del taglio dell'albero Pembrick si lancia in discorsi che sembrano prediche sullo di stile di vita che una persona dovrebbe seguire e fa notare come lui sia morigerato e tranquillo. Questa è la prima volta che sento il Sig. Pembrick parlare di se stesso. Il tutto se fosse stato detto in un'altra circostanza sarebbe suonato nuovo ma più che normale. Adesso assume un aria di presa in giro e a tratti quasi velatamente minacciosa. Ad un certo punto Mr. Pembrick accende la motosega dalla quale me ne sto distante il più possibile. Un incidente (come lo chiamerebbe lui) potrebbe sempre succedere. dopo aver tagliato il tronco fino al punto di rottura ma poco prima che l'albero ceda, la motosega si spegne. Mr Pembrick dice che ha finito la benzina e che non ne ha più nella tanica. Bisognerà terminare il lavoro in maniera diversa. Con voce gentile mi invita:

"Jimmy, cortesemente potresti andare nel mio garage a prendere la sega per questi rami?"

Io poco volentieri e sospettosamente eseguo la richiesta pensando che possa essere qualche idea architettata da lui per intrappolarmi e vado senza discutere verso il garage. La cosa mi inquieta, è mi chiedo cosa avrà architettato. Quella che è sempre stata una casa tranquilla adesso assume l'aspetto della tela di un ragno assassino.

Entro nel garage bene accorto di guardarmi le spalle e cerco negli attrezzi appesi al muro la sega da legno che mi è stata chiesta. Non riesco a trovarla, ma all'improvviso il mio occhio cade su qualcosa di ben diverso da una sega manuale! Non può essere ma ben sistemato sotto il tavolo da lavoro vedo il vecchio computer del Sig. Pembrick! Non ci sono dubbi! Riconosco lo sticker con la password scritta! Perché lo ha portato qui? Perché mi ha fatto entrare nel garage e chiaramente mostrarmelo volontariamente in questa maniera? Il tranquillo uomo di mezz'età dai capelli bianchi deve aver architettato un piano contorto che non capisco e ora si sta sollazzando in un gioco deviato con me come preda!

Nel mentre mi rendo conto di questo, vedo dallo specchio posto sul bancone che senza accorgermene il Sig, Pembrick è dietro le mie spalle imbracciando la sega a motore! Istintivamente avvicino la mano al pezzo di vetro che tengo nel tascone dei pantaloni e immediatamente capisco che una lotta sarebbe impari nei confronti di una motosega. Mi giro per guardare in faccia il mio aggressore e attendendo che lui accenda l'attrezzo sentendo i muscoli della mandibola contrarsi sono pronto a sferrare un colpo al primo accenno di attacco, ma il Sig. Pembrick dice....

"Jimmy, non hai ancora trovato la sega?"

Mi fermo all'istante dal colpire per primo! Un attimo ancora e avrei estratto il mio strumento di difesa improvvisato, per colpire Pembrick! Perché Pembrick sta facendo questo?
Non riesco a capire e precedere le sue intenzioni. Continua a essere sempre un passo più in la di me. Il gioco che ha organizzato è stato studiato a puntino. Se ho colto bene, lui mi ha fatto entrare qua con una scusa, sapeva benissimo che io avrei visto il computer e che mi sarei agitato e che di conseguenza vedendolo alle mie spalle con la motosega riflesso sullo specchio avrei attaccato lui per primo. In questo caso avrebbe usato il mio gesto violento per accusarmi come colpevole di un attacco nei suoi confronti! Senz'altro la cosa sarebbe finita con la polizia che confortava il ferito Sig. Pembrick e io sbattuto in galera in mezzo ai pazzi che senza motivo hanno tentato di aggredire "innocenti" cittadini. Sicuramente era proprio questo il suo piano. Bravo Sig. Pembrick! Ha proprio una mente contorta che sa pianificare al dettaglio. Mi stava per incastrare per bene.

Vedo che riesce a leggermi negli occhi, vede che sono spaventato e percepisco dal suo sguardo che lui gode di questo. Ora ho capito che per adesso lui cerca di farmi fare la prima mossa per incolparmi, questa non è cosa da poco, anzi! Non è riuscito a trovare nessun altro sistema per togliermi di mezzo, anche se questo non significa che nelle prossime ore il perverso Mr. Pembrick riesca a escogitare qualcos' altro.

Passato questo momento orribile sembra che il gioco continui spostandosi in una fase successiva. Tutti e due assieme usciamo dal garage con gli attrezzi in mano e io bado bene di non dargli mai le spalle. Nel giro di poco tempo fra tagli e riordino della legna, finiamo il lavoro. Mentre il tempo passa, sembra che l'unico tentativo d'incastrarmi fosse quello al quale son riuscito a scappare. Dopo aver terminato il lavoro, con un fintissimo saluto amichevole me ne ritorno a casa ancora una volta per meditare qualcosa per concludere questa brutta faccenda nel migliore dei modi. Sta passando troppo tempo e non ho la più pallida idea di che fine Pembrick abbia fatto fare a Marc.

Evito di togliere lo sguardo dalla casa del perfido vicino. Non mi cambio i vestiti ne tanto meno penso di andare a lavarmi di dosso la polvere e lo sporco del legno tagliato. Preferisco rimanere di vedetta di fronte alla mia finestra e scrutare tutti i movimenti del Sig. Pembrick. Lo guardo attraverso i suoi vetri e vedo come si muove in casa. Riesco a intravedere che si muove da una stanza all'altra. Se tutto filerà liscio e non cambierà la sua routine, questa sera dovrebbe uscire come al solito per la riunione del suo circolo, una loggia della quale so molto poco, nella quale rimane fino alle 10,30 PM di ogni lunedì. Queste sono le sue abitudini e spero non le cambi proprio oggi anche se ce ne sarebbe un valido motivo. Le ore passano e rimango tutto il giorno a osservarlo e a cercare qualche idea per portare alla luce che cosa diavolo stia facendo. È chiaro che lui è al corrente del mio attendere una sua mossa falsa, ma Pembrick non è l'unico a saper giocare! Dopo esser scappato al suo tentativo d'incastrarmi ho segnato un piccolo punto a mio favore. Non sembra poi così infallibile.

Il secondo giorno dopo la sparizione di Marc e della misteriosa storia del computer di Mr. Pembrick sta per arrivare al suo termine. La notte cala sulle nostre case ancora una volta e copre tutto quello che è successo di giorno. Ormai sono già 24 ore che del mio amico non se ne hanno notizie. Comincio a preoccuparmi sempre di più della sua incolumità.

Come previsto il mio malvagio vicino esce da casa vestito più o meno in maniera elegante e prende la sua Toyota per recarsi al circolo. Credo che l'unica possibilità di risolvere questa cosa sia di entrare nel garage, riprendere quel dannato computer e finalmente far vedere alle autorità cosa ci sia al suo interno. Dopodiché, le ricerche per trovare Marc partiranno all'istante.

Mi rivesto con la giacca scura, prendo lo stesso piede di porco che ho già usato e comperato apposta per aprire casa mia quando dimenticai le chiavi. Questa volta la paura mi fiacca più del solito, il cuore batte forte. Sicuramente le minori energie sono causate dal semplice il fatto che è da ieri che non mangio, non sarei mai riuscito a mandar giù niente.

Mi avvio verso quella casa che ha tutte le sembianze di un bel confetto con un ripieno di ragnatele e brutte sorprese. Come al solito tutte le abitazioni hanno le luci spente al loro interno ed il silenzio aleggia nell'aria. Chissà se qualcuno del vicinato che ora dorme tranquillo abbia mai sospettato che il Sig. Pembrick è tutt'altro di quello che sembra.

Decido di forzare la porta secondaria che è più nascosta rispetto a quella del garage. Fatto questo passerò dalle porte interne e li raggiungerò il garage stesso sperando che Pembrick non abbia spostato il computer.

So che probabilmente c'è l'allarme inserito. Nonostante questo so che solitamente non ci sono pattuglie che girano nel vicinato. Anche se l'allarme dovesse far arrivare la polizia dovrei avere il tempo necessario per trafugare il computer e andarmene prima dell'arrivo della stessa.

Mi avvicino cautamente alla porta del retro e vedo che è ben chiusa, punto il piede di porco vicino alla serratura, ma non riesco ad aprirla. Riprovo a forzarla in un punto diverso ma nemmeno provandoci alla base succede nulla. Deciso e senza perdere tempo giro attorno alla veranda.

edo che la sua porta bianca sembra decisamente meno spessa dell'altra. Punto il piede di porco in mezzo a sinistra dove c'è la sua chiusura. Dopo due tentativi sento il legno che si sfrangia e la serratura con un colpo rumoroso salta e fa aprire la porta. Appena metto il piede dentro casa vengo sorpreso da una luce fortissima che mi acceca! Mi accorgo dopo due secondi che era un flash molto potente! Ma perché? Guardo da dove sia arrivato e scopro che dietro a una scatola fatta da pannelli di vetro spessissimo si vede una macchina fotografica con l'obbiettivo mirato giusto verso la porta e quindi anche verso di me! Non posso crederci! Pembrick ha sistemato tutto in questa maniera e ha immortalato la mia entrata in casa sua! Un punto a suo favore! Anche se volessi distruggere o portare via la macchina fotografica non avrei il tempo per cercare di rompere quel cubo di vetro probabilmente infrangibile che la polizia sarebbe già qua! Meglio che mi sbrighi a cercare il computer!

Continuo a camminare nella casa e arrivo a quella che dovrebbe essere la porta del garage. La guardo attentamente e vedo che è aperta. Cosa che nessuno farebbe mai per non sprecare energia lasciando la temperatura uscire in una stanza che non è isolata termicamente. Mi insospettisce ma ormai sono qua e devo proseguire, non ho molto tempo, se Pembrick ritorna prima sono fregato! Entro velocemente nel garage, la luce del lampione esterno illumina dalle piccole finestre qualcosa che mi terrorizza all'istante! È una figura umana! È seduta su di una sedia! Non può essere il Sig. Pembrick è uscito!

Nel buio capisco che chiunque sia seduto ha la testa chinata e sembra non curarsi della mia presenza. Non capisco, all'istante sono balzato all'indietro e avrei voluto scappare, ma ora sembra che questa persona sia chinata senza rendersi conto di cosa stia succedendo. Attendo un paio di secondi e mi avvicino circospetto, il cuore batte come un tamburo. Il tipo seduto alza la testa e non posso credere a ciò che vedo! Riconosco la capigliatura. È Marc! Ha un aria terribile, ma stranamente non è legato, continuo a non capire.

"Hey Marc! Stai bene? Cosa ti è successo?

Marc riesce a riconoscermi e per un attimo si sveglia da un torpore che non è per niente naturale e con una voce distorta e poco capibile mi dice:

"Portami via Jimmy, ti prego! Pembrick è venuto a casa mia, mi ha sorpreso e drogato. Mi ha gettato nel suo bagagliaio e portato qua. Tu non sai di cosa è capace quell'uomo, io lo sto provando e l'ho visto nel suo computer."

Rimango sempre più terrorizzato! Non riesco a capire cosa Pembrick abbia in mente, il tutto è sempre più confuso. Forse ci lascia entrambi scappare per il fatto che non riusciremmo ad accusarlo di nulla?

Per un attimo lascio lo sguardo da Marc che si trova in uno stato pietoso e vedo con orrore che il computer che oggi era sotto il tavolo da lavoro non c'è più! Sono stato un cretino a pensare che lo lasciasse qui. È ovvio che dopo avermelo fatto vedere lo avrà spostato chissà dove, e adesso? Cosa posso fare? Questo gioco ben architettato è ancora a favore del Sig. Pembrick. È riuscito ancora ad anticipare la mia mossa.

Il silenzio viene rotto da dei rumori provenienti dall'altra stanza vicino alla cucina dove c'è la porta che connette al garage. Sento che si fanno vicini! Corro a chiudere la serratura della porta che divide il garage da essa per guadagnare tempo, mi fermo rasente alla porta e sento che qualcuno si avvicina e si ferma giusto di fronte, mi guardo attorno e con gli occhi puntando la serranda esterna del garage corro di fronte ad essa e forzo sulla maniglia per aprirla e fuggire con Marc.

Impossibile! È bloccata, siamo in trappola! L'altra unica via d'uscita è bloccata dalla presenza di chi sta arrivando! All'improvviso sento una voce provenire dal di là della porta…

" C'è qualcuno? Chi è entrato nella mia casa?"

È Il Sig. Pembrick! È tornato prima. Dovevo immaginarlo. La sua voce, anche se riesco a riconoscerla ha un tono mai sentito prima provenire dalla sua persona. È mostruosamente modificata, in falsetto, una voce bambinesca, Mi gela il respiro! Ora Pembrick fa trasparire un lato oscuro che ha sempre coperto perfettamente. La voce è quella di uno squilibrato! La sento attutita dalla porta chiusa che continua ancora con lo stesso tono grottescamente bambinesco:

"Non ci sarà mica Jimmy con il suo amico Marc vero? E cosa volete da me? Ho paura, non fatemi del male! Ah si volete un computer vero? Ma non c'è più la dentro, Il folletto lo ha nascosto per bene, lui ha cura di me e ha paura che voi andiate a dire alla polizia cosa mi avete visto fare in quelle foto! L'oro non capirebbero e finirei in carcere a vita! Avete voglia di un bicchiere di latte?"

Marc alza la testa penzolante e capisco che sente la voce, vedo che si spaventa ma riesce a reagire a malapena, quel bastardo di Pembrick lo ha drogato con dosi massicce di qualche sostanza schifosa!

A questo punto la rabbia prende il sopravvento e mi fa reagire!

"Hey brutto bastardo! Hai finito di giocare!"

La voce di Pembrick ovattata da dietro la porta assume un tono basso e bestiale:

"Hey piccoli figli di puttana! Non dovevate ficcare il naso nei miei affari! Adesso non lo potrete fare mai più!"

All'improvviso le orecchie saltano dal rumore della porta che si sfonda istintivamente salto un metro indietro da dov'ero, vedo il Sig. Pembrick entrare di corsa ma con una direzione decisa ma

100

opposta a dove sono io! Dove sta andando?

La sua corsa non si ferma mi guarda per un attimo. Va volutamente a sbattere violentemente con la testa su degli scaffali in metallo! Che cosa sta combinando? Io nel terrore non capisco più nulla! Pembrick si rotola a terra e grida:

"Noooo! Lasciatemi stare! Vi darò tutto quello che volete! Vi prego non fatemi del male!"

Mi chiedo se la sua pazzia lo stia divorando e ad un tratto si alza sanguinante, imbraccia la scure che era sistemata e nascosta in un angolo!

La vista di questo mostro sporco del suo sangue, la voce trasformata e la scure minacciosa mi atterriscono. Si ferma per un secondo come per caricarsi e mi corre incontro.

Non riesco a reagire! Vibra un colpo deciso verso di me! Senza rendermene conto riesco istintivamente ad evitarlo. Probabilmente la differenza d'età gioca a mio favore in quanto a riflessi e velocità.

Cado a terra! Pembrick si ferma per un attimo sopra di me con la sicurezza di un animale che ha in pugno la sua preda. Mi guarda e porta con entrambe le mani la scure verso l'alto, mentre è pronto a scaricare il colpo dice:

"Volevate uccidermi! Il tuo amico è un drogato e assieme avete scassinato la mia casa e dopo che vi ho scoperti mi avete colpito alla testa vero? Dillo! Ripetilo o ti ammazzo!"

Io per guadagnare tempo ripeto quello che Pembrick mi ordina di dire

"Si! È vero! Ci ha scoperti!" E continua:

"Io sono un povero uomo solo e ho molta paura! Ho chiamato la polizia e sta per arrivare, ma non mi avete lasciato altra scelta, ho dovuto difendermi! Non volevo farvi del male ma mi ci avete costretto, siete stati delle furie! Ho dovuto colpirvi capisci?" E con tono ancora più aggressivo ripete:

"Capisci stronzo!?!?!"

Io non riesco più a parlare e vedo la mia fine vicina. Marc rimane seduto impotente a guardare la terribile scena consapevole che sarà lui il prossimo.

Pembrick alzando ancora di più le braccia carica il colpo, io chiudo gli occhi sconfitto e mentre attendo il colpo giustiziere un urlo rimbomba nel garage!

"Fermo! Getta immediatamente la scure!"

Riapro gli occhi e da sdraiato allungo il collo dietro di me e vedo un poliziotto che ha la pistola puntata su Pembrick! Altri poliziotti entrano di corsa nel garage e velocissimamente si gettano sul mostro bloccandolo!

Lui si difende e dice cambiando la voce nuovamente, ora con un tono impaurito e sommesso:

"Grazie agenti! Sono entrati in casa e mi hanno aggredito. Se non era per voi mi avrebbero ucciso!"

Brutto schifoso sta ancora tenendo la parte! Uno dei poliziotti mi aiuta ad alzarmi e mi chiede se io sia ferito da qualche parte.

Appena ritornato in piedi riconosco che stranamente nessun poliziotto viene a bloccarmi, mi guardano con sguardo tranquillo e l'agente con la pistola puntata verso Pembrick risponde allo stesso:

"Non ti avrebbero ucciso e lo sai, al contrario li avresti uccisi tu vero?"

Cosa significa? Mi chiedo io. Come fanno a saperlo? Marc con un tono affaticato riesce a parlare di nuovo e dice:

"Brutto bastardo! Pensavi che io rimanessi ad aspettarti? Appena visto cosa conteneva il tuo computer ho subito salvato i dati e li ho inviati allo sceriffo!"

Grande Marc! Non ci avevo pensato! Ma allora per tutto questo tempo la polizia ci ha tenuti sotto controllo! Perché non sono intervenuti prima?

Arriva un'ambulanza e finalmente con l'aiuto dei paramedici appena arrivati io e Marc camminando sempre aiutati sulle nostre gambe usciamo da quella casa e vediamo alcuni vicini fuori a guardare stupiti la scena dai loro giardini. I lampeggianti delle auto della polizia illuminano la notte.

Mentre veniamo scortati all'ambulanza un poliziotto ci spiega che hanno sempre tenuto tutto sotto controllo e non hanno avuto nessun'altra scelta che aspettare qualche evento. Non erano sicuri se Marc fosse all'interno della casa e solo col materiale che Marc spedì tramite e mail non avrebbero potuto incriminare direttamente il Sig. Pembrick, il quale avrebbe negato la possessione di quel materiale chiedendo prove accusatorie in merito.

Ancora penso a cosa contenesse quel maledetto computer, questa brutta esperienza mi toglie qualsiasi voglia di continuare ad essere curioso. Guardo il caro Sig. Pembrick entrare ammanettato nella macchina della polizia e penso che mai più mi metterò a cercare di scoprire la vita nascosta degli altri.

Luce e buio

Sono le 07:00 PM di una grigia serata afosa in città e finalmente dopo due anni di duro lavoro sto per uscire dalla porta del mio piccolo e angusto ufficio per concedermi delle meritate vacanze. Finalmente riesco a staccare la spina dalla monotonia e dai troppi colleghi che mi circondano. È tutto pronto per partire verso il posto che mi sta attendendo.

Ho trovato una casa in mezzo a un bosco accanto ad paesino isolato. Un posto dove i servizi segreti avrebbero difficoltà a trovarmi.

Prima di avviarmi nel viaggio, passo dal mio amico Jeff a recuperare l'unico mezzo che mi terrà in contatto col mondo esterno, un PC portatile che grazie alle connessioni satellitari mi consentirà di mantenere l' impegno che non posso derogare, un aiuto allo sviluppo di un progetto al quale Jeff sta lavorando e che senza il mio appoggio ingegneristico sicuramente andrebbe a rotoli.

Mi chiedo spesso cosa abbia spinto Jeff ad accettare un progetto più grande delle sue possibilità che non può portare a termine da solo come si è sempre prefisso.

Uscendo dallo stabile sento che l'aria inquinata mi opprime come sempre e vedo il traffico in continuo fermento che non accenna a una tregua. In questa situazione che ormai vivo da troppo tempo cerco di mantenere i nervi saldi e salgo nel mio fuoristrada convinto che fra poco avrò il mio meritato relax. La mia guida ha assunto uno stile molto rilassato senza nessun particolare aggressivo al volante. È difficile cambiare metodo di guida dopo anni di "road rage". La distanza che mi separa dal prelevare il computer è poco più di quaranta miglia. Un assaggio prima del viaggio vero.

Appena uscito dal centro città il traffico si fa meno intenso e le altre miglia rimanenti passano in un baleno. Dopo circa un'ora eccomi parcheggiare l'automobile di fronte alla casa di Jeff. Dopo essermi avvicinato alla porta e suonato al campanello stiracchiandomi un po' ecco Jeff col suo sorriso che mi accoglie dicendo:

"Heyla! Ciao Scott, lo so che non vedi l'ora di andare a rilassarti. Avrai molto da guidare, quindi per farla breve, questo è il PC!"

"Jeff, fra cinque minuti sarei già in cammino verso la mia beata solitudine e se non fosse per l'impegno preso con te e il tuo progetto avrei avuto solo la compagnia delle cicale nel bosco di notte."

Jeff con aria ironica e semiseria esclama *"Si bravo! Scappa pure dalla realtà della nostra bella viva città! Vedi di non combinare guai, che star da soli nei boschi è pericoloso."*

Ecco un'altra cosa che non ho mai capito di Jeff, perché sia così attaccato alla civilizzazione e così impaurito dalla solitudine.

"Credimi Jeff che ci sono molti più pericoli qua in città che nello stare da soli in una casa nel mezzo di un bosco."

"Non direi proprio" Sbotta stavolta seriamente Jeff. *" Ricordati che qua puoi sempre godere dell'aiuto di qualcuno, invece lassù sarai davvero solo. Se ricordi bene il tuo bel caro paesino è circondato da gente retrograda. Non dimenticarti che proprio dove stai andando, molti anni fa ci fu un grande processo contro delle streghe! Da quello che ho sentito la gente la non è cambiata di molto!"*

"Hahahha, non posso crederci, credi nelle streghe? Proprio tu che scherzi sempre su tutto e non prendi mai nulla sul serio?"

Il viso di Jeff si cruccia e il tono si fa tremendamente serio. *"Scott, ascoltami bene, un conto è che io scherzi su tutto un altro è che in quel posto siano morte delle persone in maniera feroce, bruciate in un rogo. Credi che questo porti una ventata di positività? Vogliamo parlare del fatto che Hai comperato una casa enorme per un prezzo a dir poco stranamente irrisorio? Non senti aria di fregatura?"*

Mi sento in dovere d'intonare seriosamente una spiegazione e di rispondere in maniera altrettanto seria a quello che certamente voleva essere un avviso da parte di un caro amico.

"La casa è costata poco per il fatto che il posto è isolato e che nessuno di questi tempi vuole starsene in santa pace lontano dal cemento cittadino. E poi i fatti raccapriccianti che dici sono successi centinaia di anni fa, ormai è tutto dimenticato e sepolto".

Stranamente e diversamente dal solito colgo dagli occhi di Jeff una vaga espressione molto seria…
Cerco di stemperare l'atmosfera e dico

"Ok ho capito! Cerchi d'impaurirmi. Vero?"

Jeff circondato dai mille libri alle sue spalle nel suo disordinato appartamento fa una faccia stupita e da questo viene ribadita la serietà delle sue affermazioni, ma da bravo goliarda quale è cambia le carte in tavola e con un fare minaccioso, ma finto mi punta un dito accusatore e dice….

"Te ne pentirai! Quel posto è maledetto! Non andarci, sei ancora in tempo!" Poi scoppia in una risata che non ha saputo trattenere. Di conseguenza non riesco a trattenermi nemmeno io e con un rapido saluto prendo il PC e mi metto in strada...

Finalmente sono alla guida della mia auto e già assaporo il fatto di non dover tornare in ufficio all'indomani. Più mi lascio la città alle spalle e piú mi sento alleggerire di un peso che da lungo tempo gravava sulla mia persona.

Le miglia passano più veloci di quanto avessi immaginato forse anche grazie all'entusiasmo.

L'aria si fa finalmente respirabile. Qualche breve sosta per bisogni fisiologici e un boccone per cena. Quasi assaporo la mia meta.

Dopo altri venti minuti di guida e con la soddisfazione di un pasto che mi ha ulteriormente rilassato arrivo nel paesino stanco ma appagato.

La notte è leggera e già immagino il sole che piano piano comincerà a solleticare il mio risveglio domani mattina. Il paese ha un'illuminazione quasi assente e le luci deboli sembrano appoggiarsi sulle case di antica fattura, L'atmosfera è davvero di solitudine, come speravo che fosse, però per un attimo collego l'aspetto leggermente tetro che invece non mi aspettavo di trovare mentre Jeff citava echi di roghi assassini. Mi sfiora un brivido freddo ma sicuramente non sarà questo a suggestionarmi. Ora non mi resta che chiedere a qualche paesano d'indicarmi dove si trova la mia nuova casa.

Certo che l'agenzia è stata molto generica e per niente d'aiuto, io credo che non l'abbiano nemmeno mai vista di persona, dettaglio che a me non ha importato visto che ci passerò qua solamente pochi giorni all'anno non dovrà essere una reggia. La scelta pazza fatta a scatola chiusa mi rende ancora più eccitato e curioso!

Trovata forse quella che è la piazza del paese scendo dalla macchina e fatico a trovar qualcuno, figuriamoci se a quest'ora la gente del posto non si è rintana in casa rispettando il tramonto e da bravi ascoltatori della natura sanno che la notte è fatta per dormire. Con la coda dell'occhio scorgo un signore che sta per rientrare nella sua abitazione.
Corro a fatica per raggiungerlo, la stanchezza del lavoro e del lungo viaggio si fanno sentire sulle mie gambe.

"Mi scusi!...Mi scusi!..."

L'uomo che ora riesco a vedere da vicino con una lunga barba e occhi infossati, sorpreso nel sentirsi chiamare si gira e seriosamente mi guarda rimanendo in silenzio…

"Mi scusi" Ripeto io… *" Mi chiamo Scott Prior e sto cercando l'unica casa che si distacca dal complesso del paese o meglio dal villaggio pur facendone parte, è situata più internamente nel bosco, sa ne sono il nuovo proprietario".*

109

Il grande uomo barbuto ora rilassato e con voce profonda dice:
*" Buonasera, lei dev'essere un parente dei vecchi proprietari, che
ha ereditato la casa."*

Un po' sorpreso per questa domanda inaspettata rispondo:
*"No a dire il vero l'ho acquistata, ma perché dice ereditata i
vecchi proprietari non se ne sono andati e hanno deciso di
venderla?"*

Il signore anziano con occhi leggermente tristi, sospirando
profondamente aggiunge:

*" Per nulla giovanotto, vedo che non le è stato detto niente al
riguardo e mi ascolti molto bene, lei ha un viso onesto e sento che
è una brava persona. Lei deve sapere che i vecchi proprietari di
quella casa sono misteriosamente scomparsi in una notte di luna
piena e ritrovati in seguito..."*

Nel mentre ascolto il signore, uno scoppio mi fa saltare
letteralmente dallo spavento che non lascia spazio al continuo del
racconto dell'uomo anziano.

Un pneumatico del mio fuoristrada si è praticamente divelto! Ma
com'è possibile? I copertoni tubeless non scoppiano, eppure è qui
davanti ai miei occhi completamente dilaniato dall'esplosione.

Un ragazzo dalla pelle chiara e dai capelli biondi esce da una porta
di una casa giù in fondo alla strada. Attirato dallo scoppio viene a
vedere cosa sia successo. Cammina attorno alle case antiche, vede
la ruota e si presenta sorridente:

*"Buonasera mi chiamo Johnny Cullen, noto dal suo abbigliamento
e dalla sua automobile
che non è del posto e questa è un'occasione per dare un benvenuto
cordiale e dimostrare la nostra accoglienza".*

L'uomo barbuto assiste alla presentazione in calmo silenzio.

Johnny continua:

*"Visto che in paese non ci sono alberghi e non siamo usuali a
ricevere visite lei deve essere l'ereditiero della casa nel bosco".*

Io cominciando a capire che nei piccoli paesi si sa tutto di tutti.
Colpito dalla gentilezza un poco ficcanaso che è difficile da trovare
nella mia città replico:
*" A dire il vero si, sono il nuovo proprietario ma questa è già la
seconda volta in cinque minuti che devo specificare che la casa
l'ho comperata e non ereditata".*

Il ragazzo accenna un sorriso stupito da me poco traducibile, forse
anche lui si sorprende del fatto che io sia ignaro della storia
successa in quella casa.
Incuriosito da quello che l'uomo barbuto mi stava per raccontare
prima di essere interrotto, mi viene la voglia di chiedere altre
informazioni, ma vedo che dall'espressione della sua faccia sembra
quasi pentito di ciò che stava per dirmi. Non oso come primo
approccio con la gente del posto forzare la situazione. A dire il
vero sono troppo stanco e preferisco farmi dare un passaggio alla
mia nuova dimora.

Johnny si offre di accompagnarmi e prima di caricare le mie cose nella sua auto sento una mano forte che mi stringe il braccio, mi giro ed è ancora lui il signore barbuto che mi dice:

"Sei il benvenuto. Per qualsiasi cosa saro' a tua disposizione. Sai dove abito e se domani non avrai l'auto e ti troverai da queste parti non riuscendo a raggiungere la casa potrai fermarti da me".

Mi sembrava molto gentile ma addirittura esagerata come offerta. Ma la storia dei vecchi proprietari scomparsi? Suona poco veritiera. Sicuramente quella casa non gli sta simpatica e credo che voglia influenzarmi in questo, forse non vogliono stranieri e cercano di spaventarmi per farmi cambiare idea e ritornarmene in città. Questo non mi è chiaro. Comunque, non credo sia così rilevante cosa sia successo ai proprietari precedenti, non sono affari miei.

Dopo aver caricato la mia valigia, il computer e il mio sacco a pelo salgo in auto e durante la strada molto tortuosa e non asfaltata. Comincio a pensare un po' troppo al discorso sulla sparizione dei proprietari precedenti capendo che forse questa gente si è fermata ancora alle vecchie credenze di un tempo.

Poco dopo esser salito in auto, grazie al buio della notte sopraggiunta prendo sonno e non mi rendo conto da quanto tempo l'auto sia in movimento. Johnny mi sveglia e mi chiede se prima di andare a casa necessito di qualcos'altro.
Senza accorgermene Johnny dev'essere quasi arrivato alla mia nuova casa.

"Johnny ti ringrazio, sei molto gentile ma non riesco a tenere gli occhi aperti, devo andare a riposare e almeno per stanotte non

necessito di nient'altro."

Nel mentre della mia risposta a Johnny riesco a intravedere la casa circondata dal buio. È decisamente molto grande. Mi stupisco anche io di trovarla di queste dimensioni. Le mappature e le misure da me viste sui documenti non sembrano corrispondere con la grandezza della sagoma della casa alla quale mi trovo di fronte.

L'auto si ferma e io non posso che non esclamare: "Wow, è enorme! È molto antica e sa di vissuto"

"Si"… Esclama Johhny:*" La casa è molto antica e chi la fece costruire stava bene economicamente, fu costruita sopra a un'altra che risaliva al 1600 circa".*

"Sono proprio fortunato" esclamo io, nessuno vuole abitare in un posto desolato e così ora è mia.

Prima di scendere dall'auto anche Johnny dopo una pausa d'imbarazzo e di riflessione con tono molto deciso mi dice:

"Scott, che io sappia la casa non è stata revisionata da tempo e forse per questa notte se non vuole avere problemi può fermarsi da me".

Un'altra proposta d'aiuto, forse non capisco io gli usi della gente di campagna.

"No grazie, un tecnico mandato dall'agenzia deve aver già controllato tutti gli impianti."

Dopo un saluto fin troppo frettoloso, contrario alla disponibilità dimostrata, Johnny ingrana la marcia e se ne corre via molto velocemente lasciandomi con i bagagli all'entrata come se a un tratto fosse stato a disagio nello stare qui.

Io esausto e nonostante la felicità che fino ad adesso mi ha supportato comincio a sentirmi leggermente a disagio alla vista della mia nuova casa. Anche se desideroso di solitudine sono un vero e proprio cittadino e non ho mai vissuto una situazione simile. Estraggo dalla tasca dei miei comodi pantaloni la vecchia chiave e grazie alla luce della luna riesco a veder bene la sagoma dell'enorme porta della casa. Mi avvicino camminando sul porticato e trovo che nonostante l'età le colonne ai suoi lati sono ancora ben preservate. Sentendo i passi scricchiolare sulle assi mi avvicino all'entrata e da quello che posso capire dev'essere la porta originale! La vernice è completamente andata, sfiorando con le mie mani sento il legno scoperto che ha una superficie molto rigida e stagionata. La luce della Luna mi aiuta a vedere e mi accingo ad aprire con la chiave che entra nella toppa perfettamente. Questo nel contesto antico dovrebbe provarmi che il tecnico deve aver oliato la serratura che si apre facilmente. Entro e allungo velocemente la mano verso un vecchissimo interruttore della luce e ahimè scopro che la corrente è assente e la luce non si accende. Avevo chiesto all'agenzia di sistemare tutto e invece l'unica cosa che per adesso ha funzionato bene è la serratura! Mi ritrovo a scorgere nel buio un androne in stile antico neoclassico e con mobili molto grandi di un' epoca passata. Una scala con la balaustra lavorata va verso il piano superiore e un grande lampadario si cala dal soffitto. L'agenzia mi aveva detto che era ammobiliata ma non aveva detto che la mobilia era risalente all'epoca. Ho acquistato senza saperlo anche della mobilia antica di valore! E tutto per una cifra ridicola!

114

Forse la stanchezza mi rende più debole e suggestionabile. Per un'attimo riaffiora il racconto del vecchio e mi viene istintivamente di non dare le spalle al buio del bosco che senza luci cittadine alle quali sono abituato mi ha fatto capire il disagio che si può provare. Chiudo la porta e devo dire che l'atmosfera di solitudine che io cercavo comincia a farsi meno accogliente di quello che credevo e forse anche un po'paurosa.

Prima di continuare a camminare nella casa faccio appello all'unica fonte di luce, il PC portatile che per fortuna grazie a Jeff è stato ricaricato prima di portarmelo via.

Lo accendo e con la luminescenza riesco a proseguire nell'androne polveroso e a salire le scale. L'aria è stranamente fredda nonostante il caldo sentito fuori nel paese. Credevo di trovare un ambiente in assenza di rumori e invece di questi in questa casa ce sono molti e poco rassicuranti. Mi fanno pensare di non essere poi così solo. Tra me e me rifletto:

"Che sciocco che sono, io così coraggioso nel camminare di notte nella mia città piena di criminali ora mi sento una piccola preda in un posto dove non c'è nessuno?"

Portando con me la valigia con la mano destra e tenendo il sacco a pelo sotto lo stesso braccio mi ingegno a usare il computer portatile come fonte di luce. Mi avvicino alla scala percorrendo l'entrata enorme e scopro che quella che sembrava una semplice balaustra in legno è anche una vera e propria scultura adornata d'intarsi raffiguranti alcune scene che nel buio a me sembrano di origine mitologica con forse divinità e creature fantastiche.

Salgo la scala e arrivato al piano superiore vedo il lungo corridoio dove stando alla mappa dovrei trovare la camera da letto principale alla sua sinistra. Percorro esattamente il percorso seguito dalla mappa e sembra che le indicazioni dovrebbero essere quelle giuste.

Apro la porta che ancora ha le maniglie in ottone dell'epoca e illuminando col portatile, piacevolmente scopro che è la camera da letto tanto desiderata a causa della mia stanchezza.

La prima cosa che mi colpisce è che molti oggetti dei proprietari precedenti siano rimasti in essa, un antica toilette in porcellana dove si usava lavarsi in epoca passata. Non solo la mobilia è rimasta qua, ma ci sono anche dei soprammobili curiosi e delle statuine forse di origine europea. Il tutto mi sembra alquanto strano e comincio davvero a credere al vecchio barbuto dagli occhi infossati. Sembra che la casa sia stata abbandonata repentinamente e che nulla sia stato rimosso o spostato dai proprietari precedenti. Perché lasciare tutto questo valore qui? Che fine hanno fatto i vecchi proprietari? E chi poi ha ereditato la casa perché non si è curato di prendere tutti questi oggetti appartenenti alla loro famiglia? Anche se non ci fosse del valore affettivo posso vedere che questi oggetti malamente illuminati da un PC portatile hanno sicuramente un valore economico.

Muovendomi assonnato, vedo comparire di fronte a me una figura umana! Per un attimo subisco una scarica di adrenalina. Con un balzo riconosco che la figura umana non era altro che la mia persona riflessa in uno grande specchio sulla parete di fronte che si è illuminato con la luce del monitor del mio PC!

Non appena sollevato nel vedere che ero io e nessun altro, non ho il tempo di rilassarmi di nuovo che sento un rumore sospetto...ma? Cosa succede? Sempre guardando la mia immagine riflessa sullo specchio vedo chiaramente che una porta che sta alle mie spalle si sta aprendo con gran velocità!

Il cuore mi schizza dal petto! Il cigolio della porta è molto forte e il movimento rapidissimo! C'è sicuramente qualcuno e girandomi verso quella direzione a gran voce urlo con finto coraggio:

"Chi sei!?!?...Cosa fai in casa mia!"

Dopo un attimo di puro terrore che sembra lungo una vita sento una leggera brezza e nessuno si fa avanti. Cosa posso fare, attendere? Appoggio il computer sul tavolo e prendendo tutto il coraggio che posso imbocco la porta aperta ed entro nella stanza illuminata da qualche riflesso di luce che non ne capisco la fonte...

"Oddio sono sempre più sciocco!" È la luce della luna che illumina la stanza dalla finestra e la brezza viene dalla stessa che è aperta. Chissà in quale maniera sia riuscita a far una corrente così forte e ad aprire la porta?

Non riesco a ridere del mio spavento, troppe cose strane, troppa stanchezza e le gambe hanno ceduto a un tremolio che mai avevo provato prima. Ora ho capito a cosa si riferiva Jeff quando disse che la città non ti lascia solo.

Nella stanza illuminata dalla luna si vedono molti libri tutti sistemati in maniera ordinata su di una libreria scura antica di manifattura poco elegante, anzi addirittura grossolana che non combacia con lo stile più raffinato di ciò che ho visto fino ad adesso. Questi libri mi incuriosiscono. Ma certo, impugnando uno dei libri con l'aiuto del riflesso della luna scopro che si tratta di una biblioteca privata. Sembra che alcuni di questi libri non vengano da un lavoro tipografico piuttosto artigianale. Il libro è scolorito e non riesco a leggere bene le parole. Nell'interno del libro sempre aiutato dal riflesso della luna leggo l'unica cosa leggibile, una dedica scritta con un inchiostro color seppia:

" Questo libro è dedicato a te cara Mary che da oggi hai accettato di starmi vicina e ad aiutarmi nelle mie ricerche terapeutiche".

Da quel che leggo, sembra che chi abitasse qua fosse qualcuno interessato a temi di studio probabilmente da me poco conosciuti vista la mia scarsità in fatto di qualsiasi ricerca del genere. Mi incuriosisce quali tipi di ricerche la persona nella dedica si sia riferita. La cosa non suona incoraggiante se penso a ricerche mediche o ai dottori che all'epoca conducevano test tutt'altro che rispettosi dei pazienti. Sono in una casa dove tutto sembra sia stato lasciato come lo era qualche centinaio di anni prima e scopro pure che qui si facevano delle ricerche.

Senza esitare ritorno nella mia camera da letto chiudendo bene la porta. Appoggio il libro accanto a un ripiano su di un consumato comodino antico. Riesco a vedere che nello stesso punto dove io ho appoggiato il libro c'è una parte molto consumata e sembra che sia dovuta a qualche movimento continuo come quello che ho fatto io nel riporre un libro sopra di esso. Mi coglie un altro brivido nel capire che ho ripercorso un gesto usuale per chi ha dormito in questo letto prima di me e probabilmente sia io che questo lo abbiamo fatto proprio con lo stesso libro. L'unica differenza è che chi ha scritto questa dedica è probabilmente collegato a una scomparsa in chissà quale contesto.

È tempo di cercare di dormire e prendo il sacco a pelo da mettere sul letto. Non ho intenzione di rovistare in armadi dove non ho la più pallida idea di cosa potrei trovarci e non dormirei mai in lenzuola abbandonate da chissà quanti anni. Domani potrò cercarne in qualche piccolo negozio del paese e tutto ciò che mi occorrerà per sistemare alla buona la mia presenza in questa casa. Mi siedo sul letto appoggiando la mia schiena sull'antica testiera e inserisco nel mio PC la chiavetta per collegarmi con il satellite in rete. Per fortuna la tecnologia mi assiste e vedo che funziona! Apro il browser e controllo la mia casella postale per vedere se Jeff ha bisogno d'aiuto col suo progetto, ma la mia sensazione di essere un estraneo in questa casa è fin troppo strana e non mi fa concentrare. Il sonno per fortuna diventa sempre più forte e smussa gli spigoli di disagio. Lasciandomi andare al torpore dimentico il PC acceso.

Finché il mio sonno non diventa pesante avverto l'odore del legno antico del letto sul quale sono sdraiato e ancora una volta sento dei rumori che non mi piacciono. Sembrano provenire dal piano sottostante. Mi tolgo di dosso il torpore di un sonno che stava arrivando e cerco di concentrarmi per capire da cosa siano emessi, sembrano movimenti di un animale, cosa possibile in una casa disabitata per molti anni che sta in un bosco. Provo a muovermi per ascoltare meglio ma...con mio orrore capisco che non ci riesco! Cosa mi sta succedendo? Sento che i muscoli sono completamente bloccati! Avverto che gli occhi sono aperti ma il fisico non risponde. Ho lo sguardo fisso verso il soffitto che ha degli affreschi rappresentanti altre scene simili a quelle intarsiate sulla balaustra della scala. I rumori si fanno più chiari e capisco che dalla cadenza precisa non deve trattarsi di un animale! Chiunque sia è in casa! Ora quel rumore si fa ancora più distinto e si sente benissimo che il suono è di passi ben distinti. Si stanno avvicinando e non posso muovermi! Stanno salendo le scale facendole scricchiolare. Mi pento di non aver portato con me la pistola che tengo nella mia casa in città. Pensavo non fosse necessaria in un tranquillo paesino. Pensandoci, anche ad averla, sono paralizzato e non so come sarei riuscito a usarla! Riesco a sentire il mio cuore che batte troppo forte e non vuole calmarsi. Nuovamente con angoscia sento ma senza poter girarmi per vedere che si apre nuovamente la porta alla mia destra e il vento accarezza in maniera sinistra il mio corpo paralizzato che sdraiato sul letto sembra aver preso il ruolo di un' offerta sacrificale posta su di un altare. Il mio sguardo è sempre fisso e immobilizzato verso il soffitto, capisco che i passi si stanno avvicinando e forse entreranno nella mia camera, mi manca la forza anche di emettere qualsiasi suono. Sento che vorrei urlare ma non ci riesco. Sono completamente inerme in questa situazione. Ma chi è? Cosa mi sta succedendo? Perché non posso muovermi?

I passi arrivano e con orrore rallentano soffermandosi vicini al mio letto. Vorrei tanto scattare, girarmi e difendermi ma non ci riesco…Devo farlo! È la mia vita!
In uno sforzo immane sento che riesco a muovere le mani! Sento la mia voce che finalmente esce e urla talmente forte causando dolore da tensione alle corde vocali! Ora il corpo risponde benissimo! Salto giù dal letto e mi volto verso dove proveniva il rumore dei passi e...e…
Mi rendo conto che adesso c'è solo il silenzio, nient'altro! Eppure ho sentito tutto benissimo! Non vedo nessuno. Confuso da tutto ciò esco lentamente dalla stanza e cerco d'intercettare anche il minimo rumore per sentire se chi era qui a fianco a me ha ripercorso i suoi passi tornando indietro, ma nulla. Non c'è nessuno! Devo ragionare su cos'è successo. Forse stavo solo sognando e son stato colpito da quello che i dottori chiamano "Paralisi ipnagogica ", nella quale

chi dorme è soggetto alla paralisi dovuta da una discordanza tra la mente e il corpo. Mi siedo sul letto sentendo che la mia pelle è sudata e il respiro è affannato. Non mi era mai successa una cosa simile prima. Possibile che io abbia sognato tutto? Anche se volessi credere a questo c'è disgraziatamente un particolare che dimostra il contrario. La porta e la finestra sono davvero aperte! La porta l'avevo chiusa con la maniglia e la finestra pure. Il vento non può averla riaperta. Ma cosa sta succedendo? Dove sono capitato? Mi sto pentendo di non essere rimasto in città fra i suoi delinquenti e gli altri pericoli!

Questa casa si sta riempiendo di fatti angoscianti. Girando con gli occhi impauriti cerco la mia fonte di sicurezza, la luce del monitor del PC che ho dimenticato acceso mentre cercavo di prendere sonno. Non so quanto io abbia dormito...sempre se ho dormito sul serio, quindi vado a controllare l'ora sullo schermo e mi accorgo che sono passati solo cinque minuti da quando mi sono steso sul letto, ma allora stavo effettivamente dormendo? Non credo di esser passato nella la fase REM cosa ho sentito davvero? E quello che ho sentito era reale o era parte del mio stato di sonno/veglia?

Con mia grande incredulità alzando lo sguardo dal piccolo orologio digitale vedo sul lato destro in basso del PC che è minimizzato un foglio di scrittura che senz'altro non ho aperto io. Lo punto col cursore e aprendolo mi schizza il cuore in gola! C'è scritto ripetutamente...

Vattene via!... Vattene via!... Vattene via!... Vattene via!... Vattene via!... Vattene via!...

Vattene via!... Vattene via!... Vattene via!... Vattene via!... Vattene via!... Vattene via!...

Vattene via!... Vattene via!... Vattene via!... Vattene via!... Vattene via!... Vattene via!...

Vattene via!... Vattene via!... Vattene via!... Vattene via!... Vattene via!... Vattene via!...

Vattene via!... Vattene via!... Vattene via!... Vattene via!... Vattene via!... Vattene via!...

Sono confuso e terrorizzato! Allora c'è davvero qualcuno nella casa, non stavo sognando. C'è una presenza che mi sta tediando e ormai ho la certezza che la mia paralisi forse non fosse dovuta a problemi naturali ma indotta da qualcosa d'altro. Qualcuno o qualcosa si sta beffando della mia persona con questo gioco diabolico.

Per quale motivo qualcuno dovrebbe usare questi sistemi? Chi se dotato di cattive intenzioni potrebbe aver approfittato del mio sonno e avermi drogato, ma senza davvero avermi fatto del male?Ancora peggio...adesso chiunque questo sia, dove potrebbe essere? Non voglio assolutamente ritrovarmelo addosso. Il buio sembra coprirmi e intrappolarmi come una rete, mi fa sentire tutto più vicino e soffocante. Mi manca il respiro e adesso l'odore di vecchio che c'è dentro questa stanza non mi affascina più e al contrario mi impedisce di respirare.

Nel mentre fisso stupito quel foglio di scrittura vedo che dietro il computer mi avvisa dell'avvenuto ricevimento di una nuova e mail. Ma chi se ne frega! Non sono più nel mio ufficio sicuro e quello che piú mi preme adesso è sopravvivere!

Non perdo altro tempo e decido di andare al piano sottostante!
Devo scendere le scale almeno per aver la possibilità di scappare.
Da qui non potrei mai saltare dalla finestra e rischiare di rompermi
le ossa. Prendo il PC sperando che la batteria tenga ancora a lungo
per fare luce! Faccio attenzione a come mi muovo e nonostante la
sensazione di avere qualcuno che mi osserva e segue ogni mio
minimo spostamento decido di armarmi prima di tentare di
scappare all'esterno. Senza dubbi chi sta cercando di farmi del
male in questa orrida maniera avrà pensato che la mia prima mossa
sarebbe stata quella di uscire e non reagire. Arrivo al piano
sottostante e mi metto alla ricerca della cucina dove pensando che
se tutto è rimasto senza essere toccato forse posso trovare un
coltello per difendermi. Mi spiazza il dovermi difendere da chissà
chi o che cosa in un posto dove non sono mai stato prima e dove
sono incerto nel muovermi. Sono stramaledettamente solo! Lo
volevo da tempo e ora vorrei tutto il contrario!

Lo spavento gioca a fare lo sgambetto alle mie gambe e mi fa stare
poco in equilibrio, alcuni dei vecchi gradini sembrano non tenere il
mio peso. Conoscendo come si costruivano le case del passato e
grazie al ricordo della mappa della casa riesco a muovermi in
sicurezza e a imboccare il corridoio giusto.

Mi ritrovo in un enorme cucina antica piena di ragnatele e polvere
con due tavoli molto lunghi. Chissà quanto deve esser passato
dall'ultima volta che qualcuno qui ha cucinato qualcosa. Con la
poca luce del portatile noto che in fondo alla cucina si trova
l'armadio principale, li dovrebbero esserci i coltelli! Su di un
ripiano aperto vedo che ci sono ancora anche le stoviglie, c'è
ancora tutto in questa maledetta casa! Lascio alle mie spalle la

porta della cucina sperando di non correre il rischio che qualcuno mi prenda alle spalle corro in mezzo ai due tavoli per raggiungere l'armadio!

Nella corsa maldestra distrattamente do un calcio a qualcosa. Per capire se c'è qualcosa di pericoloso vicino ai miei piedi abbasso lo sguardo e fermandomi illumino col monitor verso il pavimento e vedo un berretto blu di nuova fattura che stona con tutto il resto della casa che è molto datato...ma che ci fa qua?

Sarà il berretto perso da chi mi sta usando come preda? Noto che ha una scritta, lo raccolgo e c'è scritto...

"MONTCO SERVICES"

È il nome della compagnia di servizi, la stessa del tecnico dal quale io avrei dovuto aver supporto. Il tecnico è stato qua! Ma non ha sistemato l'impianto elettrico! Spostando lo sguardo un po' più a destra scopro che li non c'è solo il cappello del tecnico, ma altro che sembra vestiario. Sembra la sagoma di una giacca di altrettanto colore blu si fa notare da sotto il tavolo e ora capisco dove ho inciampato! Mi avvicino e con sgomento scopro il motivo per il quale il tecnico non ha completato il suo lavoro! Dalla manica della giacca vedo spuntare la mano del tecnico! Nella casa c'è un'assassino! E il povero tecnico ne è stato la vittima!

Devo uscire da questa casa! E subito! Apro l'armadio ed ecco nella vecchia rastrelliera una serie di coltelli! La lama è ossidatissima, ma sempre meglio di niente! Vedo le finestre della cucina che danno sulla veranda la quale può essere usata come uscita secondaria della casa. Corro con tutte le forze col PC tenuto aperto che illumina faticosamente la via impolverata da seguire. Tengo stretto nel pugno il coltello nella mano destra pronto a brandire un fendente addosso a qualsiasi cosa si possa mettere di fronte a me e alla mia salvezza.

Mentre sto per uscire sento una presenza ben distinta che mi arriva da dietro, una forza inspiegabile, mi giro velocemente e faccio vibrare un colpo di lama! Sono andato a vuoto! Non ho colpito nessuno! Non c'è nuovamente nessuno!

La sensazione era chiara, ho sentito qualcosa alle mie spalle, non sono diventato pazzo! C'era qualcuno dietro di me! L'ho sentito chiaramente! Riprendo la fuga e scappo dall'uscita della veranda rompendo la porta sottile ormai marcia che da nel giardino retrostante la casa. Tuttavia, seppur trovandomi all'esterno non mi sento ancora sicuro.

Sento il freddo umido della notte che mi penetra dentro. La luce della luna illumina bene l'entrata del bosco di fronte al retro della casa. Quello che io credevo un paesaggio rilassante ora è diventata una cornice paurosa di un incubo infernale!

Devo muovermi, se qualcuno mi sta inseguendo non ho tempo per scappare altrove. Quella presenza avvertita potrebbe ancora essermi attorno, chi è nella casa senz'altro non aspetterà molto a uscire e prendermi se rimango qua fermo. Sfido il freddo e il buio e scappo verso l'entrata del bosco, l'unico posto dove inseguitore e inseguito faranno fatica a incontrarsi.

Chiudo il portatile per non far vedere la sua luce e comincio a correre nel bosco. Qualche ramo frusta il mio viso e qualche radice mi fa vacillare nella mia corsa veloce. Sento ancora che dentro a quella casa ormai alle mie spalle c'è una forte presenza, ma non voglio voltarmi e devo mettermi al sicuro!

Dal bosco provengono molti rumori, non è per niente silenzioso come uno stupido cittadino come me credeva! Riesco a sentire alcuni ululati di lupo provenire da lontano! Se devo scegliere fra i lupi e uno psicopatico sicuramente i primi mi fanno molto meno paura!

Ora mi ritrovo accovacciato sotto a un albero, vedo ancora la casa in lontananza illuminata dalla luna piena che si mostra in tutto il suo aspetto ora a causa della situazione spettrale. La casa sembra lontana, sarà gran difficile che qualcuno da la possa arrivare a trovarmi. Il bosco è vivo, tantissime creature notturne si stanno muovendo e mi impauriscono, mi spavento anche solamente del movimento dei rami degli alberi scossi leggermente dal vento.

In un momento di riflessione mi rendo conto che il computer ha ancora la chiavetta d'accesso satellitare e che se son fortunato abbastanza da aver ancora batteria disponibile potrò mandare un messaggio a qualcuno che può venire a prendermi. Lo apro nuovamente stando attento a dare le spalle a un albero e minimizzare la fuga della sua luce. Vedo ancora che la luce lampeggiante nel PC continua ad avvisarmi del un nuovo messaggio che prima ho snobbato. Dando la schiena in senso di protezione verso l'albero mi faccio coraggio e per prima cosa do una rapida occhiata all'orologio per vedere che ora sia, il terrore mi ha tolto la consapevolezza temporale. Cerco di non guardare il messaggio scritto nel foglio word che mi intimava di andare via e noto che sono le due di notte.
Prima d'inviare qualsiasi messaggio vedo che la mail in arrivo non

letta è del mio amico Jeff e se inizialmente credevo fosse per questioni lavorative ora capisco che è per tutt'altro! Il titolo del messaggio dice

"Sei in pericolo! Torna subito in città!"

Senza aspettare un secondo apro il messaggio e con profondo sgomento leggo:

"Scott, devi assolutamente venir via da quel posto! dopo che abbiamo parlato della tua nuova casa ho fatto una ricerca su di essa e ho scoperto che era di proprietà della famiglia di un certo dottor Theodore Singleton il quale decise di andare ad abitare la con la sua amata Mary per alcuni studi medici riguardanti la teriantropia. Ovvero la licantropia. Sembra che in quel paese si dicesse che molte persone ne fossero affette e lui assieme a sua moglie decisero di studiarle. Fatto che tu devi tener presente è che dopo qualche giorno Theodore e la moglie scomparvero in una notte di luna piena dopo essere usciti dalla casa la quale era stata costruita come protezione seguendo delle teorie mistiche che avrebbero dovuti tenerli al riparo da alcune creature. Queste sicurezze vennero adottate viste le minacce di alcuni paesani che non volevano che il dottore ficcasse il naso fra di loro con i suoi studi. Scott, per l'amor del cielo!Fai bene attenzione!"

Un rumore improvviso interrompe la mia lettura e purtroppo sento i latrati prima lontani ora farsi più vicini, la scena che mi si presenta davanti rende tutto chiaro.

La casa o la presenza in essa ha cercato di avvisarmi di dovermene andare e io stupidamente sono uscito allo scoperto. Quello che sta

127

accadendo è molto chiaro, come chiaro è che la gomma esplosa non poteva aver fatto rumore, bensì qualcuno l'aveva colpita con qualcosa con l'intento di lasciarmi a piedi e senza via di fuga!

Capisco che il nemico da affrontare è di gran lunga più forte di me e prendendo quel poco di coraggio che mi resta impugno il coltello divenuto forse un ridicolo tentativo di protezione.

Credevo che la licantropia fosse una cosa leggendaria. Cos'altro potrò fare di fronte a delle creature con una forza mai conosciuta che fecero sparire il dottor Theodore e signora nella stessa notte di luna piena nella quale mi trovo? I latrati sono sempre più vicini. Sento che più di qualcuno mi ha circondato. I riflessi di alcuni occhi rossi lampeggiano con l'aiuto della luna nel buio della notte...

Passioni antiche

Se esiste una cosa che ho amato da sempre in assoluto sono gli oggetti antichi. Questo senz'altro arriva in buona parte dall'educazione ricevuta da mio padre e per l'influenza del lavoro che faceva in quel negozietto piccolo e buio. Era un uomo di bassa statura e fisico leggermente tozzo. Conservava e commerciava antichità molto particolari. A volte, per me gli oggetti in quel negozio erano di difficile interpretazione e la curiosità di capire a cosa fossero serviti è sempre stata molto forte. In tutto questo tempo la stessa curiosità ancora mi spinge a cercare Antichità dall'uso bizzarro o scomparso.

Spesso nel negozio entrava gente un po' fuori dal comune e particolare, come d'altronde lo era mio padre. Per una questione di educazione e professionalità del negozio, su questi strani clienti mi era vietato fare domande di qualsiasi tipo e io sempre stimolato dalla mia forte curiosità non potevo rinunciare a ficcanasare su di loro.

Anche la struttura del negozio stesso era differente. Le mura esterne disegnavano una forma architettonica piuttosto inusuale per uno stabile di quel tempo. Col tempo scoprii che la sagoma del negozio disegnava una forma geometrica ben precisa. Il perimetro aveva cinque angoli ben definiti. Il tutto disegnava la sagoma di una stella, o almeno questo mi venne detto quand'ero bambino. Tuttavia, in eta' adolescenziale questa "stella" venne poi interpretata da alcuni miei amici in tutt'altra maniera. Comunque, ho sempre cercato di evitare l'accostamento dalla connotazione più negativa di quella forma che i miei amici dettero molti anni fa e ho sempre preferito credere a una casualità geometrica.

Un'altra particolarità del negozio è che per andare nel retro bisognava passare per una piccola porta, la porta che ancora ora fa parte di un ricordo indelebile. Le sue dimensioni come per lo stabile intero erano decisamente fuori dei canoni di costruzione del tempo e il legno e la manifattura della stessa facevano pensare che fosse nata non come porta ma come altro oggetto poi riusato per chiudere il passaggio fra una stanza e l'altra. Un'altra cosa molto curiosa è che quell'oggetto non venne adattato al muro ma il muro stesso vi fu costruito attorno come secondo in ordine d'importanza. Il fatto che fosse un oggetto nato per un altro uso mi veniva suggerito dalle dimensioni che erano troppo piccole per essere state pensate per la statura media di un essere umano. Piuttosto, sembrava un grande coperchio o sigillo di chissà quale oggetto. Per via delle dimensioni pensai a un grande baule. Un'anta di uno strano mobile? Forse, ma il legno della porta era spesso e resistentissimo, la struttura risultava sovradimensionata per peso e spessore per collegarla direttamente con questi oggetti. Tutt'ora a distanza di molti anni e di studi verso oggetti antichi non sono ancora riuscito a trovare risposta.

Passata quella porta c'era il retro bottega che era senza finestra alcuna e ordinato con scaffalature anch'esse antiche. Probabilmente erano cosi' antiche da far parte a un periodo nel quale mezzo mondo non era ancora stato scoperto. L'odore di quel legno faceva capire quanti oggetti e cose siano passate sopra di esso nei secoli del suo servizio per chissà quali possessori. L'unica fonte di luce era una lampadina impolverata posta al centro della stanza e nel mezzo delle scaffalature. Mio padre su questi scaffali teneva gli oggetti più interessanti a volte quasi nascosti. In quella stanza custodiva ciò che da lui era considerato più prezioso, ma su quali basi mi è tutt'ora ignoto. La natura di quegli oggetti era talmente unica che il metro di misura sul loro valore non era trovabile in nessun catalogo o libro dove questi non esistevano. Come mio padre potesse capirne il valore economico rimane ancora un mistero.

Spesso non capivo per quale scopo quelle antichità fossero state costruite. Nessun dettaglio o forma richiamava oggetti da me già conosciuti. Per esempio, mi ricordo di un piccolo oggetto lavorato in metallo che io pensavo fosse ottone dalla forma di un'uovo. Aveva delle incisioni simili a delle scritte provenienti da qualche lingua antica per me sconosciuta. Anche negli anni successivi non trovai mai nulla di simile nella forma e materiale. Non trovai nemmeno incisioni o alfabeti che richiamassero gli stessi caratteri che a memoria cercavo di ricordare. Quest' "uovo" come io lo chiamavo aveva dei punti forati con dei motivi di stile leggero e armonioso nei quali potevo scorgere un'altro piccolo oggetto collocato al suo interno che si spostava e se ne sentiva la sua presenza muovendo l'oggetto stesso. Questo era uno dei tanti manufatti che non era posto nelle prime file degli scaffali ma era messo in maniera che fosse difficile da essere trovato.

Proprio mentre lo studiavo di nascosto da mio padre, come facevo molte volte, lui entro' nel retro e mi intimo' in maniera molto decisa di posarlo sullo scaffale e di tener presente che se non si sa cosa si sta toccando, non si deve toccare perché' ci si può cacciare nei guai. Qualsiasi cosa non conosciuta può essere pericolosa. Verissimo pensai io, ma da bambino mi son sempre chiesto come un'oggettino del genere avrebbe potuto causarmi danno.

Dopo avermi avvisato e spostato l'oggetto con le sue mani tozze in un posto da me non più raggiungibile mio padre se ne usci' dalla stessa porticina, la stessa nella quale in seguito lo vidi passare per l'ultima volta. Si, esattamente quando mio padre scomparse. Non era solo in quel famoso giorno. Ancora non è chiaro come mio padre sia scomparso e cosa sia successo. Un altro mistero è chi fosse il suo ultimo cliente. Fu presente nello stesso momento nel quale mio padre svani' per sempre. Forse, quella persona portò con se il segreto della scomparsa di mio padre.

L'unica ultima immagine, fu di mio padre e quel signore, forse un cliente che cambiarono stanza e passarono attraverso la piccola porta per accedere al retrobottega. Entrarono in due. Lui e mio padre, ma l'unico che ne uscì e ritorno' dal retro fu solamente quest'uomo molto alto, elegante con un'aria sinistra e con un cappello nero a tesa larga ben intonato a dei vestiti di tono rigoroso quasi come se fossero una divisa. Ricordo le sue mani perfettamente curate e per nulla segnate da lavori pesanti. Mi colpi' molto il fatto che lo stile e la personalità di questo cliente particolare non rispecchiava nessun stereotipo da me imparato riguardo gli stili nel vestire di molte persone provenienti da altre nazioni. Non sembrava venire dalla nostra stessa nazione, ma non capii la possibile provenienza o razza.

Da dove sia uscito mio padre non è stato mai scoperto. Quel retrobottega fu analizzato dalla polizia solamente dopo una settimana che la denuncia di scomparsa fu fatta dalla mia famiglia. Cercarono indizi in ogni piccolo dettaglio del retrobottega e nessuno ovviamente trovo' altre porte o passaggi segreti fare da uscita. Alla chiusura dell'indagine senza nessun esito la polizia rifiuto' la mia testimonianza ritenuta impossibile perché nessuno può svanire nel nulla in quella maniera e perché secondo loro un bambino può' inventarsi le cose.

A volte, mi chiedo se davvero io come unico testimone abbia creato quella scena e se la mia immaginazione abbia giocato un brutto scherzo nel mascherare la verità di quel giorno. Forse, ho voluto rimuovere cose successe, ricreando qualcosa di fantasioso.

Ma vero o meno, quel ricordo come in questo preciso momento mi perseguita svegliandomi sempre alla stessa ora ogni notte. Sono le 03.00 AM e ogni volta il sogno si ripete. In preda agli incubi rivedo me stesso da bambino e la stessa scena della scomparsa di mio padre ripetersi e ripetersi. Nel sogno l' uomo misterioso è davanti a me e prima di uscire mi guarda con un sorriso sinistro e provocatorio. Si china verso di me e avvicinandosi allunga la mano grande e magra verso al mio orecchio, mi sussurra qualcosa che io non riesco a sentire. Poi se ne esce con aria calma e soddisfatta.

A ogni risveglio conseguente a questo incubo ricorrente sento che il corpo è completamente intorpidito. Mi sembra di essere appena uscito da una prigione fredda e io totalmente ricoperto d'insetti che mi creano formicolii su tutta la pelle. Ogni volta devo alzarmi e cercare di cambiare pensiero. Come sempre dopo l'incubo mi e' difficile muovere gli arti. Ogni volta che ripenso agli occhi dell'ultimo cliente mi sento scrutato dentro. Di quell'uomo mi sfugge un particolare che non fa solo parte del sogno ma anche del ricordo che io non riesco a vedere totalmente. L'uomo misterioso prima di entrare aveva qualcosa in mano, qualcosa alla quale mio padre si dimostrò fortemente interessato. Per ricordare meglio cerco sempre di capire e di rivedere nel sogno che cosa fosse quell'oggetto ma senza riuscirci. L'unica cosa che riesco a visualizzare è un filo di cuoio che penzola dalla grande mano dell'uomo misterioso.

Nonostante la mia forte volontà nel cercare di ricordare questo particolare non sono ancora riuscito a entrare con qualche stratagemma nel retro del negozio ormai chiuso da anni per vedere se qualche cosa mi possa far ritornare in mente l'accaduto nei dettagli di ciò che è ancora là. Oppure di trovare quell'oggetto misterioso che forse non è mai stato spostato. Il negozio fu venduto qualche anno dopo la scomparsa di mio padre, ma i nuovi proprietari non toccarono nulla come se si fossero dimenticati dell'acquisto. Il negozio è chiuso a chiave da anni e nessuno deve aver più messo piede al suo interno.

Sono le 03.15 AM e devo rimettermi a dormire a forza. Confido che un paio di pastiglie mi aiuteranno a prender sonno, altrimenti la visione di quell'uomo non mi darà tregua. Domani la sveglia mi farà ritornare nella vita quotidiana e nei soliti problemi burocratici del mio lavoro. Il lenzuolo ancora inumidito dal sudore dal terrore del mio incubo ricorrente, mi riavvolge e appena i farmaci fanno effetto mi trascina di nuovo fra le braccia di Morfeo.
Sento dolcemente che il sonno mi ha riconquistato e ancora mi ritrovo nuovamente a sognare il negozio…ancora! Pero' questa volta il sogno e' leggermente diverso. Ci sono delle differenze. L'immagine è più chiara e avverto ciò che di solito mancava. Adesso riesco a percepire gli odori delle sedie e dei mobili antichi che solitamente nel sogno non avevo mai avvertito.

A scatti rivivo nuovamente la solita scena della scomparsa. Rivedo il cappello nero dell'uomo misterioso che sta di fronte a me. Viene mosso dalla testa e scopre il capo che ora vedo essere pelato. Da bambino, diedi un nome a quella strana persona. Forse per cercare di dare un'Identità più precisa di quella che io abbia potuto in realtà dare. L'ho chiamato Hans. Lo stesso nome che diedi a una figura sinistra che si trovava in un libro per bambini.

Mi accorgo nuovamente che questo non è il solito sogno basato sul ricordo ma qualcosa di nuovo, mai sognato prima! Hans si trova di fronte a me, prende il mio viso con le sue grandi mani e sento che sono fredde. Come nell'altro sogno avvicina il suo viso appuntito al mio. Continuo a percepire freddo, le sue labbra sono stranamente scure, sento un forte odore interpretabile come lacustre e mi dice qualcosa… Non riesco a sentire bene, non sembra parlare la mia lingua. Adesso nell' incubo mi gira la testa, sento un odore forte di chiuso, mi manca l'aria, voglio svegliarmi!

A fatica riesco ad aprire gli occhi e non riesco totalmente a riprendermi. Sento ancora l'odore dell'incubo provenire da esso. Svegliato mi accorgo che la mia stanza non è più buia. Vedo sullo scrittoio che la piccola lampada Tiffany è accesa e stranamente della polvere vola attorno al timido fascio di luce. Mi chiedo da dove possa arrivare, perché sebbene io abbia molti oggetti antichi che collezionano polvere la mia casa è pulitissima. Mi siedo sul letto e scorgo che la polvere sembra provenire dal cassetto curiosamente aperto. Quel cassetto che io non ho mai controllato perché tutti, io compreso non siamo mai riusciti ad aprire e abbiamo sempre pensato fosse finto. Nessuno si è mai preso la briga di controllarlo realmente.

Mi alzo a controllare se c'è una spiegazione sul perché dopo anni di permanenza nella mia camera da letto ora si sia aperto da solo? e non riesco a trovarne alcuna. Unica cosa possibile è che forse a causa di qualche effetto secondario delle medicine per dormire mi sono mosso in uno stato di veglia inconscia e ho acceso la luce della lampada per poi aprire il cassetto in uno stato di semi coscienza dimenticando la luce accesa... Forse!

Alzandomi dal letto e camminando sento che una gamba è intorpidita e mi rallenta per andare verso la mia meta. Riesco a vedere che la polvere riflessa nella luce proviene dal legno rosicchiato dai tarli.

Curiosissimo della scoperta guardando all'interno di esso scorgo una corda invecchiata e quasi distrutta che è attaccata a qualcosa che non ho mai saputo ci fosse li dentro! Una chiave di un portone vecchio! Guardandola attentamente cerco di collegarla con qualcosa da me conosciuto. Ma certo, dalla forma e l'eta' è una copia della chiave della porta principale del negozio di mio padre!

Il sogno diverso dal solito, la scoperta della chiave fatta in maniera cosi' incredibile, è tutto cosi' strano che posso credere di non essermi ancora svegliato dal sogno.

È come se Hans mi avesse fatto visita per davvero. Tutto era cosi' palpabile che non sembrava per nulla un sogno. Ora rivedo e stringo fra le mie mani la chiave di quel posto che ho sempre avvertito come amico nonostante sia proprio il luogo dove mio padre è scomparso.

Per tutto il periodo di tempo a partire dalla vendita del negozio fino a oggi che è tutt'ora chiuso non ho mai voluto ritornare al suo interno, ma quello che ora sta succedendo sembra spingermi per una visita. Adesso che ho la chiave non ho nemmeno bisogno di trovare nessun stratagemma per intrufolarmi.
Non posso nascondere che dopo tutti questi anni di mistero

riguardo alla scomparsa di mio padre successa proprio in quel negozio sarà difficile varcare la soglia. Il sogno e il ritrovamento della chiave fatto in maniera alquanto bizzarra e inquieta non sono di sicuro una casualità. Forse è venuto il momento d'indagare per conto mio e assecondare questa spinta guidata chissà chi.

Mi sento deciso a prendere questa chance di combattere le mie paure e ad andare seppur illegalmente nel negozio, prendere i miei incubi per la coda con la possibilità di cacciarli via per sempre.

Il negozio dista 50 metri dal mio appartamento, devo solo passare il ponte vecchio. Perché aspettare? E' notte e nessuno mi vedrà entrare. Di notte la zona è praticamente deserta. So che se non faro' in fretta e attenderò la notte successiva la paura mi potrebbe bloccare e farmi cambiare idea. Quindi Infilo i pantaloni sentendo le mie gambe riprendere forza e con le scarpe in mano per non perdere tempo corro giù per le scale.

Mi ritrovo in strada e mi accorgo che deve aver piovuto da poco. Non ho sentito nulla. Il sonno era pesante forse grazie alla medicina o all'incubo. Cosi' intenso da non avermi fatto percepire il brutto tempo. Sento un rumore e vedo un gatto che incrocia la mia strada. Sembra amichevole, credo abbia annusato qualche briciola di dolce che sicuramente mi si è appicciicata ai pantaloni dopo che ho cenato al ristorante. Non ho tempo per lui, è il momento di scoprire qualcosa sulla sparizione di mio padre e su chi diavolo è Hans che mi perseguita nei miei incubi.

Dovrò entrare nel negozio e dopo tutti questi anni con gli occhi di un adulto potrò forse scoprire la verità. Percorro con una fretta dannata quel viale dove per anni non ho mai osato girar la testa per non vedere malinconicamente il negozio, mi avvicino all'incrocio e so che in pochi secondi rivedrò ciò che per anni era solo un ricordo. Con timore dirigo il mio sguardo verso lo stabile ed eccomi di fronte alla porta d'entrata. La stessa di una volta. Dell'esterno nulla sembra stato toccato.

Mi avvicino guardando la polvere attraverso le vetrine, mi rendo conto che nessuno ci entra da anni. Guardando all'interno da vicino, seppur dentro sia tutto buio riesco comunque a intravedere che ci sono ancora degli oggetti in esposizione sulle pareti in fondo.
Con lo sguardo di adesso capisco ancora meglio perché alcuni miei amici d'infanzia non venivano volentieri qui. Ciò che da piccolo ero usuale vedere come un luogo familiare ora ha un'aria per nulla accogliente e non solo a causa dei miei incubi personali. Gli oggetti che si intravedono mi fanno ripensare a come li vedevo all'epoca, a vite passate e finite chissà come e dove.

Un colpo di vento mi scuote dal guardare la vetrina e mi forza a notare che dalla fretta stupidamente non ho indossato niente di pesante. Probabilmente anche gli agenti atmosferici mi stanno spingendo a entrare in cerca di riparo dal freddo.

Afferro la chiave arrugginita e mi chiedo se questa vecchia serratura non usata da anni sarà ancora funzionante. Dopo averla fatta entrare, sento un impedimento e in effetti il meccanismo sembra bloccato, non posso permettermi d'imprimere troppa forza, rischierei di spezzare la chiave. Penso che forse scuotendo leggermente il portoncino la serratura potrebbe sbloccarsi. Riprovo a far forza sulla serratura e muovere il supporto allo stesso tempo ed ecco che la chiave comincia a girare. Sento lo sbriciolarsi della ruggine staccarsi dagli ingranaggi e riesco a sbloccare la prima mandata a fatica! Non so se il mio cuore stia battendo forte per la paura di rompere la chiave o per la paura che si sblocchi e mi lasci libero di entrare. Devo riuscire a far girare ancora una volta la chiave. La serratura da quello che sento non ha una sola mandata, spero che continui a funzionare e che non ci siano troppi giri di chiave da fare per finalmente aprire il portoncino. Ora, sento che la forza necessaria da imprimere è minore, la ruggine è stata sbloccata del tutto. Arrivo alla fine del secondo giro e ancora la porta non si apre. Ormai con facilita' e maggior sicurezza comincio il terzo giro di mandata e arrivando al suo termine capisco che è la mandata e' quella finale, quella che mi separa dall'entrare e scrutare nelle mie paure.

La porta è finalmente sbloccata, prendo un secondo di attesa necessario a riempirmi di forza prima di spingere con vigore sulla maniglia e allo stesso tempo di spingere la mia paura al di fuori della mia anima.

Il portoncino si apre facendo sentire coi suoi rumori tutto il tempo della sua Inattività. L'entrata è aperta! Sembra che la mia fronte non voglia smettere di sudare freddo. Ironico che questo mi accada mai con le alte temperature, ma solamente quando sono sotto stress. Asciugandomi con la mano attendo che i miei occhi si adattino al buio del negozio. Esitante faccio il primo passo e... Sono dentro! Sento l'odore di chiuso che è molto forte. I legni degli scaffali hanno impregnato l'aria in questi anni di dimenticanza. Adesso che posso vedere meglio riconosco il negozio in ogni suo minimo particolare. La luce del lampione in strada riesce timidamente a portare una leggera illuminazione che perlomeno mi fa riconoscere forme e dove posso camminare. La confusione è più terribile di quello che io ricordassi, nulla è stato spostato e non vedo nemmeno che i topi si siano impadroniti di questo posto.

L'unica cosa che mi fa vedere il tutto in una prospettiva diversa è la mia statura. Sono decisamente più alto di allora e adesso riesco a notare gli spazi sugli scaffali che da bambino non arrivavo a vedere.

Muovendomi lentamente riesco a farmi coraggio e allungando il braccio tocco alcuni vasi e ancora adesso come da bambino, grazie anche alla complicità del buio non riesco a riconoscere cosa siano certe cose esposte. Questo posto continua a essere un negozio "particolare". Riconosco che ci sono troppi oggetti vissuti, mi creano un senso di tristezza e di dubbio. Avverto un senso di pesantezza in essi. Chissà se questi sono stati testimoni di fatti spiacevoli.

Ormai trovandomi al centro del negozio do le spalle alla porta d'entrata e sento che ciò che prima mi faceva paura ora lascia spazio alla comprensione e alla consapevolezza di come questo posto sia. Rimane il fatto che la domanda sul perché e come mio padre sia scomparso rimane nel buio più totale. Un buio più profondo di quello che io mi trovo adesso. Nonostante io sia riuscito a scrollarmi di dosso gran parte della paura, la stessa sta risalendo pensando a quel cliente dell'epoca che ogni notte rovina i miei sonni. Anche lui rimane un mistero. Cosa Andò a fare con mio padre nel retro? Stava cercando un oggetto?

Se qualcuno mi avesse detto che sarei ritornato nel negozio di notte, dopo aver fatto un incubo e il ritrovamento della chiave in maniera assurda non ci avrei mai creduto. L'unico posto che mi manca da visitare è il retro bottega. Guardando nell'Oscurità, riconosco la piccola porta. Sul muro scalcinato vicino a essa vedo provenire dall'esterno l'ombra di una tenda che sventola uscita dalla finestra di un'appartamento abbandonato che sta dinnanzi al negozio. Questo mi fa pensare a quanto io sia solo e isolato in questo momento. Questo pensiero non mi rende facile procedere.

Sfioro con la mano il legno della porta che ruvido e scheggiato sembra volutamente aggrappare le mie dita e non voler lasciarle andar via. Afferrando la maniglia arrugginita riesco ad aprirla facilmente e a entrare in quella piccola stanza che col suo buio quasi inchiostrato sembra fagocitarmi al suo interno. Qui il labile riflesso del lampione non riesce a entrare e devo camminare a memoria all'interno di essa. Ricordo che mio padre conservava delle candele e fiammiferi giusto sullo scaffale posto a destra dell'entrata, giusto in caso di blackout dovuto al vecchio impianto elettrico del negozio. Palpando lo scaffale e trascinando con la mia mano una polvere indisturbata da anni posso dire che la mia memoria non si sbagliava ed ecco sentire sia i cerini che una vecchia candela. Spero che dopo tutti questi anni lo zolfo dei cerini sia ancora buono. Con qualche difficoltà butto via alcuni cerini che si rompono e per fortuna riesco prima ad accenderne uno non troppo rovinato dall'umidità ed ecco che posso accendere anche la candela.

La fiamma oltre che luce sembra portare un lieve calore in questo ambiente oramai spettrale e dalla storia oscura. D'istinto mi giro per vedere la piccola porticina e con agghiacciante sorpresa mi accorgo con un nodo alla gola che la porticina si è chiusa dopo il mio passaggio! Non me ne sono affatto accorto! Non ha fatto nessun rumore o forse le pillole che ho preso mantenendomi poco lucido cercano di fare il loro dovere e non mi hanno fatto sentire nulla. Non ricordo come la porta funzionasse quand'ero bambino, ma voglio credere che la porticina sia stata montata come in molti palazzi antichi, dove tutte le porte col loro stesso peso tendevano a chiudersi appositamente da sole per non far uscire il calore dalle stanze se qualcuno se le dimenticava aperte.

Ancora non posso credere di essere nello stesso luogo dove mio padre spari' molti anni fa. Sento un forte senso d'angoscia, ma non piu' schiavo di questa paura, riesco a sfiorare un senso di libertà che comunque non mi rilassa affatto. Constatata questa cosa mi chiedo se dopo anni l'umidità e la vecchiaia della struttura possa aver portato a far uscire qualche indicazione di un possibile passaggio che prima non era facilmente identificabile. Mi chiedo da quale dettaglio potrei cominciare a guardare? La stanza è cosi' minuscola e senza finestre che assieme alla porta così piccola sembra che qui dentro non ci sia spazio nemmeno per l'ossigeno. In uno scaffale vedo delle vecchie scartoffie e comincio a muoverle. Leggo di vecchie fatture degli oggetti venduti. Una di queste è di manifattura differente, la carta assomiglia di più a una pergamena, anche l'inchiostro sembra non provenire da una comune penna, ma da una probabile stilografica. Leggo testualmente in una di esse:

" Sig. Andrew Kabaylansky si impegna a pagare la cifra di $800,000 a favore di me medesimo Michael Rodgers per aver comperato la specifica reliquia antica proveniente da un relitto ritrovato nel mare vicino a Surabaya in Indonesia. Nell'eventualità il Sig. Andrew Kabaylansky non rispettasse gli accordi presi, verrà riscosso il patto dello spirito da noi concordato a favore della mia persona in maniera irrevocabile. Come l'inchiostro testimonia gli spiriti leggono."

Ma cosa vogliono dire queste cose? Cosa significa "il patto?" Sul documento c'è la firma di mio padre come compratore e del Sig. Kabaylansky e un sigillo in ceralacca rossa con un timbro raffigurante a quello che sembra essere qualche simbolo appartenente a una famiglia di origini antiche. $600.000 è una cifra incredibile! Lo stile di vita di mio padre e della mia famiglia non ha mai sfiorato una qualità degna di chi commerciasse oggetti cosi' costosi. Cosa combinava mio padre qua dentro? Questa cosa era un contratto formulato da lui.

Da quello che sto scoprendo, mi sto pentendo di curiosare e di essere voluto venire qui!

Improvvisamente avverto una leggera brezza fredda sul mio collo sudato. Qui non ci sono finestre e la porticina è chiusa. Cosa sta succedendo? Me lo sto immaginando? Guardo la minuscola fiamma della vecchia candela che vibra e mi rendo conto che è tutto vero. Non posso far altro che veder la candela spegnersi dalla brezza senza poter fare nulla. Nella fretta di accendere la candela nel retrobottega non ho fatto attenzione a dove stavo posando i cerini! Mi ritrovo nel buio più assoluto come un'idiota! Credo di non aver mai avuto cosi' paura del buio nemmeno quand'ero bambino! Il momento di terrore viene per un attimo convogliato da alcuni rumori provenienti dall'entrata del negozio. Ho lasciato la porta aperta e qualche balordo sarà entrato a curiosare o per cercare di portar via qualcosa. Non ho mai ringraziato tanto l'arrivo di qualche ubriacone.

Devo andarmene da questo posto non resisto! La battaglia per vincere le mie paure sta drasticamente fallendo. Pur volendo scappare non voglio lasciare qui questa documentazione. Sono sicuro che in questi documenti potrò trovare molte verità e forse cosa sia successo a mio padre. Afferro al buio più documenti possibili e cerco la via d'uscita.

Sempre al buio riesco a trovare la maniglia arrugginita della porticina ma…fa fatica ad aprirsi! Sembra che ci sia qualcosa che la blocchi, o meglio qualcuno dall'altra parte che la tiene bloccata Mi sento stordito dalle medicine e dalla mancanza d'ossigeno! Avverto ancora soffiare quell'aria strana, ma da dove arriva!?!? Vorrei tanto che questo fosse un mio solito incubo, invece sono qui ed è tutto vero. Sento che la leggera brezza si fa più densa e come se prendesse forma. L'aria che prima soffiava, ora è diventa una presenza che mi gira attorno in questo buio claustrofobico e sento che le forze cominciano a mancare. Stringo forte i documenti di mio padre che voglio assolutamente portar via con me fuggendo da quest'antro! Concentrandomi capisco che quello che mi sfiora non è più un soffio ma un respiro, è vicino al mio viso, sento lo stesso odore lacustre come nell'ultimo incubo! Non può essere, sono nella stessa stanza col mio incubo peggiore! E la cosa terribile è che non sto sognando!

Vorrei tanto essere nel mio letto a dormire e invece qualcuno o qualcosa sta incombendo su di me.

Comincio a percepire un tocco leggero di quelle che sembrano mani fredde scorrere sul mio viso, scatto istintivamente per evitare questo contatto ripugnante e il respiro che mi sento addosso si sposta dal centro del mio viso verso l'orecchio e una parola viene sussurrata…

All'improvviso sento un botto provenire dalla porticina! Una voce decisa urla:

"Fermo dove sei! Mani in alto! E non muoverti!

Incredibile! La luce entrando nello stanzino fa scomparire la presa
che mi teneva bloccato e tutto ritorna più o meno normale.
Esclamo:

"Ma chi è? La polizia?" Riconosco la sagoma e adesso anche la
voce. *"Sei tu Vincent?"* Scorgo la figura di un poliziotto, figlio di
un' amico di mio padre con la felicita' addosso per questo!

"Hey Marc! Sei tu? Il figlio di Michael? Non ti ho riconosciuto!"

*"Si sono io, Vincent. Sono anni che non ti vedevo. Ma cosa ci fai
qui di notte? Mi hai messo in allarme!"*

*"Ho ricevuto una chiamata da una signora insonne spaventata che
ha visto due persone entrare nel negozio. Ma questa è ancora
proprietà della tua famiglia?"*

Io sorpreso dico: *"Come due persone"* Ma se sono entrato solo io?

Vincent replic:*" Si la signora che ha chiamato ha visto un giovane
di statura media vestito leggero e un alto signore vestito di nero
con un cappello entrare nel negozio 10 minuti fa."*

Se potevo essere ancora più spaventato ora lo sono! Hans! Il mio
incubo era assieme a me e ora lo vedono anche gli altri! Devo
inventarmi una scusa altrimenti finirò direttamente in centrale o in
clinica psichiatrica.

"Vincent, è un periodo brutto e mi è arrivato a casa un avviso di fatture non pagate di mio padre. Ho aperto le buste solo poco fa dopo essermene ricordato. Preso dall'ansia del pagamento sono entrato stanotte per vedere di risolvere la cosa e come vedi in mano ho del suo materiale".

"Si ok, va bene." Risponde con aria stupita Vincent:
"Ma non mi sembrava il caso di venire qui alle 03:30 di notte! E' meglio se ce ne andiamo via che in questa città succedono cose sempre più strane!"

Io non me lo faccio ripetere due volte e uscendo assieme al caro poliziotto Vincent con le poche forze che mi rimangono chiudo la porta a chiave e mi riprometto di non mettere più piede la dentro.

"Vincent, scusami ma corro perché sono vestito leggero e non vorrei che il freddo di questa nottata mi portasse l'influenza."

Si, come se il freddo fosse la mia preoccupazione peggiore…

Mi allontano in fretta salutando Vincent cercando di scrollarmi da dosso l'episodio passato nello stanzino del retro per ritornare a casa e per rileggere e capire bene i traffici che mio padre aveva. Vorrei chiudere questa ricerca sulla verità di dove mio padre sia scomparso. Sembra diventata una battaglia infinita iniziata anni fa.

Sento in lontananza Vincent che con voce roca e sdoppiata dall'eco che rimbalza dai piccoli palazzi oramai quasi tutti abbandonati che dice:

" Marc!...Marc! Ma chi altro c' era li con te?"

146

Faccio finta di non sentire anche perché non potrei dare nessuna spiegazione plausibile in merito. So che Vincent lascerà correre…e così va.

Rientro in casa ghiacciato dal freddo e dal terrore che mi accompagna, non so se i vestiti leggeri che indosso siano bagnati per via dell'umidità notturna o se lo siano per via del mio sudore freddo. Sono nuovamente solo ma in un luogo sicuro, almeno spero e accendendo la lampada mi metto a leggere quei documenti bollati e cerati su di una carta pergamena che forse sarebbe meglio non fossero mai esistiti.
Ancora una volta leggo:

"Il Sig. Frank Coufmann si impegna a pagare la cifra di $800,000 a favore di me medesimo Michael Rodgers per aver comperato un talismano antico proveniente da uno scavo a Conakry in Nuova Guinea. Nell'eventualità il Sig. Coufmann non rispettasse gli accordi presi, verrà riscosso il patto dello spirito a favore della mia persona in maniera irrevocabile. Come l'inchiostro testimonia gli spiriti leggono."

Ma cosa diavolo significano queste parole!

Di che patto parla? Continuo le letture e sono praticamente tutte uguali nella forma! Cambiano solo gli oggetti e le cifre dovute a mio padre!

Il Sig. Frederick…

"Il Sig. Frederick bonsuire, si impegna a pagare la cifra di $880,000 per aver comperato da me Michael Rodgers un

acquasantiera in marmo antico, rinvenuta in una chiesa medievale nei pressi di Gubbio in Toscana in Italia. Nell'eventualità il Sig. Frederick non rispettasse gli accordi presi, verrà riscosso il patto dello spirito a favore della mia persona in maniera irrevocabile. Come l'inchiostro testimonia gli spiriti leggono."

Il Sig. Shwartz… Ha acquistato…

"Il Sig. Shwartz Henmeir, si impegna a pagare la cifra di $700,000 per aver comperato da me Michael Rodgers un antico libro di magia in pergamena di agnello rossa, ritrovato in un cimitero Scozzese ad Aberdeen. Nell'eventualità il Sig. Shwartz non rispettasse gli accordi presi, verrà riscosso il patto dello spirito a favore della mia persona in maniera irrevocabile. Come l'inchiostro testimonia gli spiriti leggono."

La mia perplessa e concentrata lettura viene interrotta dallo spegnimento della lampada Tiffany!

Precipito nel buio assoluto, guardando il display spento del televisore capisco che la corrente è saltata, oppure è stata staccata dall'interruttore centrale nel sottoscala.

Per farmi coraggio e per proteggermi ripeto che nessuno finché non uscirà di nuovo il sole mi farà uscire dalla porta della mia stanza. Piuttosto accendo le mie fedeli candele!

Prendo una candela dall'armadio ricordandomi ancora inorridito del fatto accaduto nel retrobottega. Vista l'ansia non riesco ad accenderla subito. La mia mano trema molto forte, ma il mio zippo che tengo nell'appartamento riesce per fortuna ad accendere lo stesso lo stoppino.

Sono troppo nervoso e le letture non cambiano in nulla! Tutte uguali e tutte sempre con la promessa di un misterioso patto nei confronti di mio padre!

Questa cosa è orribilmente irreale. Preso dall'ira per essere in questa situazione assurda che getta ancora più dubbi e misteri sulla scomparsa di mio padre, comincio a strappare qualche documento! Li butto per aria e sento che la testa comincia a farmi male! Ma cos' ho fatto di così terribile per meritarmi tutto questo?

La luce calda della candela mi fa intravedere sotto i vari documenti qualcosa di diverso, vedo un foglio spezzato di diverso colore, è grigio rossastro. Lo prendo e sento che questo è un probabile indizio che forse potrà chiarirmi la situazione. Comincio ad avvertire di nuovo freddo, la mia stanza non sembra più così sicura, ma devo continuare a leggere nonostante io cominci ad avvertire di nuovo la stessa presenza incombente…

Il documento è molto simile per diciture a quelli di mio padre e dice testualmente:

"Il Sig. Michael Rodgers, si impegna a pagare con tutti i patti da lui riscossi fino ad adesso, il Sig. Hans Balzarbei per aver comperato da esso un pendaglio riconosciuto come il Mornak in ritrovato nei pressi delle rovine svizzere nella città di Sciaffusa. Nell'eventualità il Sig. Michael Rodgers non rispettasse gli accordi presi...

E qui stramaledettamente si interrompe la scrittura! Porca puttana!

Hans! Il nome che avevo dato apparentemente a caso all'uomo misterioso invece è vero, è proprio il suo! Come ho fatto a saperlo? Non ho mai letto questo foglio prima di adesso! Il documento è strappato e sicuramente l'altro pezzo è rimasto nel retrobottega! Come si sono conclusi gli accordi presi? Qual'era il prezzo da pagare? In tutti i documenti si parla di un patto ma non di somme da restituire. Che cosa ha promesso mio padre nel caso di non avvenuto pagamento? Anche lui ha firmato quella cosa non capibile chiamata "patto dello spirito"?

Dalla tensione sento che sto per impazzire e un crollo nervoso fa scoppiare una risata disperata. La soluzione del enigma e' ancora in negozio! Non avrei mai pensato di dover e voler ritornarci, ma devo farlo. Le domande continuano a ripetersi nella mia mente. Ripercorro dentro alla casa al buio lo stesso percorso che ho fatto poco fa per uscire. Nella velocità riesco a vedere nel sottoscala che i contatori non solo sono saltati, ma una strana brina su di essi mostra che qualcosa di freddo ha ghiacciato le apparecchiature.

Non avendo tempo per controllare meglio, esco dal portone di corsa. I 50 metri che mi separano dalla verità sembrano molto distanti e il freddo invernale mi colpisce la testa, la schiena e tutti i muscoli si irrigidiscono. La strada si consuma fra ombre sinistre e alberi tremanti dal vento. Ogni ombra mi ricorda la figura di quell'uomo orrendo che ora ho scoperto chiamarsi Hans per davvero.

Eccomi di nuovo di fronte al negozio. Li dentro non c'è solo una semplice verità, ma c'è anche il mio peggior incubo che mi aspetta.Vincent ora non è qui per tirarmi fuori.

Mi chiedo come farò a uscire da quel posto senza nessun aiuto esterno nel caso ricapitasse l'esperienza precedente.

Faccio girare nuovamente la chiave nella toppa arrugginita, entro diretto nel negozio. Quello che vedo e' tutto diverso. Con stupore incredibile, quello che prima era un vecchio e impolverato negozio abbandonato ora e' pulito. Com'è possibile? Il negozio non era cosi' pochi minuti prima! È abbandonato da anni! Nessuno verrebbe qui a ripulirla tutto durante la notte e comunque non ci riuscirebbe in pochi minuti.

Ciò che vedo di fronte ai miei occhi sembra essere il negozio quando era nel pieno dell'attività. Mi giro e guardando le vetrine dall'interno vedo che sono pulitissime e il marciapiede è sparito. Al suo posto ci sono i cespugli proprio come quando ero bambino e le automobili parcheggiate non sono più le stesse, ma sono quelle di molti anni fa. Vedo chiaramente l'auto del Sig. Floyd che ormai è rottamata da anni! E la bicicletta di Jessie, un mio amico d'infanzia, legata al palo della luce sostituito nove anni addietro da nuovi impianti d'illuminazione.

Non credo più alla mia sanità mentale. Non possono succedere queste cose! Sono davvero impazzito, o davvero il tempo e' cambiato attorno a me? Anche se decidessi di uscire dal negozio dove andrei? Non esistevo in quest'epoca con l'eta' che mi ritrovo adesso L'unica cosa da fare è procedere verso il retro dentro questa atmosfera irreale e cercare la soluzione. Passo attraverso la porticina ormai sempre più confuso e terrorizzato.
La candela e' ancora sistemata dove mio padre la teneva. Ora è meno consumata e più nuova. Come avevo sospettato, rivedo la porticina che dietro di me si è chiusa un altra volta. Sono di nuovo

da solo intrappolato nel retro angusto.

Ormai con fare automatico cerco nei fogli il pezzo mancante del contratto fatto con l'uomo nero, Hans. Nel frattempo con ulteriore spavento sento una voce provenire dall'entrata del negozio. La riconosco, è inconfondibile...è la voce di mio padre! Sta conversando! Questa è la peggior allucinazione mai vissuta! Mi si stringe il cuore risentirlo e nello stesso tempo ecco di fronte a me il pezzo mancante del contratto! Comincio a leggerlo e sento che mio padre continua a parlare nell'altra stanza. Il tono della sua voce si fa più forte e si sta avvicinando. Sta per entrare qui nel retro! Non posso credere a ciò che sta succedendo. Lo sto per rivedere? Non so se l'emozione di rivederlo è più forte del terrore che provo in questa situazione impossibile. Con fretta continuo a leggere il pezzo del contratto che tengo fra le mani. Vedo scritto
"Nell'eventualità il Sig. Michael Rodgers non rispettasse gli accordi presi..."

Non riesco a leggere, le mani tremano e delle gocce di sudore bagnano il pezzo del documento rimanente. Sento e vedo con orrore la maniglia della porticina che sta scendendo verso il basso aprire la porta. Sento la voce di mio padre che continua a parlare...

Finalmente arrivo al punto del contratto...

"Nell'eventualità che il Sig. Michael Rodgers non rispettasse gli accordi presi...".
Di nuovo un soffio d'aria fa tremare la fiamma della candela e poco prima di spegnerla intravedo il finale del patto. Allo stesso tempo la porticina che si apre fa entrare della luce. Ancora una volta sento il solito odore lacustre che si fa forte...

"... Nell'eventualità che il Sig. Michael Rodgers non rispettasse gli accordi presi verrà riscosso il patto dello spirito a favore della mia persona in maniera irrevocabile e verrà fatto valere su di lui e suo figlio Marc Rodgers".

La porta ormai è aperta, riconosco le sagome inconfondibili delle due persone che stanno entrando. Una è quella di mio padre, bassa e tarchiata. L'altra è alta e magra, è Hans. Ora tutto è tremendamente chiaro. Era meglio non aver mai scoperto la verità.

Con tristezza vedo lo sguardo di mio padre che sembra non potermi vedere e invece Hans con un sorriso di soddisfazione mi guarda dritto negli occhi. Nel giorno che mio padre spari' venne riscosso un debito che includeva anche me. Dopo tanti anni e guardando Hans nei suoi occhi malvagi capisco che è arrivato il momento di saldare un conto da me non voluto...

Point 5

Le mie giornate passano lente. Essere un soldato non è come pensavo io, altro che azione e coraggio. Sono stato assegnato in una vecchia base militare italiana in una zona per nulla strategica, in mezzo ai boschi e lontana dalla città.

È suonata da poco dopo l'adunata e tutti noi dobbiamo cominciare gli esercizi quotidiani, la solita corsa attorno alla caserma sarà l'inizio dell'altrettanto solito addestramento. Il sottotenente Wellington ci guarda con l'ormai consueto sguardo da mastino. Si dice che in passato abbia fatto parte ad alcune spedizioni di guerriglia finite male e che per un pelo lui non sia stato messo in galera per soprusi e torture inferte ai poveri prigionieri. Arriva con la sua camminata decisa e la giornata si presenta uguale a tutte le altre se non fosse

"Da oggi si comincia a fare sul serio! Fino a oggi avete corso attorno alla caserma, ma da ora si allunga il giro! Apriremo i cancelli dell'altra base abbandonata. Dovrete coprire il doppio della distanza nello stesso tempo che solitamente avete! Chi non riuscirà a farlo verrà fottuto con una punizione! Chiaro!?!?!"

Questa cosa nonostante la punizione possibile stuzzica la mia curiosità! Tutti noi militari ci siamo sempre chiesti sulle voci che circondano la base chiusa. Per tutti è strano che ci siano due basi militari completamente uguali ma, una sola è aperta e in uso. L'altra è sempre rimasta coi cancelli chiusi e le entrate sbarrate. Circolano molte storie attorno a quella caserma che a dire poco piacevoli è un complimento. Queste spesso suonano come leggende spaventose e si cerca sempre di credere che siano sciocchi racconti del terrore creati apposta per spaventare i nuovi arrivati.

Matthew, un mio camerata col quale si è stretto un bel legame d'amicizia, l'altra notte mi raccontava di un militare quasi in congedo dello scaglione precedente al nostro. Una sera tornando verso la sua camerata dopo una doccia, passando di fronte a una stanza di graduati origliò qualcosa. Sentì per filo e per segno da alcuni di loro la vera storia della base.
Disse che stavano discutendo in una strana assemblea non autorizzata in una delle stanze vicine alla fureria, dove lui si trovava per ritrovare gli occhiali da sole persi nella stessa giornata. Le persone coinvolte discutevano sul fatto di riaprire la caserma abbandonata e che uno di loro, probabilmente dalla descrizione il colonnello Brady, si dimostrò contrario e molto preoccupato. Discusse sul fatto che non si poteva rischiare che tutto ricominciasse.

"Ma tutto cosa?" Mathew continuando su quell'affermazione descrisse con incredibile capacità narrativa un fatto nefasto successo in una notte che colpì l'ex base militare in questione chiamata "POINT 5".
Sembra che i graduati, ma sopratutto il colonnello Brady portarono alla luce questa storia continuando a parlare di un certo maresciallo Broderick il quale sembra fosse appassionato di spiritismo e che in una scura notte trascinando alcuni commilitoni in una seduta spiritica voluta da lui fece accadere l'inaspettato.
Quella notte successero fatti terrificanti e impensabili. Fatti che fanno venire in mente racconti fantasiosi e situazioni per incutere terrore, con l'unica grande differenza che in questo caso secondo quello che Matthew sentì sono successi davvero.

In quella notte stregata l maresciallo Broderick cominciò il tutto dicendo alle persone che chiamò di fronte a lui che molti anni prima ci fu una morte violenta all'interno di POINT 5.

Quando ancora la caserma era solo per soldati Italiani, un giovane ragazzo appena reclutato cominciò a comportarsi stranamente, dopo qualche giorno di leva cominciò a dire di vedere cose strane e di sentire voci nella notte. Molti non gli credettero. All'epoca dei fatti in Italia la leva era obbligatoria e alcuni erano usuali a fingere cose come questa per essere riformati ed evitare il servizio militare. Purtroppo per lui i testimoni del fatto riportarono che le voci e i rumori che il giovane militare sentì si fecero più pressanti, sembra che non dormisse più di notte, finché in una di quelle, insonne finì per impazzire e si uccise impiccandosi sotto la bandiera della caserma, esattamente dove fu trovato la mattina successiva dal cappellano che stava uscendo per preparare messa.

Dopo questo terribile racconto che il maresciallo Broderick narrò propose una qualcosa d'inaspettato. Nonostante la natura angosciante della stessa molti accettarono. Chiese di unire tutti i soldati di una camerata e che con il suo aiuto di abile medium e l'appoggio dell'energia di tutti loro sarebbero riusciti a rievocare la presenza dello spirito del giovane ragazzo!

Spiegò che l'enorme energia psichica mossa dalle tante persone poteva evocare in maniera molto facile il suo spirito che sicuramente data la morte violenta vagava ancora nella caserma. Molti della camerata esitarono nel volerlo fare, altri si opposero in maniera molto forte, ma in seguito spinti dal numero maggiore e dal grado superiore di quelli che volevano provare questo esperimento furono convinti dell'idea della seduta e accettarono subendo loro malgrado.

La descrizione che Matthew mi fece della spiata del commilitone continuò con i graduati che rinchiusi nella piccola stanza ascoltavano seri e forse per l'ennesima volta questo fatto pauroso che il colonnello volle ripetere in maniera decisa e convinta per non far riaprire POINT 5.

Io incuriosito ancora di più chiesi a Mathew di andare avanti a raccontare cosa successe nella famosa notte del maresciallo Broderick. Senza farselo ripetere continuò...

La seduta ebbe inizio con tutti i militari presenti nella camerata uniti in senso circolare nell'unica stanza vuota disponibile unirono le mani in una catena spiritica mai vista prima per numero così grande di partecipanti e il maresciallo che si pose come guida di essa. Per quattro tentativi con il silenzio di tutti il maresciallo Broderick invocò a gran voce tenendo gli occhi chiusi lo spirito del povero militare senza aver nessuna risposta. I militari si guardavano l'un con l'altro. Chi impaurito, chi talmente terrorizzato da tremare e un paio di coraggiosi con un ghigno ironico beffardo credendo di partecipare solamente a una serata più spiritosa che spiritica.

Ma al quinto tentativo quando il maresciallo invocò:*"Spirito che vaghi disperato. Tu che percorri ancora questi luoghi senza trovar pace, vieni e fatti sentire"*. Le vecchie lampade della camerata si spensero per pochi secondi lasciando tutti nel buio. Questo creò un forte disagio fra i più coraggiosi e paura fra gli altri trenta commilitoni presenti. All'inizio, quei pochi di loro che presero scherzosamente parte a questa cosa pensando fosse quasi una burla piombarono nella paura. Tutto questo si tramutò all'improvviso in qualcosa di serio con un segnale ben distinto in un evento

157

tremendamente reale!

Dopo che le luci si riaccesero e tutti credettero di ritornare alla serenità il maresciallo fu ritrovato in uno stato di trance. In piedi con lo sguardo nel vuoto e sotto gli occhi increduli dei partecipanti cominciò a elencare qualcosa di non capibile e apparentemente senza senso. Orari e nomi ben distinti di tutti i militari presenti abbinandoli al loro numero di branda.

"Walter Hollyns, branda numero 6, alle ore 22:05..."
E poi ancora…con un elenco ben preciso e cadenzato con una voce mostruosa totalmente lontana da quella sua solita:

"Philip flawerty, branda numero 24, alle ore 22:41..."

"Gustav Doherty, branda numero 16, alle ore 23:46..."

"Norman flarton, branda numero 34, alle ore 24:10..."

Mi chiedo che senso aveva elencare tutti i militari presenti e cosa significavano questi orari? E a cosa si riferivano? Mathew continua e dice che il maresciallo ancora in trance dopo aver elencato tutti quanti i militari dettagliatamente con nomi, cognomi, numero di branda e questo misterioso orario, comunicava con lo spirito del militare che parlava tramite esso con un urlo disumano spiegò a cosa si riferisse

"Ora sapete quando arriverà la vostra fine! Ognuno di voi pagherà con la morte per quello che mi è successo. Nessuno provò pietà per me e nessuno mi credette. Questo posto è maledetto e io fui vittima di chi aleggiava qui già prima di me. Così io non avrò pietà di voi!"

Mi ricordo ancora che l'altra notte nella quale Mathew mi raccontò il tutto. Cominciammo ad avvertire paura entrambi e col continuo del racconto la cosa divenne ancora più insostenibile. Il peggio del racconto doveva ancora venire.

Il maresciallo si risvegliò improvvisamente dallo stato di trance e completamente esausto chiese spiegazioni sul fatto, visto che non ricordava nulla.
I presenti facendo una gran confusione cominciarono a descrivere cosa lui disse per bocca del fantasma, il clima si fece ancora più pesante e i militari caddero nel terrore. Nel mentre tutti cominciarono a guardare l'orologio temendo il primo orario predetto che ben presto segnalò le ore 22,05 e come la voce spiritica annunciò Il soldato semplice Walter Hollyns di anni 21, assegnato alla branda numero 6, il primo della lista, in preda al terrore sbarrò gli occhi e dopo qualche secondo cadde in preda a una strana crisi nervosa, disse di sentire delle voci...proprio come il povero militare suicida senza nome. Cominciò a rotolarsi per terra sotto gli occhi terrorizzati dei camerati che lo guardavano e con i pochi coraggiosi che cercarono di tranquillizzarlo e calmarlo, ma senza nessun risultato.

Poi alla fine, si fermò e sembrò fissarsi su qualcosa. Pallido urlando cominciò a correre in una direzione precisa. Percorse la lunghezza della stanza con lo sguardo fisso e arrivato alla fine di essa si gettò fuori dalla finestra davanti gli sguardi pietrificati dei presenti. Alcuni corsero davanti alla finestra a guardarlo morire sul pavimento del campo esterno senza poter far nulla mentre altri si tenevano terrorizzati a distanza.

L'orrore di tutti fece posto al panico! Crebbe in un secondo. La voce che sentenziò i nomi era vera e fece la sua prima vittima! I militari cominciarono a essere testimoni di questo e poi, testimoni l'uno dell'altro videro morire orrendamente uno ad uno tutti i soldati esattamente nello stesso ordine citato nel elenco. Philip flawerty, branda numero 24, Gustav Doherty, branda numero 16, Norman flarton, branda numero 34 e tutti gli altri impazzirono tutti più o meno alla stessa maniera nell'orario citato e si tolsero la vita in modo atroce fra urla di sentire voci e avere visioni misteriose. Qualcuno cercò di scappare, altri provarono a farsi legare ma una forza misteriosa bloccò la base dal comunicare all'esterno in qualsiasi modo. I cancelli d'uscita furono bloccati, i mezzi cingolati non si accendevano. Se è difficile entrare in una base militare è altrettanto difficile uscirne quando una forza misteriosa blocca tutto e tutti. Gli altri militari presenti nella caserma svegliati dall'orrore che si stava consumando poterono solo assistere impotenti e increduli alla strage sentendola dall'esterno della porta bloccata della camerata dove avveniva il fatto. Qualcuno si fece legare ma riuscì con un incredibile forza sovrumana a slegarsi e a suicidarsi. Solo dopo la morte dell'ultimo militare descritto nell'elenco la situazione ritornò "normale". I cancelli e le porte si riaprirono da sole e i telefoni e tutte altre apparecchiature ritornarono a funzionare come prima.

Il giorno successivo fu scoperto che alcuni militari disertarono la notte stessa, altri furono ricoverati per via dello stato di shock della mattanza vista la notte precedente. Altri più coraggiosi cercarono di trovare una spiegazione plausibile all'accaduto.

Altre testimonianze dissero che sempre al mattino arrivarono alte cariche militari con al loro fianco delle persone non facenti parte dell'esercito e tuttora non identificate. Sono state raccolte testimonianze. Visto lo sfacelo nel via vai di ambulanze e medici, le persone in potere con il probabile comando di quelle non identificate, decisero di chiudere la base per sempre e porvi dei sigilli. Rimase aperta solo la nostra che fu esente dal terribile fatto, la stessa dove tutt'ora mi ritrovo ad adempiere al mio arruolamento. Sicuramente non fu facile mettere a tacere una cosa dalle dimensioni simili.

Dal proseguo del racconto riguardante l'informale riunione per riaprire POINT 5 si dice che si sfiorò una lite furiosa, alcuni erano a favore non curanti del pericolo, mentre il colonnello Brady si schierò opponendosi fino all'inverosimile nei confronti degli altri. POINT 5 secondo il suo parere doveva ritenersi chiusa per sempre! C'è un'altra cosa curiosa e apparentemente fuori del comune. Durante questa strana riunione ci fu ancora una volta anche la presenza di alcune persone estranee alla caserma. Nuovamente non identificate e con quale ruolo avessero il diritto di partecipare nessuno lo sa.
Alcuni dicono che questi avessero voce in capitolo per quanto riguarda il campo esoterico e che addirittura ci fosse presente anche il cappellano della vecchia base. La verità sarà molto difficile da scoprire, se si pensa che ogni anno centinaia di persone vengono congedate e che altrettante in carriera militare vengono spostate in altri luoghi. La verità senz'altro è stata coperta benissimo dal segreto militare. E con l'andare del tempo sarà sempre più difficile scoprirla. Gli unici che sapranno qualcosa o quello che avranno potuto capire di essa sono senz'altro le alte cariche militari, le quali ovviamente non riveleranno mai a nessuno il fatto.

Per un attimo ripensando a questo racconto mi sono distratto dall'allenamento che stava per cominciare. Mi ritrovo vestito con la tuta sportiva nel campo della base e all'improvviso un senso di repulsione nasce nel dover correre all'interno del cortile della base POINT 5. Ovviamente è impossibile e impensabile rifiutarsi! Gli ordini devono essere eseguiti. Mi chiedo come mai fosse stato dato il permesso di entrarci vista l'opposizione decisa del presunto colonnello Brady. Nessuno osò decidere di riaprirla.

Ora, pensandoci bene, ci fu un cambio di assegnamenti nelle alte sfere e molti della vecchia guardia furono spostati in altre zone e paesi, certo! Con questo cambio non si è trovato nessuno sfavorevole all'apertura dei cancelli, chi avrebbe creduto in una storia simile? Tuttavia, la base a parte il giardino rimane chiusa a tutti gli effetti e servirà solo per farci correre al suo esterno. Un brivido freddo lungo la schiena mi fa pensare che comunque non c'è nulla di positivo in questo.

Eccoci arrivare di corsa all'entrata di POINT 5. Sono vicino al cancello aperto dopo tanti anni di chiusura e vedo il lucchetto rotto penzolare dalla catena molto grande e spessa che fino al giorno prima ci manteneva sicuri al suo esterno. Appena entrati marciando di corsa salta subito all'occhio l'enorme differenza di mantenimento delle due basi seppure gemelle nella loro struttura. La nostra pulita e dipinta per bene e invece all'interno di POINT 5 le erbacce cresciute a dismisura e il colore delle mura ormai consumato denotava che questa è la prima volta che qualcuno ci rimette piede al suo interno dopo molti anni. Probabilmente il lucchetto è stato spezzato pochi minuti prima e nessuno si è preso la briga di perlustrare dove stiamo per correre. Chi chiuse POINT 5 si guardò bene da conservare la chiave del lucchetto.

L'aria nella quale è avvolta non è solo di desolazione, ma si riesce a percepire che qualcosa di brutto è successo al suo interno. I passi quasi all'unisono della nostra truppa battono attorno a quello che per noi è fonte di curiosità e paura.

Ci addentriamo nel suo interno e noto negli sguardi straniti dei miei commilitoni che il racconto deve aver fatto il giro di tutta la caserma. Ogni tanto si sente udire a malapena qualche frase di qualcuno che girando l'angolo indica la piazza dove il militare deve essersi impiccato. Il palo è dritto nel suo mezzo e ci sono ancora i rimasugli di quella che sembra la bandiera che forse testimoniò l'accaduto.

Lasciando la piazza alle spalle e mano a mano che corriamo all'interno del suo perimetro noto dei particolari molto strani, nella zona non visibile dalla nostra caserma sono ancora parcheggiati i mezzi blindati, hanno i vetri impolverati e le ruote sostano su dei cumuli di sporcizia trasportati e creati dalla pioggia e dal vento. È strano che prima della chiusura nessuno li sia venuti a prendere e che li abbia spostati per essere riutilizzati da qualche altra parte. Sono mezzi molto costosi e lasciarli a marcire in una vecchia base non ha senso.
Tutto questo mi fa pensare che chiunque abbia chiuso questa base lo abbia fatto con una fretta terribile e che abbia dato l'ordine precisissimo di non trasportare nulla al suo esterno nemmeno apparecchiature costose per essere riutilizzate. Ogni dettaglio che si aggiunge a ciò che viene visto sta forse dimostrando che il racconto non sembra essere poi così leggendario ma che abbia un fondo di verità.

Sempre marciando veloci nel nostro percorso, avvicinandoci di corsa al secondo lato della base dove c'era la zona dello scarico

163

merci, vedo che anche altri mezzi sono parcheggiati alla rinfusa senza nessuna protezione ne tettoia, addirittura c'è un auto privata, un modello senz'altro lussuoso per l'epoca, probabilmente fu di qualche graduato. Ora è ferma su di un piccolo piazzale retrostante con le ruote ormai sgonfie e la plastica della fanaleria posteriore scolorita dal sole e dalle intemperie. Questo aggiunge un altro elemento ancora più strano. L'abbandono deve essere stato molto repentino. Girando attorno alla caserma si vedono altre automobili non militari abbandonate. Sembra che nessuno, dopo il fatto successo volle portarsi o fu obbligato a non portarsi con se nulla di ciò che in quella notte fu testimone della tragedia successa.

Se il racconto già di suo è spaventoso quello che ora lo testimonia lo fa ancora più reale! Quello che si vede fa parte decisamente di uno scenario fuori dal comune e per forza deve essere legato a qualcosa di terribile!

Vedo che Il sottotenente Wellington che correndo precede la truppa smette di urlare ordini e anche lui si guarda attorno sospetto. Forse anche lui a conoscenza della storia e pentito di essere entrato. Dal suo comportamento denoto che è la prima volta che entra in POINT 5 e che probabilmente nessuno ha perlustrato la base. Ora sono convinto che come pensato prima i lucchetti sono stati rotti solo stamane e senza ombra di dubbio chi li ha rotti se ne è rimasto ben distante dall'entrarci.

Il giro prosegue e ci fermiamo a fare delle flessioni nel campo di addestramento con delle erbacce cresciute all'inverosimile. Prima di chinarmi a terra vedo che alcune finestre sono rotte e che le porte che collegano all'interno di essa sono chiuse da alcuni sigilli, ma a cosa servono dei sigilli? La zona è piantonata dagli stessi militari della base a fianco i quali dovrebbero bastare come deterrente e i sigilli più che fermare qualcuno possono solo testimoniare se ne sia stato violato l'accesso. Le telecamere della caserma dovrebbero tenere lontani i curiosi. Chi sarebbe così stupido da intrufolarsi in un area militare sorvegliata elettronicamente.

Mentre faccio le flessioni l'immagine dei sigilli mi rimane impressa, mi sembra di aver visto delle scritte su di essi, ma cosa dicono? Non siamo così vicini da riuscire a leggerle.
La stanchezza e il sudore dovuto allo sforzo mi fanno tenere questi pensieri a bada. Penso a continuare gli esercizi e di vedermi presto fuori da quel macabro posto senza vita, dove sembra che un fatto terribile abbia fermato il tempo. Gli echi dei mezzi parcheggiati e i sigilli con la scritta non leggibile portano una testimonianza di esso.

Il sottotenente Wellington ci ordina:

"Stop con le flessioni! Tutti in piedi che ricominciamo a correre! Forza!"

Conoscendo il sottotenente so che non ha calcato la mano con le flessioni e ci ha stranamente fermato prima del tempo. Sicuramente ha fretta anche lui d uscire da Point 5. Ci alziamo tutti di scatto e percorriamo un'altra zona della base abbandonata, giriamo attorno a un muro e ci ritroviamo vicini a uno degli ingressi, mentre il pensiero della scritta posta sui sigilli mi ritorna in mente alla loro vista. Questa volta passiamo così vicini che sono sicuro che di poter leggere cosa c'è scritto su di essi.

Ecco mancano quattro metri alla porta, ma… Il sottotenente Wellington impartisce un nuovo ordine:

"Portarsi tutti quanti all'esterno avanti!"

Ma come! Proprio ora!?!? Sembra fatto apposta! Devo leggere cosa c'è scritto! Vedo che Il sottotenente Wellington è girato di spalle e io velocemente ne approfitto per staccarmi dal gruppo quel tanto che basta per recuperare quei quattro metri che mi dividono da me e la scritta sui sigilli. Mathew che corre a fianco a me cerca di fermarmi con uno sguardo di disaccordo ma non ci riesce, ecco finalmente la scritta che dice:

"Sigilli posti per zona contaminata".

Come!?!?!? Zona contaminata? Ma cosa cavolo significa? Questa base è stata chiusa con il pretesto di zona contaminata? Contaminata da cosa? Sicuramente dai protocolli non esiste una procedura di chiusura per fatti spiritici. Tutto fa portare sempre di più alla certezza che effettivamente quello che si dice è tutto vero e che questa fosse l'unica scusa protocollare per far chiudere la base nascondendo l'orribile verità!

Nel mentre, cerco di fugare i miei dubbi ragionandoci sopra e sento che Il sottotenente Wellington scopre la mia uscita dal gruppo e grida:

"Hey tu! Dove cazzo vai?"

Io già mi immagino la punizione per aver fatto questo, mi giro verso il sottotenente in attesa di sentirmi urlare altre imprecazioni, ma qualcosa distrae tutti quanti. Un nostro commilitone sembra sia caduto a terra. Lo riconosco è Francisco, dormiamo nella stessa camerata.

Dopo uno sguardo attento del sottotenente verso i suoi confronti crediamo tutti a un malore dovuto allo sforzo fisico. Vediamo Francisco riprendere conoscenza, muoversi prima lentamente e poi con più forza. Sentiamo che comincia a urlare delle strane frasi:

"Andate via! Andate via da me!"

Rimaniamo tutti frastornati, chi come me è a conoscenza del fatto accaduto a POINT 5 si spaventa maggiormente mentre altri cercano di calmare Francisco.

Il sottotenente Wellington cerca di far mantenere la calma alla truppa e in pochi secondi ordina di accompagnare l'atterrito Francisco in infermeria che ancora continua a gridare frasi senza senso.

Cerchiamo di ricomporre il gruppo per proseguire la corsa ma il clima di paura ha colpito anche il sottotenente che senza attendere molto ordina:

"Gli esercizi sono terminati! Prendete tutti posizione e torniamo alla nostra base!"

Anche lui non è immune dalla paura che Francisco ha creato un paio di minuti fa. Appena rientrati in caserma dopo che il sergente ci ha lasciati liberi corriamo tutti in camerata a sentire se ci sono novità su Francisco.

Nei corridoi incontro altri di noi e ci scambiamo dei pareri, un mio camerata al quale ho sempre parlato poco mi si avvicina e dice con voce nervosa:

"Lo sapevo io! Tu la sai la storia di POINT 5 vero? Non dovevamo entrare la dentro! Francisco è indubbiamente posseduto da quello spirito!"

Io lo guardo con finta aria dubbiosa, ma questo fatto mi inquieta moltissimo. Nonostante io cerchi di fingere un lato scettico sulla cosa, mi si legge negli occhi che forse ho più paura di lui e che comincio a credere seriamente a tutto quello che è stato raccontato.

Cominciamo a dividerci per compiti giornalieri soggettivi e io finiti i miei doveri ansioso di vedere Francisco entro nella mia camerata, sono le 10:30 AM e quella che sembrava una giornata lunga e noiosa si preannuncia essere molto diversa dal solito. Appena entrato vedo che chi mi ha preceduto si è radunato in gruppo attorno a una branda, sento che parlano in maniera sommessa, mi avvicino e vedo che facendomi spazio mi lasciano intravedere che Francisco è tornato ed è disteso sulla branda. Stava parlando con timbro pacato e dopo una breve pausa vedendo che sono io riprende dicendo con tono stanco e confuso:

"Non so bene cosa sia successo, a un certo punto ho sentito delle voci, erano molto chiare, mi minacciavano, ma non sono pazzo, le ho sentite davvero! Il medico in infermeria mi ha iniettato una dose forte di tranquillanti e poi sono sparite. Ragazzi, amici, ho molta paura! Cosa sta succedendo?"
Uno dei nostri totalmente terrorizzato urla:

"Cosa sta succedendo? Ve lo dico io! Il colonnello Brady è stato spostato in un'altra base e nessun altro si è opposto alla riapertura di POINT 5! Ne stiamo pagando le conseguenze è inutile fingere! Tanto sappiamo tutti la sua orribile storia!"

Francisco dall'espressione stupita del suo volto sembra ignaro di quello che il nostro camerata sta cercando chiaramente di spiegare e questo mi fa supporre che non sia stato un caso di autosuggestione per l'ambiente in cui ci trovavamo.

Francisco sembra non conoscere minimamente l'oscura storia di Point 5.
Qualcuno comincia a ridere stupidamente scettico delle frasi appena sentite, altri sono visibilmente spaventati e qualcuno comincia a litigare in maniera istintiva forse per farsi coraggio sull'accaduto.

Cerco di fare la mia parte per portare la calma e dopo qualche minuto sembra che tutto ritorni nella norma, se non per il volto sempre spaventato del povero Francisco.

La giornata va avanti in un clima di paura e sconcerto. Le voci su quello che è accaduto al povero Francisco hanno fatto il giro di tutte le camerate e ognuno di noi si è fatto un idea su cosa sia successo nella mattina di questo giorno particolare.

Si vocifera che alcuni militari per paura abbiamo mimato delle finte coliche per farsi ricoverare in ospedale militare per non rimanere qua e per non passare la notte in caserma.
La stessa idea mi è balenata per la mente pochi minuti prima di sentirla applicata da altri ma un forte senso del dovere mi ha trattenuto nel non volerla mettere in pratica.

I miei pensieri rimangono fissi sull'immagine dei sigilli: *"Sigilli posti per zona contaminata"* e sui mezzi abbandonati in maniera assurda nei vari punti di POINT 5.

Nel frattempo le ore cominciano a far tramontare il sole che aiuta a tener il coraggio addosso e le paure si sa che con la notte aumentano.

Ci si deve preparare per andare in branda, tutti quanti ormai contagiati dal terrore dei fatti si accingono mal volentieri a farlo. Le luci si spengono per lasciare illuminate a malapena le camerate dalla lampada notturna. Dall'esterno si vede solo una pallida luna che a tratti spunta dalle nuvole nere.

Dai rumori provenienti dalle brande si capisce che molti faticano a prendere sonno, lo spettro dell'orribile passato di POINT 5 e la crisi di Francisco senz'altro terranno sveglie molte persone. Nonostante i pensieri raccapriccianti che attanagliano anche la mia mente percepisco che sto per prendere sonno, mentre all'improvviso dei rumori più forti provengono poco più a destra di me.

È Francisco che si lamenta:

"Eccole di nuovo! Le sento!"

Nel giro di un secondo tutti i commilitoni ancora svegli si rendono conto del parlare di Francisco, saltano giù dalle loro brande, noto che il numero dei svegli è notevole, sembra che si aspettassero che accadesse qualcosa!

Alcuni più lentamente forse perché svegliati li per li si tirano in piedi e ci guardano avvicinarci a Francisco, Io lo guardo e gli chiedo:

"Francisco cosa succede?"

Francisco replica:

"Sento di nuovo le voci, ci stanno minacciando! POINT 5, POINT 5!"

Uno di noi cerca terrorizzato di zittirlo e corre a chiamare il medico di turno.
Francisco continua a parlare e tremare, dice di vedere qualcuno e che le voci continuano insistentemente nel dirgli che questa notte ci sarà...

Non finisce la frase. Fra la confusione creata cerco di farlo parlare con più chiarezza e gli chiedo *"Francisco, cosa dici? Cosa ci sarà stanotte?"*

Francisco riprende a parlare con più precisione e dice

"Questa notte ci sarà la punizione per tutti!"

Ormai il terrore ha preso piede in tutti i presenti, anche in quei pochi che erano ancora scettici.

Il dottore arriva velocissimo con già pronta un'altra iniezione con una dose massiccia di tranquillante. Lo vedo preoccupato, è molto giovane e credo non abbia una grande dimestichezza con questi casi. Alcuni credono che Francisco sia diventato pazzo, altri preferiscono dare credito alla storia di POINT 5 e tremare dalla paura. Si vede anche entrare un militare scalzo di un'altra camerata che avvicinandosi mi chiede:

171

"Ma c'eri anche tu oggi a POINT 5? Allora questa storia è vera?"

Io ormai preso dalla paura e dalle grida di Francisco che non riescono a essere fermate non riesco più a mantenere l'aria da finto scetticismo che fino a ora avevo usato come maschera e rispondo:

"Non ti conosco e non so quanto tu sia pauroso nei confronti di certe storie, certo è che quello che sta succedendo a Francisco non è nella norma. È meglio se te ne ritorni alla tua camerata."

Senza nemmeno replicare il ragazzo ritorna sui suoi passi ed esce dalla nostra camerata per rientrare non poco turbato nella sua. Francisco nonostante l'iniezione non si calma e non si riesce a portarlo in infermeria, continua a parlare di voci e visioni, il fatto si aggrava mentre Francisco sferra un pugno a caso e colpisce un militare che era vicino a lui.
Un paio di noi vista l'impossibilità di calmarlo decidono di bloccarlo legandolo con le lenzuola al letto, l'unico sistema presente. Io in un'altra occasione sarei stato più che contrario a questo gesto, ma ammetto che nell'impossibilità di poter fare altro è la soluzione migliore anche per lui.

Non si riesce a stabilire la calma, le luci che fino adesso erano rimaste spente vengono riaccese e la luce blu notturna si spegne. Stranamente altri graduati avvisati su cosa sta succedendo arrivano a vedere la situazione e a un tratto con sgomento tutti vediamo la luce delle lampade tentennare. Subito mi balza in mente il ricordo del racconto dove successe più o meno la stessa cosa.
Tutti mettono il naso per aria per vedere se la luce tiene, ma purtroppo dopo un paio di sbalzi di corrente la luce salta del tutto e nemmeno la luce notturna blu si accende. Stranamente nel buio che

ci avvolge le urla di Francisco si placano, per un attimo il terrore si alza e subito dopo sentendo il silenzio di Francisco si quieta.

Le luci si riaccendono e tutti cercano di guardare di nuovo Francisco e cosa stia facendo. Il silenzio è gelido nella camerata, tutti i militari dal soldato semplice, al dottore e i graduati guardano fisso Francisco che ora è seduto sulla branda e con lo stupore di tutti vediamo che nel buio è riuscito a slegarsi dalle lenzuola che lo tenevano bloccato su di essa. Sul viso ha uno sguardo assente, non sembra più lui, la posizione sembra stranamente rilassata e non impaurita come prima.

Dopo qualche secondo di pausa si alza di scatto. Con lo sguardo con un'espressione orribile ricomincia a parlare con un tono preciso mai sentito dalla sua voce. Ora dal suono completamente diverso e sinistro e comincia a scandire:

"Paul Palmer, branda numero 9, alle ore 22:05..."

"Bobby Kraigton, branda numero 18, alle ore 22:41..."

"Brandon Fogherty, branda numero 32, alle ore 22:41..."

"Joshua Miller, branda numero 32, alle ore 23:10..."

È scioccante! Per un'attimo non voglio credere a quello che sto sentendo! Tutto rispecchia quello che noi già conoscevamo! Francisco stende un elenco dei presenti nella camerata! Il panico totale conquista la stanza! Io stesso non so cosa fare e le urla degli altri coprono l'elenco che Francisco continua a stilare senza curarsi della confusione attorno. Ma perché dovevano riaprire POINT 5? Aveva ragione il colonnello Brady! Ora siamo in un incubo! E tutti stiamo qua ad ascoltare una sentenza di morte?

173

Qualcuno scappa dalla camerata, questa volta le porte della camerata non sono bloccate, altri dal terrore cadono per terra, altri ancora cercano di far star zitti gli altri e si avvicinano con molto terrore a Francisco per sentire se nomina le loro persone.

Io cerco di capire se e come passare indenne a questo incubo! Non voglio più ascoltare la voce di Francisco! Di scatto un militare con lo sguardo allucinato si avventa contro Francisco e gli urla:

"Taci bastardo! Non dirai mai il mio nome!"

Immediatamente le luci che avevano ripreso a funzionare si spengono all'istante e un urlo straziante risuona nella camerata! Subito dopo le lampade si riaccendono e chi ha cercato di far stare zitto Francisco, sembra sparito.

Ci giriamo attorno persi finché lo sguardo non cade verso la finestra! Si vedono delle lenzuola aggrovigliate al termosifone che escono dalla finestra, sono in tiro. Io e altri corriamo verso la finestra e guardiamo fuori per vedere dove finiscano e scopriamo che chi due secondi prima minacciava e fisicamente attaccava Francisco è finito appeso con le stesse lenzuola attorcigliate al collo. Penzola morto dalla parte esterna del balcone!

Controllo il mio orologio e vedo che scoccano le 22,05! Comincio a urlare:

"Paul! Paul! Dove sei?" Lui è Il primo della lista.

Fra i presenti rimasti che non sono fuggiti vedo Paul rannicchiato in un angolo che dice anche lui con viso pallidissimo e occhi sbarrati parole senza senso:

"Eccolo, eccolo, tocca a me! Lo sento mi chiama!"

All'improvviso altre urla arrivano da un'altra camerata! Qua dentro siamo in 180 persone, tre camerate! Questa base è stata notevolmente ridimensionata!

Per un secondo le urla ci hanno distolto dall'attenzione di Paul, ricontrolliamo dove sia, sembra scomparso, sentiamo la sua voce provenire dal lato opposto della camerata, viene dall'esterno? Si! Ma come è possibile? Corro con altri commilitoni nuovamente verso la finestra mentre altri cercano in vano di chiamare qualcuno con i loro cellulari che non funzionano e guardando fuori vediamo Paul abbracciato al commilitone impiccato che si dondola con esso verso il vuoto.

Io e Brandon cerchiamo faticosamente di ritirare su entrambi aggrappandoci alle lenzuola ma appena proviamo a fare questo vedo che Paul gira lo sguardo verso di me e molla la presa lasciandosi cadere nel vuoto di sotto! Noooo!

Mentre tutto questo orrore accade Francisco senza fermarsi continua seduto sul letto il suo orrendo elenco di vendetta e io non voglio stare ad aspettare che lo finisca! Le luci si spengono nuovamente e questa volta non si vogliono riaccendere.
A un tratto giro il mio sguardo fuori dalla finestra e vedo la sagoma di POINT 5 che si staglia sotto la luce della luna che trafila dalle nuvole nere. Guardo il suo cancello aperto e la catena penzolare. Penso forse stupidamente che un unico tentativo di porre fine a questo incubo sia quello di correre giù e provare a chiudere quel maledetto lucchetto che tiene aperto un collegamento fra la nostra base e POINT 5!

Non ci penso due volte, scatto e nel buio, prendo il lucchetto del mio armadietto e scanso a spintoni qualsiasi commilitone che mi si presenti davanti, sento che i piedi nudi scivolano sugli scalini e il terrore mi rende il respiro cortissimo. Riesco a fare le due rampe di scale in pochissimo tempo e sento che l'aria presa correndo accarezza e soffia sul sudore che la paura ha fatto scorrere dal mio viso. Sono quasi arrivato all'ultima rampa di scale dello stabile della caserma che mi divide da essa e la sua uscita. Con orribile sorpresa ritrovo nell'oscurità chi dei miei amici e altri hanno tentato la fuga. Sono tutti sdraiati a terra alla fine del vano scale! Dalla posizione distorta dei loro arti e da altri dettagli impronunciabili capisco che sono caduti? Spinti? O forse si sono gettati oltre le balaustre durante la fuga e sono morti per l'impatto! Sembra che nessuno sia riuscito a scappare dalla base! È terribile! Nel mentre vedo tutto questo sento arrivare un urlo dall'alto e giusto vicino a me si schianta un altro dei commilitoni al suolo! Sono sempre più preoccupato per la mia vita, ho paura che anche io non riuscirò a fuggire! Per un'attimo mi fermo di fronte all'enorme portone dell'uscita, sento che al contrario degli altri nulla mi sta trattenendo e che la mia volontà è più forte che mai. Non so se sono l'unico che è riuscito ad arrivare vivo fino a qua.

Esco dal portone d'ingresso e sento l'aria notturna che si aggrappa al mio respiro. Nel frattempo odo un altro urlo, più forte e altri provenire sicuramente dalla mia camerata. Guardo l'orologio del quale non me ne separo mai e vedo che sono le 22:41 sicuramente anche Bobby Kraigton (il secondo nella lista) sarà stato vittima della terribile maledizione! Alzo gli occhi e vedo il cancello di POINT 5 di fronte a me, comincio a provare un odio mai sentito prima nei confronti di questo posto, cercando di non metterci piede dentro afferro il cancello arrugginito e con tutta la mia forza lo spingo verso l'interno per chiuderlo! Nel mentre mi giro verso la

176

mia base e vedo che le luci al suo interno lampeggiano si illuminano di nuovo!

Forse ci sono! Ho trovato il sistema per fermare la maledizione! Forse è proprio tenendo i cancelli chiusi che tutto ritorna al suo interno. Allungo le mani per afferrare la catena e ne sento il suo freddo. Prendo il lucchetto e facendo fatica per via delle mani che tremano dalla paura chiudo definitivamente quel posto maledetto!

Non ho il coraggio di girarmi per guardare cosa succede alle mie spalle, ma l'oscura vista di POINT 5 incute in me ancora più orrore e mi fa cambiare idea. Il mio sguardo punta le finestre della mia camerata e vedo che sia in essa che nelle altre stanze la luce è staccata di nuovo, non voglio credere che quello che ho fatto non sia servito a niente! Non riesco a trovare in me la forza di muovermi e di ritornare all'interno della base ne tanto meno di lasciare a piedi la caserma e andare chissà dove. Il primo centro abitato è molto distante. La notte e le nuvole nere mi tengono bloccato sul cancello che divide POINT 5 dalla mia base, mi siedo per terra e attendo che qualcuno venga ad aiutarci. Le ore stanno passando anche se il terrore le fa sembrare lentissime non sento più nessun rumore provenire dalla base e sembra che ci sia la certezza che nessuno li dentro sia sopravvissuto.

Sono le 4,35 AM e l'alba non tarderà ad arrivare. Cerco di percepire il minimo rumore proveniente dalla caserma che possa darmi un poca di fiducia che forse li dentro qualcuno è sopravvissuto, ma non vedo nessuno uscirne indenne da essa. Quello che ora mi chiedo con orrore è che non so se Francisco abbia fatto il mio nome, ma anche se fosse la notte sta finendo e io mi sento quasi al sicuro.

Mentre penso che forse il peggio sia passato vedo una figura nera uscire dalla stessa entrata della base, la stessa entrata che ho usato io per uscire. Mi tiro in piedi e allungo la vista, è buio e con le luci spente non riesco a definire bene chi sia.

Eccolo avvicinarsi, ha un vestito nero e lungo, non posso sbagliare sulla sua identità! Vedo che si sta avvicinando a me, non so cosa fare, non so cosa voglia! Una volta vicino la figura del cappellano si fa più nitida! Ha in mano una bibbia, mi guarda con uno sguardo allucinato e dice:

"Quella volta c'ero anche io ad assistere impotente al fatto! Purtroppo in questi giorni non sono riuscito a oppormi alla riapertura!"

Dovevo immaginarlo! Il nostro cappellano è Italiano e discretamente anziano e ha sempre detto di esser stato qua da lungo tempo! Quindi lui era presente nella notte della tragedia e della seduta spiritica a POINT 5!

Ma cosa vorrà da me? Si ferma a un metro dalla mia persona e orribilmente dopo un'attimo di pausa dice:

"Che la tua anima riposi in pace figliolo!"

Dopo questa frase comincio a sentire una strana voce che cerca di parlarmi. Attorno a me non c'è nessun altro e ormai l'unica cosa che posso fare è ascoltare le voci...

Un ospite poco gradito

In un attimo di pausa dal mio solito andare di corsa, capisco che la mia vita non è molto ordinata. Guardo la mia stanza e vedo un computer aggrovigliato in mezzo ai fili e una scrivania degna dei misteri di una caccia al tesoro. Non dovrei essere così disordinato. I miei allievi non ne andrebbero fieri.

Mi siedo alla mia economica scrivania e soffermandomi a guardare quel computer che sta di fronte a me e mi pone un quesito, uno di quelli al quale non ho ancora dato una risposta certa. Perché la gente non riesce più a socializzare come una volta? Con la scoperta delle chat-line molti si tuffano a chiacchierare in un mondo virtuale, però poi quando si trovano nei luoghi quotidiani non riescono a scambiare due parole e a sorridere l'uno con l'altro.

Forse per via della timidezza, tante persone si sentono più protette stando dietro a un monitor che crea un certo distacco protettivo. Chi si sfoga molto dietro alla tastiera spesso si è rivelato molto meno comunicativo in persona. Un'altra cosa interessante è che questa realtà alternativa fa spesso uscire quello che alcune persone non hanno il coraggio di comunicare faccia a faccia. È possibile che le regole sociali alle quali noi siamo tutti assoggettati spingano molti a trattenersi e trincerarsi sempre di più dietro a una maschera quotidiana per poi toglierla solo davanti a un computer. Posso anche capire che la cronaca incute il timore di socializzare di persona con altri. Si legge spesso di fatti criminali e la gente ha timore che qualcuno possa sempre essere in agguato. Visto l'aumento di queste notizie è difficile che qualcuno possa dar fiducia a uno sconosciuto che ti sorride e che cerca di comunicare anche solo per il piacere di farlo, senza nessun brutto scopo. Nonostante questo, molti utenti d'Internet sentendosi sicuri dell'approccio via web si fidano troppo di chi sta nelle chat lines. Io stesso mi fido poco di chi incontro in esse, anche se a volte lascio cadere lo scudo e cerco di dare un po' di fiducia. Per esempio, la mia fiducia è andata a un'amica incontrata in uno di questi siti, la stessa per la quale io mi sono seduto di fronte al PC in questo momento. La sto aspettando con piacere. Christine e io chattiamo regolarmente e ci vediamo spesso in webcam.

È incredibile come con certe persone si possano avere in comune cose molto semplici che funzionano meglio di tanti discorsi molto acculturati. Giorni fa stavamo conversando su cose serie e poi passammo a discutere su di un berretto che indossavo. Grazie al mio lavoro di allenatore sportivo ne indosso sempre di differenti. Quando capii che le piaceva molto le dissi:

" Christine. Se vuoi te lo spedisco e te lo regalo"

Lei sorrise e pensò che io stessi scherzando. Mi disse che non accettava regali. Allora io le proposi di fare uno scambio che esulava dal sentirsi in debito:

"Io ti spedisco il berretto che ho in testa e tu mi spedisci la maglietta con Paperino che per te è larghissima. Giusto quella che hai addosso in questo momento. Mi piace molto e poi addosso a me starà benissimo"

"Cryxy" (Questo è il suo nickname) digitando rispose:

" Ci sto! Domani stesso ti invierò la maglietta in cambio del cappello."

Dopodiché la serata continuò come al solito fra discorsi più o meno impegnati. Un unico particolare che mi diede preoccupazione, fu che una sua amica con la quale divide l'appartamento, giorni prima invitò uno sconosciuto incontrato in chat a stare con lei e da quel momento in poi sono cominciate ad arrivare alle ragazze strane telefonate anonime.

Lei mi rassicurò che non c'era nulla da preoccuparsi, ma io non essendo convinto cercai di metterla in guardia.

Ma ecco che nel ricordare tutto questo il monitor del mio computer mostra la luce dei messaggi che lampeggia e mi dice che "Cryxy" è online.

"Buongiorno" Scrivo io…

Dopo un attimo di attesa, diversamente dal solito mi vedo recapitare un messaggio senza gli usuali convenevoli di saluto.

Cryxy scrive... *"Paolo, è una serata strana ho paura!"*

Io subito allarmato le chiedo:

"Cosa sta succedendo? Non ti ho mai sentita avere paura prima di adesso."

Velocemente mi spiega:

Cryxy: *" Ti ricordi quello sconosciuto invitato imprudentemente da Claudia qui a casa nostra?"*

Myself: *"Si"* (giusto a chi con timore pensavo un minuto fa).

Cryxy scrive: *"Ecco. È da qualche giorno che oltre alle telefonate mute, nella casa succedono cose strane. Credo sia lui a spaventarci".*

Io avverto una stretta allo stomaco e le chiedo di spiegare meglio cosa sta succedendo.

Cryxy scrive: *" All'inizio io e Claudia ci davamo la colpa a vicenda per delle cose che erano sparite dopo la serata spesa con lo sconosciuto. Io non trovavo più una spazzola e credevo l'avesse usata lei, poi lei non trovò più un paio dei suoi pantaloni. Il fatto è che al principio entrambe abbiamo dato la colpa al disordine che abbiamo. Che senso avrebbe che uno sconosciuto avesse portato via questi oggetti? Non avevano nessun valore, ma è successo dell'altro, poi abbiamo capito..."*

Io non capisco immediatamente cosa lei voglia dirmi nel proseguo della cosa, ma questi fatti assumono un aspetto che mi inquieta parecchio. Christine non è solita a dar peso a cose di poco conto, significa che questi fatti l'hanno preoccupata e li ritiene importanti.

Myself: *"Continua per favore, cos'è successo ancora..."*

Mentre sto scrivendo ciò nella finestra di dialogo mi accorgo che Christine mi ha invitato a visualizzare la sua webcam e appena l'immagine diventa nitida vedo la sua stanza da letto che fa da cornice al suo volto sconvolto! Il suo computer non funziona bene e non può sentire la mia voce, ne tanto meno usare il suo microfono.

Chiedo ulteriori dettagli:

Myself: *"Ma Christine cosa ti preoccupa degli oggetti scomparsi? Di per sé non è una cosa così grave."*

Con movimenti poco chiari vedo dalla sua webcam che scuote la testa a destra e sinistra come negazione disperata delle mie parole e risponde:

"Cryxy": *" So che quello che ti sto per dire. Suona come una pazzia...ma Il fatto è che non sono solo sparite delle cose, al loro posto ne sono comparse delle altre! Oggetti che non appartengono a nessuna di noi! Le nostre cose sono state sostituite! All'inizio non avevamo fatto caso a degli oggetti simili credendo tutte e due che appartenessero all'altra, ma queste cose non sono nostre!".*

Myself: *"Come? Ma cosa significa questo?Sei sconvolta per qualche oggetto che tu e Claudia non ricordate di aver comperato?" Potevo immaginare di sentirmi dire qualsiasi cosa strana ma non questa, cosa esattamente significa?*

Riguardando sempre attraverso la webcam vedo che Christine mi sta digitando un'altro messaggio:

Cryxy: *" Paolo, senti bene! dopo che lo sconosciuto è stato qua c'è stato uno scambio di oggetti! La spazzola mia che era sparita non è stata più ritrovata ma abbiamo ritrovato un'altra spazzola che non è ne mia ne della mia compagna di stanza!"*

Io comincio a credere che sia solo una paura infondata, la cosa è più che ridicola e scrivo:

"Ma Christine, questa cosa che dici è assurda. La spazzola che avete trovato sarà una spazzola che magari non ricordavate di avere o forse è di Claudia e non se lo ricorda".

Vedo l'immagine di Christine a scatti che mi guarda dritta nell'obbiettivo della web cam e che con il dito indice muove la mano in senso di risposta negativa alla mia ipotesi. Riprende a scrivere in maniera agitata, e il simbolo che mi avvisa della scrittura in corso si muove.

Cryxy scrive: *"È impossibile! E te lo posso provare con qualcosa di precisissimo! Su quella spazzola ci sono dei capelli lunghi e mori! Mentre sia io che Claudia siamo entrambi bionde! E poi aprendo l'armadio di Claudia al posto dei sui pantaloni che sono spariti abbiamo trovato una gonna bianca stropicciata che non è nostra! Ne io ne lei indossiamo gonne! Adesso arriva la cosa sconvolgente! Non mi crederai ma guardando le news ho visto... "*

E si blocca, la vedo, fa una pausa per calmare il respiro affannoso e toglie le dita dalla tastiera. Nonostante siamo in due città differenti e la sto guardando attraverso un monitor l'avverto preoccupatissima e la tensione passa i chilometri di cavi telefonici che ci dividono.

Io sempre più stupito da quello che lei assurdamente mi sta scrivendo...

Myself: *"Continua ti prego... "*

Cryxy: *" Si scusami, ma non trovo le forze, Ti ricordi di quella ragazza scomparsa dopo un appuntamento al buio? "*

Myself: *"Si certo me la ricordo bene, ne parlano tutti i telegiornali, ma cosa centra con voi?"*

Il computer lampeggiando di nuovo lascia scrivere:

Cryxy Scrive: *" Ecco! Paolo guardalo coi tuoi occhi! Apri il sito Internet delle notizie e va a leggere la pagina delle news della mia città, intanto prendo una cosa da mostrarti."*

Christine lascia la sedia e io apro il link delle news come lei mi ha chiesto di fare. Trovo subito in prima pagina la vicenda di questa ragazza di venticinque anni scompara mentre si recava a un appuntamento al buio. Leggo ma non capisco la connessione e cos'è andata a prendere Christine.
Eccola che ritorna, si risiede davanti al PC e vedo che oltre allo sguardo terrorizzato ha in mano qualcosa che volutamente tiene nascosto alla mia vista.

Mi chiede se sono sulla pagina web e se sto leggendo l'articolo della ragazza. Io rispondo positivamente e le chiedo "allora?"

Cryxy: *"Guarda l'ultima foto della ragazza per favore, quella presa dalla telecamera del distributore di benzina la stessa notte della scomparsa. La vedi?"*

"Si" Rispondo io. *" La vedo. Ma non capisco"*

Christine mi dice ora di puntare lo sguardo verso di lei e di guardare bene. Vedo che alza le mani, mi mostra ciò che prima era andata a prendere da qualche parte in casa sua e dice

185

Cryxy: *"Guarda cos'ho fra le mie mani e guarda la foto della ragazza!"*

Dopo qualche secondo d'incomprensione, con l'aiuto della luce dalla lampada da scrivania nella stanza da letto vedo che le mani di Christine stringono una gonna bianca, sicuramente quella ritrovata nell'armadio di Claudia.

Ora capisco! Confrontando la gonna in mano a Christine con la foto della ragazza nell'articolo noto con terrore che ha le stesse sembianze di quella catturata nella ripresa della telecamera del distributore! La sfortunata indossava una gonna bianca uguale a quella che ora Christine ha fra le mani. La somiglianza è fin troppo precisa! I bottoni a lato sono uguali!

Cryxy: *"Hai visto vero? E se non hai ancora capito c'è un'altro dettaglio...la 25enne ha i capelli lunghi e mori! Proprio come quelli trovati nella spazzola!"*

Incredibile! Queste non sembrano essere orribili coincidenze e mi chiedo se sia Claudia a voler fare un brutto scherzo alla mia amica e inscenare queste cose con lo scopo di divertirsi con qualcosa di cinico. Possibile che qualcuno, lo sconosciuto abbia davvero mescolato gli oggetti di un rapimento con gli oggetti delle due amiche? Anche se fosse vero non ho mai sentito una cosa come questa succedere prima e con quale scopo? Fatto rimane che io sono distante centinaia di chilometri e non posso fare molto! La mia mente per un secondo vaga alla ricerca di una risposta logica che tolga il dubbio sulle supposizioni di Christine e mi vedo riflesso sul monitor con la maglietta che lei mi ha regalato, ho voluto indossarla stasera per farle una sorpresa. Vedo che anche lei ha addosso il mio cappello ma tutto questo è finito per passare in secondo piano vista la stranezza di questi fatti allarmanti. Non è il momento di parlare di queste cose.

Myself : *"Christine, se tutto ciò che tu pensi è vero e per via delle telefonate anonime, la prima cosa da fare è mettersi al sicuro! Ti consiglio di alzarti e di chiuderti a chiave! Così nessuno da fuori potrà aprire. Claudia dov'è?"*

Cryxy: *"Claudia oggi ha ricevuto un SMS da quel tipo e sembrava preoccupata, mi ha detto solamente che la stava un po'importunando, poi però si è vestita in fretta visto che aveva un appuntamento con un suo amico nuovo. Lei non sa ancora nulla delle coincidenze sulla ragazza scomparsa. Le ho capite pochi secondi prima che tu arrivassi in chat."*

Io consiglio a Christine che la cosa deve essere subito denunciata alla polizia. Sapere che due ragazze sole vengono minacciate da uno sconosciuto è terribile e ancora più terribile che ci siano queste strane coincidenze con questi oggetti mai visti prima nel loro appartamento. La similarità degli oggetti che collega questi alla ragazza scomparsa è molto seria!

Myself: *"Senti Christine, quando Claudia ritornerà a casa e quando le aprirai la porta fai molta attenzione, accertati che sia davvero lei e che non sia seguita. Hai chiamato la polizia?"*

Lei prontamente mi risponde di si ma che il numero è sempre occupato e la voce automatica della stazione di polizia dice non ci sono pattuglie disponibili! Maledizione! Cosa cavolo posso fare!?!?!

Poi il lampeggio del computer dice:

Cryxy scrive: " *Ho mandato subito un SMS a Claudia per dirle di rientrare ma non ha ancora risposto! Non riesco a rimaner da sola! Ti prego Paolo dimmi cosa pensi di questa storia. Dimmi che non siamo in pericolo, credi che lo sconosciuto possa ritornare da noi e che sia il maniaco, lo stesso che ha rapito la ragazza?* "

Vedo che Christine si stacca dalla tastiera per un attimo e comincia a scrivere sul suo cellulare. Forse Claudia ha risposto.

Faccio il punto di questa situazione allucinante! La polizia non risponde, io sono qui e non posso fare nulla. L'unica cosa come ho detto è che Claudia si sbrighi a ritornare a casa e che poi si barrichino dentro attendendo la polizia che andrà a controllare e a sistemare la cosa...almeno spero.

Appena Christine si rimette a digitare, vedo dal riflesso di luce provenire del suo cellulare appoggiato sul tavolino che le è arrivato un SMS di risposta. Spero sia Claudia e mentre Christine lo prende in mano e lo legge allo stesso tempo digita sulla tastiera. Il mio computer dice:

Cryxy scrive: *"Allora, mi ha detto che sta per tornare a casa e che se non ci saranno problemi di parcheggio in 20 minuti sarà da me".*

Già una volta mi parlò di quella maledetta strada, non si trovava mai parcheggio e a volte hanno girato per mezzore in cerca di un posto libero dove posteggiare l'automobile.

Giusto per non lasciare Christine nel panico e per far sembrare che la situazione sia sotto controllo cerco di tenerla impegnata e le scrivo:

"Christine, prova a guardare dalla finestra di camera tua se ci sono dei parcheggi liberi."

Christine annuisce con un cenno della testa e si alza per andare a vedere. Io non riesco a controllare più l'ansia.

Possibile che queste cose siano collegate con la sparizione della ragazza dai capelli mori? Quante probabilità ci possono essere che il colpevole ha preso di mira proprio le mie amiche? Ragionando ancora una volta su tutto questo, sembra non avere senso che un rapitore giochi mescolando gli oggetti di una sua vittima con degli oggetti di altri. Ovvio che non posso escludere nulla perché suona bizzarro a me come persona normale, ma chi rapisce qualcuno sicuramente normale non lo è e ragione in modo differente.

Analizzando con orrore, usando quello che spero sia fantasia cerco di capire se non ci possa essere una perversa connessione nel di condividere gli oggetti personali delle vittime precedenti con...quelle nuove!

Prima d'ora ho solo letto di cose diverse da questa nel campo degli omicidi seriali, ciò non toglie che per via della sua singolarità questo non sia vero. Non vorrei che Christine e Claudia facessero da nuovo caso criminale con metodiche mai viste prima. Purtroppo la paura di essere testimone di ciò che ho fantasticamente immaginato si fa forte. Vivere queste cose in prima persona e non più per sentito dire alla TV è agghiacciante. Ancora una volta mi chiedo se la mia amica stia vivendo davvero un'esperienza simile e

189

se io ne sono testimone con un terribile incubo in diretta.

Nell'assenza di Christine mi soffermo a pensare a mille cose e mille paure mi vengono in risposta. Sulla sparizione della ragazza non si sa nulla o poco. Più penso e più mi convinco che non può essere una coincidenza il fatto dello scambio degli oggetti delle ragazze. Non riesco a trovare nessun altro senso. Sembra proprio come se questa persona stia giocando con la paura delle due ragazze, come se godesse nel far capire a loro che sono sotto controllo e lo sostituire gli oggetti delle due con quelli della vittima precedente forse è una successione simbolica per creare il panico, goderne di esso e far capire che loro saranno le prossime!

Ecco! Rivedo Christine tornare al computer. Ma ha un andatura veloce tanto che la web cam non riesce a catturarla bene. Cosa succede?

Christine si rimette a scrivere, il PC dice:

Cryxy scrive: " Paolo! Ho guardato fuori. Jcoiok...d e la macchn..."

" Stai calma! Non riesci nemmeno a rispondere. Non capisco ciò che scrivi! Calmati e digita tranquilla!"

Christine è talmente scioccata da qualcosa che non riesce a scrivere. Allunga le mani verso la testa, si stringe il capo e cerca di calmarsi. Vedo che rimette le mani sulla tastiera e sempre il mio computer mi avvisa dicendomi:

Cryxy scrive: "Paolo! Ho guardato fuori dalla finestra come mi *hai detto te per vedere se c'erano dei posti liberi e cercando fra le auto ho visto con sgomento che quella di Claudia è ancora parcheggiata sotto casa! Come l'abbiamo lasciata questa mattina al ritorno dalla spesa! Il messaggio dal suo telefono dice che deve trovare tempo per parcheggiare!"*

Allucinato dalla scoperta di Christine ora mi chiedo se Claudia abbia mentito oppure non ha nemmeno avuto il tempo di entrare nella sua auto ed è stata rapita. In questo caso, chi ha risposto al messaggio col suo telefono non potrebbe essere stata lei. Il tutto sta portando alla probabilità che questo sia un piano ben congegnato da una mente perversa! Dov'è finita Claudia? Forse, nella prima ipotesi, il suo nuovo "amico" è venuto a prelevarla e ora con una bugia si sta intrattenendo con lui più a lungo, oppure nella seconda ipotesi, la peggiore, qualcuno l'ha aspettata e portata via contro la sua volontà.

Scrivo subito a Christine di fare un tentativo nel chiamare l'amica Claudia e vedere se riesce a sentire la sua voce e controllare che stia bene.

Christine ora esita e ha molta paura. La paura di sentire dall'altro capo una voce estranea. Quella del rapitore che potrebbe portare l'orribile notizia che Claudia è in un guaio enorme. Dopo tutto quello che si sta scoprendo il pensiero che qualcuno risponda al posto dell'amica diventa un fatto probabile. Vedo che Christine prende il cellulare e digita il numero dell'amica. È quasi mezzanotte, cerco di seguire ogni movimento che arriva a scatti dalla videocamera della mia cara amica. La luce del display del cellulare le illumina in parte il viso, ma vedo che i tempi si allungano e sembra che nessuno dall'altra parte del telefono risponda!

Sto cercando di capire cosa Christine potrebbe fare per mettersi al sicuro. Rimanere in un'appartamento già visitato da un possibile maniaco non suona per niente come un'idea buona. Forse sarebbe il caso di andarsene da lì. Tuttavia, vista la sparizione di Claudia, ho timore che chi ha architettato tutto stia aspettando una mossa di Christine e che se ne stia acquattato nel primo angolo buio per approfittarne appena lei uscirebbe di casa.

Non riesco a non star male pensando al mio senso d'impotenza essendo lontano chilometri e non potendo far nulla. Anche se prendessi la macchina per raggiungere Christine ci metterei ore ad arrivare!

Ecco per un attimo che qualche speranza positiva si accende. Vedo che Christine si muove sulla sedia con il cellulare all'orecchio e che le sue labbra si muovono. Qualcuno deve aver risposto. Forse è Claudia che confessa di aver mentito sul parcheggio da trovare, forse appunto come ho pensato per guadagnare tempo per poter stare di più con il nuovo amico.

Christine sta muovendo le labbra e quindi sta parlando, ma ora leggendo l'espressione impietrita dei suoi occhi fa capire che dall'altra parte del telefono non c'è nulla di buono. Ora riesco a leggere il labiale delle parole semplice che probabilmente sta urlando. Sono distintamente...

"Pronto...pronto...ci sei?"

Chiude di scatto la chiamata e si rimette a scrivermi sulla tastiera per dirmi qualcosa che capisco già non sarà nulla di rassicurante.

Di nuovo il PC avvisa:

Cryxy scrive: *"Paolo! Dopo molti squilli qualcuno dall'altra parte ha risposto..."*

Myself: *"Ok, ha risposto Claudia?"* Dopo nemmeno un secondo *mi rendo conto dell'inutilità della mia domanda, ho già capito che non è Claudia che ha risposto...*

Christine continua a scrivere troppo velocemente presa dall'orrore e a sbaglia le parole...

Cryxy scrive: *"Non ho sentito...Nessuna voce! Non ho sentito nessuna voce! Ho sentito qualcuno respirare profondamente. Ma la cosa peggiore è che..."*

"È che cosa Christine?"

Cryxy scrive: *" È che qualcuno col cellulare di Claudia è qua vicino! Dal telefono oltre che al respiro orrendo è uscito il suono dei rintocchi di mezzanotte dall'orologio della torre che sta qui nella strada di sotto! L'ho sentito benissimo! Paolo Sono terrorizzata! C'è qualcuno sotto casa e ha il telefono di Claudia. Lei non so dove sia!"*

"Prova a richiamare la Polizia!" Scrivo e urlo allo stesso tempo senza sapermi contenere! Ma la vedo troppo scossa, non riesce a fare nulla. Vedo che gira la testa di scatto e mi scrive:

"C'è un rumore! Proviene dalla porta giù dalle scale! Qualcuno la sta aprendo!"

No! Che stupido sono stato! Chiunque abbia catturato Claudia senz'altro avrà preso e starà usando le chiavi di casa che lei aveva con se! Non è servito a nulla chiudersi dentro casa! Maledetto! Ci ha fregati!

Provo io a chiamare la polizia e per fortuna dopo due squilli rispondono…In due secondi spiego la situazione e sento un tono di sufficienza nei miei confronti, non mi credono! Dopo aver urlato la pura verità di nuovo e con molte difficoltà si danno una mossa. Finalmente dopo avermi chiesto l'indirizzo di Christine si mettono in contatto con il commissariato vicino a casa sua e dicono che stanno per correre subito da lei. Ritorno subito alla tastiera...

"Christine, devi guadagnare tempo! Vai a barricare la porta d'entrata con qualsiasi cosa! E poi chiuditi a chiave in camera tua! Armati, prendi qualcosa per difenderti. Nasconditi! Tieni duro sta per arrivare la polizia!"
Christine non perde tempo a scrivermi e vedo che corre subito a barricare la porta. La vedo correre su e giù davanti alla web cam senza capire cosa stia muovendo e cosa stia usando per rallentare l'entrata in casa sua. Il rapitore avrà intenzioni alle quali non oso nemmeno pensare!
Io non riesco a stare fermo sulla sedia. Vorrei tanto che tutto questo non fosse vero. Continuo ancora a sentirmi impotente e torturato assistendo a questa cosa senza poter far quasi nulla! Sono terrorizzato e sicuramente Christine lo è ancora più di me! È la dà sola e sta aspettando l'entrata di un pazzo che ha già fatto sparire due persone. Ora sta per arrivare anche da lei.
La vedo ritornare velocemente al PC ma non si siede. Mi scrive qualcosa in fretta.

Cryxy scrive: *"È Qui! Sento che sta facendo girare la chiave di*

Claudia nella toppa! Ho paura! Ho paura! Ho messo un sacco di cose pesanti davanti alla porta e credo l'aprirà con fatica, ma non riuscirò a fermarlo a lungo! Dov'è la polizia!?!?! Che si sbrighino cazzo!"

È cosi' orribile che l'unica fonte di presunta sicurezza che lei ora possa avere sono io. Un amico lontano chilometri che può solo assistere a ciò che sta accadendo senza poter intervenire ma solo testimoniare.

Myself: *"Christine, hai chiuso la porta della camera a chiave e hai barricato anche quella?"* Lei annuisce verso la web cam... *"Ora ti sto per dire una cosa che ti sembrerà folle ma devi spegnere le luci. Guadagnerai ancora del tempo. Se non sa dove sei dovrà cercarti. Devi nasconderti! Ok?"*

Christine scuote la testa in senso negativo, non vuole rimanere al buio, ma è l'unica stramaledetta maniera per guadagnare secondi preziosi! Se il mostro non sa dove lei si nasconde dovrà cercarla e se la polizia si sbriga riusciranno a fermare una possibile tragedia!

"Christine! Per l'amor del cielo! Chiudi quella luce, spegni il monitor del PC e nasconditi! Ma non chiudere il computer rimaniamo in contatto!"

Si limita solamente a scrivermi un veloce *"ok"* E vedo che si sposta correndo fuori dall'inquadratura della webcam. Un secondo dopo la luce nella sua stanza si spegne. Ecco ora sono tagliato fuori! La web cam seppur funzionante non può catturare nessuna immagine nel buio profondo della sua camera da letto.
Ho il cuore che batte forte. Dalla paura sto iperventilando e le mani

195

tremano così tanto che non riesco a fermarle. Sono passati pochi secondi ma sembrano eterni!

Mi chiedo cosa stia succedendo e se quel bastardo sia già entrato in casa. Se si sicuramente la starà cercando. Dentro di me penso...Tieni duro Christine, arriveranno a salvarti! Sono incatenato di fronte a un computer a guardare un inquadratura scura e una finestra di dialogo che non si muove, il cursore lampeggia ma rimane fermo senza scrivere niente. Mi auguro che Christine si sia nascosta bene!

Passano i secondi e poi i minuti pesanti come macigni. Non può essere possibile! Richiamo la Polizia...

" Mi chiamo Paolo Magnati Ho chiamato qualche minuto fa! Siete riusciti a far andare una pattuglia a casa della mia amica? "

Tragicamente sento che dall'altra parte mi viene detto:

"Ci dispiace ma il commissariato della città della sua amica ha detto che non c'è nessuna volante reperibile in questo momento per il controllo".

Brutti imbecilli! Come non c'è nessuna pattuglia disponibile? Stanno per uccidere una persona. Dove sono tutti i poliziotti? Comincio a credere che la mia telefonata sia stata poco considerata. Forse credevano a uno scherzo? Hanno dato una scarsa priorità alla mia chiamata! Io mi sento uno stupido ad aver detto tutte quelle parole rassicuranti a Christine e che da li a poco arrivava la polizia! Invece devono ancora muoversi! Sento di aver mentito anche se involontariamente.

Urlo con tono disperato all'agente al telefono di chiamare qualsiasi di quelli impegnati e di farli correre là! Altro non posso fare. Lo sguardo mi rimane fisso sul monitor ad aspettare un segno positivo di speranza.

Senza accorgermi avverto che la paura mi ha fatto sudare tantissimo e la sedia sotto di me e sullo schienale si appiccica alla mia maglia che è completamente bagnata. Non mi era mai successo. Lo stomaco è stretto e un forte senso di nausea mi attanaglia il respiro.

A un tratto vedo che anche se la stanza è ancora buia il cursore della finestra di dialogo di Christine finalmente si muove! Forse il maniaco è stato disturbato oppure è riuscita a difendersi. Si! Vedo che scrive...e il computer presenta...

Cryxy scrive: *"Ciao Paolo..."*

"Hey Christine, accendi la luce, se n'è andato?"

Cryxy scrive: *"No Paolo..."*

"Ti prego Christine accendi la luce!" Più terrorizzato di così non posso essere...

Cryxy scrive: *"Paolo, dimmi abiti sempre in:" Via Tevere N. 24?"*

Ma cosa caspita succede! Che domande sono?!?!?

Cryxy scrive: *"Christine non può momentaneamente rispondere e*

197

credo non ti risponderà più, Paolo."

Io smetto di scrivere e sono distrutto da quello che leggo! È il rapitore che scrive. Non sono servito a nulla e il bastardo che scrive come fa a sapere anche il mio indirizzo?

Cryxy scrive: *"Sai, il disordine nella casa di giovani donne fa trovare indizi molto interessanti anche sui loro amici".*

Avrà trovato il mio indirizzo sulla busta del cappello che ho inviato a Christine e che è senz'altro rimasta nella sua stanza qualche giorno fa mentre il bastardo era stato invitato nel loro appartamento

Il computer mi avvisa di nuovo che qualcuno sta scrivendo e tragicamente nonostante appaia il nick di Christine so che non è lei:

Cryxy scrive: *"Paolo, spero tu non ti senta solo adesso, io provo pietà verso chi soffre di solitudine e non ti farò soffrire a lungo."*

Non so più cosa fare e pensare! Adesso sta minacciando anche me! Christine e Claudia sono scomparse lasciando pensare a una fine raccapricciante e dal panico mi scivola il mouse dalle mani, ma ho un vantaggio. Abito a centinaia di chilometri da Christine. Come pensa di raggiungermi senza che io faccia qualcosa? Anche se volesse correre qua non farebbe in tempo, sono al sicuro.

Purtroppo mentre sto pensando questo, sento con orrore dei rumori provenire dalla mia porta d'ingresso e la domanda che dovevo pormi all'inizio di questo incubo, se a colpire fosse una persona sola o più di una sta avendo la sua risposta. Ci sono solo pochi secondi a dividermi dal complice del mostro che attraverso questo piano diabolico è riuscito a fare delle vittime beffando distanze, polizia e anche me.

Un regalo di troppo

Ancora una volta ecco la notte arrivare. Ho appena finito il turno al ristorante. Sollevato dall'uscire da quel posto caotico fatto di personaggi alquanto veniali, mi ritrovo a fare la cosa che trovo più gratificante. Ritornare a casa il prima possibile e noleggiare un bel film da godermi in santa pace sul mio divano.

Ormai è da tempo che passo le nottate a ingurgitare film in vere e proprie maratone audiovisive. Spesso mi fa compagnia la mia cara amica Petra, anche lei appassionata di cinema.
Adoro tutti i generi anche se preferisco i film horror. Purtroppo a Petra questo genere non piace e alla fine devo spesso optare per qualcosa di meno pauroso e più propenso in suo favore.

Cammino lungo il marciapiede scansando dell'immondizia lasciata dai passanti dopo un loro pasto proveniente da qualche fast food e la notte mi fa pensare a un sogno ricorrente che nelle ultime notti mi assilla. Mi trovo in un posto buio di notte. Provo un senso di pericolo molto forte, ma tutto quello che posso fare è rimanere confuso e cercare di capire dove andare. Questa cosa all'inizio non mi angosciò più di tanto ma il ripetersi ogni notte comincia a crearmi un disagio che mi porto appresso anche di giorno.

Scansando per un attimo questo pensiero entro nella mia auto che come al solito fa fatica a mettersi in moto. D'altronde non ho ancora sistemato la batteria e mi ci vogliono sempre dai tre ai quattro tentativi per avviarla.
Rigiro la chiave attuando l'interruttore e dopo un altro paio di

tentativi anche questa volta si è accende! Sono le 12:44 AM l'aria
è tiepida, apro i finestrini e mi godo le strade completamente vuote
e rilassate che solo la notte sa dare.

Mi avvicino al distributore automatico del noleggio film che per
fortuna ha una stanza interna con un ingresso con la chiusura a
tessera elettronica. Non mi sentirei sicuro in questa città di notte a
dare le spalle al nulla mentre scelgo un film. Scendo dall'auto
guardandomi bene attorno. La zona non è più sicura ed è meglio
che controlli sospettoso.

Qualche amico dice che sono paranoico e che le mie paure sono
troppo accentuate. Piuttosto che rendermi vulnerabile a dei pericoli
e rischiare di essere aggredito preferisco essere preso per
paranoico.

Eccomi entrare dopo che nell'aria si è sentito il solito e unico
rumore della serratura magnetica aprirsi. Dover scegliere un altro
film non è facile, sul display vedo ormai i soliti titoli e tutti già
visti. Non mi rimane che cercare nel piccolo elenco delle novità.
A prima occhiata non trovo nulla d'interessante, poi a un tratto
qualcosa aggrappa la mia attenzione.

Un nuovo film horror! Faccio partire il trailer sul monitor e noto
che è abbastanza strano, non è girato bene, la qualità dell'immagine
è molto scarsa. Sposto lo sguardo sulla sinistra dello schermo per
leggere la recensione che dice:

*"Nonostante il montaggio fatto con lo stile di un vero e proprio
film, questa pellicola ha un valore documentaristico. Il film è tratto
da alcuni spezzoni ritrovati di recente ma girati durante delle*

ricerche fatte da alcuni pionieri nell'Africa dei primi anni 50 che trovarono e documentarono raccapriccianti rituali svolti fra le tribù ormai scomparse. Il film presenta contenuti forti e scene di violenza estrema. La visione è consentita a un pubblico con un'età non inferiore ai 18 anni."

Beh! Questo non me lo posso perdere! Stanotte Petra dovrà per forza guardarlo assieme a me.

Non esito un secondo di più e facendolo subito mio per la visione, schiaccio il bottone di *"NOLEGGIA ORA"*.

Esco dal video noleggio e rientrato nell'auto guido più veloce del solito per tornare verso casa con l'eccitazione di guardare qualcosa di nuovo! Arrivo sotto al palazzo nel quale vivo ormai da qualche tempo e velocissimamente entro nell'ampio parcheggio sotterraneo notando che come al solito degli intrusi sono riusciti a intrufolarsi e a bivaccare in un angolo di esso. Già l'aria vagamente sinistra del garage non aiuta a muovermi al suo interno di notte. Se non bastasse, non molto tempo fa di comune accordo dopo un'episodio di aggressione che fece terrore a tutti decidemmo di pagare una guardia privata a controllare il posto.
Purtroppo, passato lo spavento molti decisero che fosse una spesa superflua e i risultati? Bottiglie, sacchetti di carta e sporcizia varia. Questo non lo tollero affatto e figuriamoci se poi non ci saranno altre aggressioni.

Cercando di rivolgermi a pensieri positivi e di togliere il momento di disappunto scendo dall'auto lasciandomi alle spalle questo problema. Raccolgo il film a noleggio dal sedile posteriore e una borsa con vari dolciumi e biscotti comperati apposta questa mattina al supermercato per gustare ancora meglio la visione notturna del film. Un improvviso odore causato dall'umidità mi riporta la memoria del sogno ricorrente. Trovo questa cosa strana perché solitamente un odore riesce a far scattare un ricordo vero, successo, ma non un ricordo proveniente da un sogno. Fra l'altro non mi spiego nemmeno come un odore non presente nel sogno possa ricordarmi lo stesso.

Non smettendo di camminare mi avvio a passo veloce verso l'ascensore e sento un rumore alle mie spalle. Ricordando l'episodio d'aggressione con un brivido di terrore mi chiedo se stanotte toccherà la stessa cosa proprio a me. Giro improvvisamente la testa ma non vedo nessuno. Stupito dell'assenza di qualsiasi cosa nonostante il rumore, mi chiedo da dove lo stesso possa essere arrivato. Non scorgendo nulla di fronte a me ma abbassando lo sguardo vedo un piccolo cane di color marrone.

"E certo, adesso anche i cani entrano nel garage."

Guardando il suo muso ammetto che fa tenerezza. Dalla sua magra struttura credo non mangi da un bel po'. Sembra proprio che abbia fame.

"Certo che mi hai fatto prendere un bello spavento piccolo!"

Ti vorrei portare con me ma non ho intenzione di litigare con il proprietario dell'appartamento che nel contratto ha specificato "niente animali". Non ne vuole saperne di cani in casa. Nel palazzo abita Giorgia, una volontaria del canile municipale che a un mio messaggio domani mattina si prenderà cura di te. Nel frattempo starai al riparo dall'umidità della notte.ti lascerò dormire qui dentro.

Apro un sacchetto e con un gesto veloce scarto un biscotto dandoglielo più che volentieri. Capendo che come pasto non è abbastanza sacrifico la confezione di carne secca al suo appetito. Giustamente ne ha più bisogno lui di me.

Procedo verso l 'ascensore, ma sento ancora lo stesso rumore dietro di me, mi rigiro ed eccolo qua di nuovo.

"Ancora tu?" Il cane che mi si mette vicino e cerca di toccarmi con la zampa. Sento di nuovo quello strano odore d'umidità e nuovamente il sogno o meglio, l'incubo mi riviene in mente. Ora non solo ho un sogno ricorrente ma mi chiedo se questo odore che sento sia frutto di un'allucinazione o se esiste veramente.

Nel mentre sto pensando a questo il piccolo cane mi segue, ma si, non posso lasciarlo qua. Per una notte nel mio appartamento nessuno verrà a saperlo. Appena cerco di prendere il cagnolino in braccio, lo stesso scappa via di corsa. Cerco di raggiungerlo, ma è scomparso. Lascio perdere la ricerca ma mando un messaggio a Giorgia. Lei sicuramente saprà meglio come trovarlo.

Salgo nell'ascensore e penso se effettivamente questo film che andrò a vedere sia un vero documentario oppure un fake costruito a pennello. Sono consapevole che da vari anni ci sono in commercio cose più o meno simili a questa. Certo che questo è stato proposto come nuova uscita e quindi mai visto o sentito prima. Sono proprio curioso di vederlo.

Scendo dall'ascensore rumoroso e arrivato davanti alla mia porta vecchia e ridipinta male vedo che lo zerbino è spostato, segno che Petra è già arrivata e si è aperta la porta usando la chiave che tengo sotto allo stesso. Mi starà attendendo sul divano.

Difatti, girando la maniglia sento che la serratura non è bloccata e capisco che la porta non è chiusa a chiave.

Entro come faccio sempre e…

"Petra ci sei?"

Un attimo di silenzio senza udire nessuna risposta e ripeto ancora...

"Petra ci sei?"

La luce del salotto è accesa ma non la vedo. Comincio a impensierirmi credendo che forse chi è entrato in casa non è Petra. Petra più di una volta mi consigliò di non lasciare la chiave sotto allo zerbino perché cosi' facendo avrei rischiato di trovarmi ospiti poco graditi in casa. Giro l'angolo con circospezione e trattenendo il respiro sento una mano premermi una spalla. Dalla paura non riesco a trattenere un grido!

"Petra!?!?!"

Ed ecco con una grassa risata il volto di Petra che mi prende in giro!

"Certo che sei proprio pauroso eh Michael! E saresti anche un appassionato di cinema horror? Ahahaha. Tieni presente questo mio scherzo come un ennesimo avvertimento di non lasciare la chiave sotto lo zerbino!"

"Il cinema è finzione la realtà è tutta un'altra cosa Petra! Credimi che da stasera mai più chiavi sotto allo zerbino!"

Cercando di rilassarmi anche se ancora un po' scosso dico. *"Comunque, visto che sei coraggiosa ho portato un film-documentario che stanotte ti dovrai sorbire."*

Petra capisce subito che il film non è nulla del quale lei potrebbe gradire e che fa parte del mio genere preferito. Accenna una smorfia di disaccordo. Ovviamente per una volta dovrà sottostare anche lei a qualche visione di mio gusto.

Prepariamo la nostra postazione in fretta con cibarie varie e ci sediamo comodamente sul divano cominciando la visione.

L'inizio del "documentario" non ha nulla di tanto pauroso e nemmeno mostra scene che possano impressionare anche un pubblico più sensibile. L'unica cosa che viene mostrata sono alcuni dialoghi di certi indigeni che parlano con dovizia di dettagli di antiche divinità sanguinarie, delle loro torture e omicidi. Magari, questo per un pubblico davvero sensibile potrebbe disturbare l'appetito.

Passati 15 minuti dall'inizio del film Petra è quasi annoiata finché il tutto cambia e il film passa a mostrare uno degli spezzoni famosi ritrovati nella foresta dopo la scomparsa di chi lo stava girando. Viene mostrato un rituale molto strano. La pellicola è in bianco e nero e la qualità è decisamente scarsa. Sembra provenire dai primi anni del secolo odierno. Mi ricorda storicamente le avventure dell'esploratore Gustav Fischer.
L'immagine non è ferma, probabilmente l'operatore non era

emotivamente preparato a ciò che stava filmando. Ed ecco di nuovo che avviso l'odore di umido che innesca in me il ricordo dell'incubo ricorrente.

Non trovo il tempo di capirne il motivo e la scena alla televisione riprende la mia attenzione. Riguarda un uomo che contrariamente alla sua volontà viene forzato a stare sdraiato su di una roccia. Un altro individuo col volto coperto da una maschera grottesca trattenendo degli strani oggetti fra le sue mani (forse un santone) si muove recitando qualcosa. Altri appartenenti a quella che sembra una tribù indigena stanno osservando il tutto muovendosi da destra a sinistra allo stesso ritmo.

A un certo punto quello che sembra essere un santone sguaina un rudimentale coltello e incide con un gesto velocissimo il petto dell' uomo bloccato sulla roccia! La visione è terribile, l'uomo dopo qualche convulso rimane bloccato e il santone comincia a estrarre parti interiori del corpo di quella che sembra essere una vittima sacrificale. Mi aspettavo qualcosa di forte ma non così atroce. Comincio a credere che non sia tutto vero! Forse è proprio un film truccato per shockare la gente che lo vede.

Petra seduta sul mio lato destro si rifiuta di continuare a guardarlo e si alza arrabbiata dicendo che è meglio se si metterà a sistemare delle cose lasciate in cucina.
Posso solo capirla e anche io fra l'indecisione di non voler vedere scene forse vere mi chiedo quale fosse la motivazione di un sacrificio simile. Un offerta per placare una divinità arrabbiata o una richiesta di favori dalla stessa? Una voce fuori campo aggiunta nel montaggio successivo dice che I pionieri scomparsi spiegarono in qualche appunto trovato che in quella tribù credevano di avere un unica maniera per placare una divinità malvagia ben specifica

ed era quella di soddisfare il suo appetito sanguinario, sacrificando un malcapitato.

Il racconto procede e la stessa voce fuori campo spiega che attraverso un interprete portato nella spedizione che traduceva le parole degli esploratori venne chiesto allo stregone cosa potesse succedere se questa sete non venisse placata dal sacrificio. Il filmato originale riprende e lo stregone nel filmato mostra delle statuine e dice:

"Se il sacrificio non verrà fatto ogni sette anni durante..."

E qui alcune parole non sono state tradotte forse per incomprensibilità

"... La divinità raffigurata in questa piccola statua (Grambhulla) comincerà la sua vendetta prendendosi lei stessa due persone alla volta per via del sacrificio richiesto e rifiutato. Porterà due anime nel suo mondo e saranno sue per sempre. Essa ripeterà questo ogni due notti fino alla completa estinzione della tribù. "

"Un vita sarà senz'altro la mia", continua lo stregone, "visto che io sono il possessore della statua ed ho il potere di decidere sui sacrifici. "

Rimango shockato dalla semplicità con la quale lo stregone sembra spiegare come sia necessario uccidere qualcuno! Se scuotere doveva essere il risultato voluto dal documentario, ha funzionato pienamente!

Nel mentre la pellicola spiega il tutto, Petra ritorna e con uno sguardo allibito osserva lo stregone che armeggia vari monili.

Io guardandola e con tono ironico le chiedo:

"Petra, ti stai cominciando ad appassionare a questo documentario?"

Battendomi una mano sulla spalla con uno sguardo allibito fissando lo schermo della TV mi dice:

"Per niente! Anzi, guarda tu stesso se non vedi qualcosa di tua conoscenza!"

Io mi concentro sul filmato e sinceramente non capisco. Dopo aver sospirato tranquillo visto che non ho trovato nessuna risposta allo sguardo inorridito di Petra chiedo cosa ci sia di cosi' brutto che io debba vedere.

Petra in modo affannato e deciso dice:

"Non ti sei accorto che una di quelle statuine è praticamente uguale a una delle tue che sta in camera da letto?"

"Andiamoci piano, so che ti vuoi vendicare della visione di questo "documentari" ma non mi sembra il caso di volermi spaventare con queste sciocche similitudini."

Petra un po' stizzita risponde:
"Non mi voglio vendicare ne tanto meno spaventarti, ma guarda!"
Io mi fisso nuovamente sul filmato facendolo arretrare un pochino e devo ammettere che per quello che la cattiva qualità della

209

pellicola possa far vedere una delle statuine dello santone assomiglia decisamente a una che ho io!
Una specie di figura mezza umana e mezza mostro con delle lunghe orecchie e mani enormi.

Petra suggerisce con tono impaurito: *"Andiamo a prendere la tua e vedere con i nostri occhi."*'

Ebbene, finché ci avviamo in camera mia mettiamo il documentario in pausa l'immagine della statuina dello stregone sul video per poterla confrontare e andiamo a prendere una delle statuine che ho io in camera.

Camminando nel piccolo corridoio e facendo mente locale ricordo che le statuine che possiedo provengono dalla stessa zona dell'Africa alla quale fa riferimento il documentario. Mi sono state regalate da amici che dopo un viaggio in Africa portarono dei regali fatti a mano da alcuni artigiani del posto. Sicuramente sono le solite statuine lavorate negli ultimi villaggi che sono rimasti. Tuttavia credo che facciano parte di una coreografia nata dal bisogno di guadagnare più che da seri rituali del passato.

Ecco che nella stanza Petra ne indica una delle quattro. Io con un brivido scatenato dalla similitudine con la statuina nel documentario posso solo notare che sembra molto simile a quella del video. Petra dice:

"Ma questa non è solo simile. È proprio identica!"

Senza esitare la prende in mano e corre a confrontarla con l'immagine del video. Io per un secondo rimango fermo a pensare e poi la seguo di corsa.

Accendiamo le luci per vedere meglio e forse anche per sentirci meno a disagio a guardare quanto maledettamente siano uguali le due statuine! Hanno le stesse orecchie lunghe, stesse mani giganti. E tutti gli altri dettagli combaciano perfettamente. Petra continua a maneggiare la statua e io dico che in tutto questo tempo quella statua non ha dato problemi quindi perché preoccuparsi proprio adesso?

Finché Petra continua a guardare concentrata la cosa io ritorno a chiudere la luce dimenticata in camera da letto. Al ritorno vedo che Petra ha un viso pallido e tiene stretta fra le mani la statuina con lo sguardo perso nel vuoto rivolto verso il video.

La cosa non mi piace proprio per niente. Sento ancora qualcosa che mi riporta di nuovo in mente l'incubo ricorrente e questa volta non è ne un odore ne un'immagine. Non me lo so spiegare. Vedo che l'immagine nel video è saltata. Cosa strana, qui il lettore DVD funziona sempre bene.

Petra ha lo sguardo fisso, sembra ipnotizzata. Cerco di darle una scrollata, ma vedo che non si muove e stringe la statuina in maniera molto forte. È terribile, non sta scherzando lo vedo!

"Petra! Svegliati!" Urlo io...

Ma lei dopo qualche secondo muove gli occhi colmi di un'espressione orrenda verso di me e con voce tremante dice:

"È qui, è arrivato, è troppo tardi."

Nel mentre lei mi guarda e pronuncia queste parole terrorizzanti salta la luce! Io mi ghiaccio dal terrore e al buio sento che Petra si sposta, ma non riesco a vedere e a capire dove stia andando.

Ma cosa succede? Possibile che salti la luce così? Non è mai successo nemmeno questo! Petra cosa sta facendo al buio?

E poi cosa sta accadendo? L'aria del mio appartamento sembra cambiare si fa umida, sento che si fatica a respirare e ancora non riesco a capire dove sia Petra. Non capisco se questo cambiamento sia dovuto a una mia reazione dal terrore oppure se davvero qualcosa nell'appartamento sia cambiato.

Cerco di muovermi al buio ed ecco di nuovo la stessa sensazione di dejavu che mi riporta all'incubo ricorrente! Questa volta è più chiara, la situazione attuale è come nel sogno, mi ritrovo al buio con un gran senso di terrore! Ecco che con voce poco distante, sento Petra urlare. Chiede aiuto! Dice di sentire qualcuno, ma è impossibile! Mi chiudo sempre a chiave e qua siamo soli. Urla che qualcuno la sta cercando,

"Aiuto! È qui! Mi sta prendendo!"

"Aiutooo! Sento le sue mani toccarmi! Sento le sue unghie! Mi fa male!...Aiuto Michael!"

Confuso da quello che sta succedendo, non capisco più dove sono. Al buio non mi sembra nemmeno di essere ancora nel mio appartamento. Gli urli di Petra risuonano stranamente come se provenissero in vari punti differenti e mi confondono ancora di più. Ho perso il senso dell'orientamento e le dico di continuare a urlare per farmi capire dove si trova. Non ha senso. La voce sembra provenire prima da una parte e dopo da un'altra, ma cosa cavolo sta succedendo?

Cerco dei punti di riferimento per trovare i muri e vedere se così facendo riesco a imboccare una porta. Non trovo nulla di famigliare attorno a me. Quando la luce è saltata ero vicino al mio divano, ma anche spostandomi barcollante di qualche passo non lo trovo, non è più qui! L'appartamento è piccolo e io sto camminando in un vuoto che sembra andare nell'infinito, sento che i piedi affondano in qualcosa che non è il tappeto. Ecco di nuovo un odore che mi ricorda l'incubo di queste notti.

È orribile! Ora il tutto sembra mescolarsi alla realtà quello che prima avvertivo in un incubo si è trasportato con quello che sto vivendo sul serio!
Mi abbasso per toccare e capire quello che sto calpestando e sento di nuovo un altro urlo!

A un tratto la luce ritorna e terrorizzato mi ritrovo nello stesso punto di dov'ero prima quando la luce è saltata. Sono esattamente di fronte al divano! È impossibile! Ho camminato, mi sono mosso, eppure mi ritrovo nello stesso posto di prima!

Mi guardo attorno e non vedo Petra. È sparita. La chiamo urlando e nessuno mi risponde! Ricordandomi dell'ultima cosa fatta prima che tornasse la luce penso a quello che stavo toccando sul pavimento e guardandomi le dita vedo che sono sporche di qualcosa che sembra terriccio umido! Le annuso e sanno di muschio, di umidità lo stesso odore di umidità che avverto quando l'incubo mi ritorna in mente. Assurdo! Sotto i miei piedi c'è il pavimento del mio appartamento e a parte dei tappeti con qualche briciola il resto è tutto pulitissimo! Cerco di darmi una mossa e con il terrore che la luce salti di nuovo prendo con me una pila elettrica e me la aggancio in cintura. Mi sento molto strano, la situazione è così assurda che non può essere reale. Sto cercando la mia amica scomparsa nel mio…appartamento? Ridicolo ma terribilmente vero!

Girando per la casa con non poco terrore grido il nome di Petra ma nessuna risposta mi viene in aiuto. Passo per la cucina, giro attorno allo studio e la cosa ha dell'impossibile! Cerco di non perdere la ragione e ritorno sui miei passi.

Ritorno nella camera da letto dove Petra ha preso l'immagine scolpita della divinità sanguinaria. Sento che la mia mente comincia a tentennare.

Guardo con terrore sopra la mensola di ebano scuro e vedo che la statuina è ritornata la al suo posto!
Non riesco a capacitarmi, provo un senso di orribile paura solo a guardarla e dov'è finita Petra? Devo credere che la storia dello stregone del documentario sia vera? Qualche divinità è stata risvegliata e ora sta chiedendo il prezzo per un sacrificio non eseguito? Quali scelte ho? Non sapendo cosa fare cedo all'impulso di distruggere la statua. Che sembra aver portato via una mia cara amica. Con la mano tremante afferro la statua e la scaglio con tutta la mia forza per terra!

Stupito vedo che dopo aver colpito il pavimento con estrema forza ha scalfito il pavimento. Corro a riprenderla in mano e con sconforto vedo che distruggerla è una cosa più difficile di quello che io pensassi, la statuetta in legno nero non è nemmeno scheggiata! Come fa un pezzo di legno a non rovinarsi dopo una caduta del genere?
Sembra una sfida ed ecco arrivare di nuovo il dejavu dell'incubo!

Mi riprendo e dico

"Sei fatta di legno! E come tutti i tipi di legno puoi prendere fuoco!"

Corro in cucina la getto nel lavabo! Prendo l'alcool isopropilico dall'armadietto e con un cerino preso dallo scaffale più in alto do fuoco immediatamente alla schifosissima statua!

Appoggio le mani sui bordi del lavabo e la guardo senza staccare lo sguardo. Incredibile! Nuovamente, il mio secondo tentativo di danneggiarla non ha successo! Sembra che la statua sia indistruttibile! Non prende nemmeno fuoco! L' alcool brucia dissolvendosi ma la statua rimane inalterata.
Portando le mani fra i capelli non mi do per vinto e cerco di escogitare un altro sistema per cancellare dalla faccia della terra quell'orribile oggetto. Sperando che questo gesto possa in qualche maniera far riportare Petra indietro da qualsiasi posto dove ora essa si trovi.
Nulla mi vieta di lasciare l'appartamento e scendere giù nel garage dove ho attrezzi ai quali la statua non potrà resistere.

Non perdo tempo e mi rendo conto dell'assurdità della faccenda. Ma cos'altro potrei fare? Riprendo la statua in mano ed esco dal mio appartamento di corsa, nel mentre vedo che la luce dal mio salotto salta di nuovo. Non voglio trovarmi nella stessa situazione per nulla al mondo! Non mi fermo nemmeno per chiudere la porta d'ingresso e la velocità con la quale corro mi incoraggia come se avessi lasciato indietro un nemico pericolosissimo.

Corro lungo il corridoio del palazzo e guardo la porta

dell'ascensore chiuso in fondo a esso.

Con la corsa presa quasi sbatto addosso alla porta e con la mano destra schiaccio il bottone della chiamata.

Giro lo sguardo verso il mio appartamento e vedo come se me lo aspettassi, quasi senza stupirmi che le luci del corridoio una a una cominciano a spegnersi facendo avanzare il buio verso la mia direzione.

"Cazzo! Muoviti ascensore!"

Alterno lo sguardo verso le luci che si spengono correndo verso di me e sul display sul muro di fianco. Sto cercando di capire se sia più veloce l'ascensore o il buio che avanza. L'ascensore ara al piano terra e il buio sta arrivando precipitosamente. Mi inorridisce pensare cosa mi aspetterà se il buio mi raggiunge! Ecco!

"Ci siamo quasi! Muoviti!" Finalmente l'ascensore arriva al mio piano e vedo la porta che si sta aprendo! Quasi tutte le lampadine del lungo corridoio sono bruciate. Il buio mi ha quasi raggiunto! Entro di corsa e schiaccio il bottone del seminterrato!

Vedo che un secondo prima di chiudersi la porta scorrevole il buio spegne anche l'ultima lampadina del corridoio e conquista tutto il piano!

Finché scendo divento claustrofobico, cerco di fare qualche calcolo e di spiegarmi perché tutto questo stia succedendo solo adesso. La statua era nel mio appartamento da molto tempo. È possibile che il video abbia risvegliato qualcosa? Scervellandomi trovo la possibile risposta. *"No! Ora ci sono!"* Calcolando la data del regalo avvenuta molto tempo fa, riesco a capire che i miei amici andarono in viaggio esattamente sette anni fa! Questo dettaglio asseconda proprio quello che lo stregone disse nel documentario! Una strana coincidenza che io lo abbia visto proprio in questa notte!

Ripercorrendo ciò che l'indigeno disse, ricordo che le anime che la divinità prende in caso di mancato sacrificio sono due alla volta fino all'estinzione della tribù. Io sono diventato il proprietario della statua e visto che non ho mai sacrificato nessuno ora la cosa si ritorce su di me e su chi mi sta vicino nello stesso luogo! Non sono uno stregone ne tanto meno uccido una persona per calmare l'ira di una divinità assassina! Sono proprio la persona sbagliata nel momento sbagliato e la povera Petra sembra ne abbia fatto le spese pure lei!

All'improvviso sento che l'ascensore subisce uno scossone:

Intravedo fra la fessura del soffitto dell'ascensore che le luci sistemate nella tromba dell'ascensore per facilitare i lavori su di esso si sono spente. Il buio sembra scendere giù assieme a me e sta risucchiando anche la corrente elettrica che muove il mio unico mezzo verso la probabile salvezza. Guardo il display e vedo che mi manca pochissimo per essere nel seminterrato. Un altro forte scossone fa traballare ancora una volta l'ascensore. Però ecco il suono che avvisa che l'ascensore è arrivato al piano desiderato.

Non do tempo alla porta di aprirsi da sola e la forzo letteralmente con la rabbia che esce dalle mie braccia!

Salto fuori dall'ascensore e senza voltarmi avverto che anche la sua luce all'interno dello stesso si è spenta. Un botto terribile mi fa intendere che anche i freni dello stesso hanno ceduto ed è caduto rovinosamente toccando il fine corsa!

Corro velocissimo verso il garage. Mi giro per rendermi conto quanto tempo io abbia a disposizione per distruggere la statua della divinità. Vedo quel maledetto buio mangiare uno ad uno i neon illuminati che scorrono sul soffitto del corridoio del seminterrato. Apro la serranda del mio garage usando le chiavi che ho sempre con me e avvicinandomi al tavolo da lavoro apro la morsa, schiaccio subito la statua fra le due ganasce. Il buio sta arrivando! Ormai vedo l'ultimo neon del corridoio esterno al mio garage che si spegne. Dopo un brevissimo istante si spegne anche la luce del mio garage! Afferro la torcia elettrica che precedentemente mi allacciato al fianco e vedo che per adesso funziona. Illumino il bersaglio da colpire e prendendo il martello da carpentiere sferro quattro colpi fortissimi su di esso!

La luce della torcia comincia a traballare. Non posso fermarmi ma guardando la statua illuminandola con la luce della torcia elettrica che ora comincia a funzionare male vedo che anche quest'altro mio tentativo non è servito a distruggere la statua che sembra guardarmi col suo color perfetto intaccato! Non sono riuscito tanto meno a fermare il buio che ora sta facendo tremare più fortemente la luce della mia torcia!

Questa mia corsa sembra non sia servita a nulla. Ho solo guadagnato qualche momento di più prima dell' arrivo del buio e del suo sanguinario giustiziere! Chi l'avrebbe mai detto che ad accettare una semplice statuina mi sarei cacciato in un incubo del genere?

Non so più cosa fare e rabbiosamente con forse un ultimo gesto tolgo la statua dalla morsa e la scaglio lungo il corridoio dei garage cercando di allontanarla da me come se questo allontanasse la presenza della divinità.

La torcia smette di funzionare e sento che il buio come nell'appartamento sta facendo diventare nuovamente l'aria umida e irrespirabile. Non riesco più a vedere cosa ho attorno e di nuovo il ricordo dell'incubo riappare diventando completamente parte della realtà. Comincio a sentire che le forze mi mancano e mi inginocchio per terra. Nell'ultimo momento poco prima che la torcia si spenga, vedo che la statuina mi viene riportata mestamente in bocca dal cane di prima. Adesso potendo scegliere avrei preferito essere di sopra nell'appartamento con lui e litigare col mio padrone di casa piuttosto che aspettare un destino come questo. Nel buio sento che il piccolo cane si allontana. Sperando che almeno lui si possa salvare avverto un'altra presenza molto più grande. Avverto delle mani con unghie appuntite sfiorarmi la schiena...

Una giornata diversa

"Buongiorno, il mio nome è Bryan Miller...".

Mi presentai così cinque anni fa alla CBR HOGWOOD
INDUSTRIES.
Un buon curriculum, un'esperienza in un'azienda concorrente, due
colloqui preliminari e sono stato assunto.
Da allora sono stato irreprensibile, preciso e puntuale. L'azienda
ha sempre potuto contare su di me anche fuori dall'orario d'ufficio,
per non parlare dei tanti festivi sacrificati a risolvere i problemi
altrui.
In cambio ho ottenuto aumenti di stipendio, premi di produzione e
una soddisfacente carriera.
Ancora oggi mi stupisco di tanta continuità e diligenza. Tant'è che
due sere fa, dopo le solite prese in giro degli amici sulla mia
puntigliosità mi son posto una domanda. Mi son chiesto se davvero
sia valsa la pena sacrificare tanto tempo libero e vita privata per il
lavoro.
Gli amici non si sono mai negati una vacanza, si sono divertiti e
hanno messo su famiglia e io?
Improvvisamente mi pesano tutte le rinunce fatte in questi cinque
anni e le troppe cose date per scontate.
Per questo ho deciso di prendere un pomeriggio libero al di fuori
delle consuete ferie concordate che puntualmente passo a …
La segretaria stessa, quando ho telefonato per avvisare che non
sarei andato, era stupita e si informo' se mi sentissi male.

L'altra mattina ho consegnato un impermeabile alla lavanderia del centro commerciale e oggi mi prendo il tempo per ritirarlo con calma. Amo camminare per centri commerciali quando c'è poca gente. Purtroppo quando esco dal lavoro sono sempre impraticabili.

I ritmi di tutti vengono scanditi all'unisono e la massa si ritrova ad affollare i negozi nelle stesse ore, come pecore e anch'io faccio parte dello stesso gregge.

Potermi muovere senza ressa intorno, sembra irreale.

Percorro chilometri di corridoi semi deserti guardando finalmente le vetrine e dopo il negozio di dolciumi arrivo alla lavanderia della signora Hertrbook.

"Buongiorno signor Miller, non l'avevo mai vista a quest'ora... Vado subito a prendere il suo impermeabile!"

"Strano vero? Oggi mi sono concesso un pomeriggio tutto per me."

Nel mentre, un altro signore entra nel negozio. La signora Hertbrook lo saluta con un'espressione che mi fa capire che il cliente è abituale e dice: *"Buongiorno Sig. Harris. Come sta? Approfitto per presentarle il Sig. Miller un altro mio affezionato cliente. Avete tutti e due una routine molto simile. Non vi siete mai incontrati grazie a questo, ma oggi il Sig. Miller ha deciso di arrivare a un'ora differente".*

Io e il Sig. Harris ci scambiamo un cenno amichevole e la signora Hertbrook mi allunga il pacco allargando uno dei suoi sorrisi migliori *"Eccolo qua. Buon pomeriggio signor Miller".*

L'idea è di passarmi un pomeriggio per negozi e leggermi un libro, sorseggiando l'impareggiabile espresso al bar della libreria stessa

per poi sentirmi libero di cenare in un qualche locale mai provato.
Ma prima passerò da casa a togliere questa maledetta cravatta.
Il traffico a quest'ora è minimo e in pochi minuti sono a casa.
Parcheggio in maniera disordinata senza curarmene molto e salgo in casa a cambiarmi.
È una giornata bellissima.
Porto con me il pacco con l'impermeabile. Mi accorgo che il pacco così incartato è piuttosto pesante per contenere solo un impermeabile. Lo appoggio sul tavolo della cucina e mentre ascolto la segreteria telefonica che mi avvisa di un nuovo messaggio decido di guardarci dentro.
Con stupore non trovo il mio impermeabile verde ma una giacca da donna bordeaux.
C'è stato uno sbaglio! Poco male, nel giro che ho in mente di fare includerò anche la restituzione di questa giacca.
Istintivamente mi chiedo di chi possa essere. Controllo se ci sia un nome sul cartellino che la signora Hertbrook solitamente attacca ai vestiti e lo cerco nelle tasche ma trovo solo un foglietto con un numero di telefono.
Angela.
Nuovo numero 368 467 8674.

Potrebbe essere il numero della proprietaria della giacca. Dopo qualche secondo di riflessione decido di evitare di riportare la giacca alla lavanderia e di contattare direttamente quel numero.
Sicuramente è un altro diversivo da inserire in questa giornata.

"Sì?" È una sbrigativa voce maschile a rispondermi.

"Salve, cercavo Angela"

"Chi è che parla?"

"Mi chiamo... Miller. Per errore della lavanderia mi è stata consegnata una giacca da donna bordeaux, e in tasca ho trovato questo numero".

Molto frettolosamente risponde: *"Ah! È la giacca di mia moglie. Se vuole, può restituirla a me, venga al 157 di Admond Drive e mi troverà ad aspettarla!"*

La voce è arrogante e prima di riattaccare credo di aver sentito la stessa persona bisbigliare a qualcun altro al suo fianco *"Sta arrivando!"* e la cosa non mi piace per niente.
Sto per fare un favore a qualcuno che mi sta già antipatico.
Spero che almeno la proprietaria della giacca si dimostri riconoscente. In fin dei conti, potevano loro a venire a riprendersi la giacca. Trovo alquanto rude chiedermi di restituirla facendomi guidare fino alla loro casa. Non mi ha dato nemmeno il tempo di rispondere se fossi stato disponibile o meno.

Per un attimo penso di riportare la giacca in lavanderia e lasciar perdere poi di andare egualmente all'appuntamento. Mi son prefisso di non seguire nessuna solita scelta e questo è veramente cambiare le mie abitudini.

Imposto sul navigatore 157, Admond Drive. È un quartiere piuttosto malfamato. Procedo con poca voglia e mentre ripasso davanti al centro commerciale mi chiedo nuovamente se non sarebbe meglio riportare la giacca alla signora Hertbrook.

Per la prima volta sto mettendo il naso nel quartiere di EASTDRIVE e adesso posso confermare che le voci riguardo al suo degrado non sono per niente esagerate.

Alcune case hanno le finestre sbarrate, c'è immondizia dappertutto e a parte qualche accattone la gente sembra scomparsa dalle strade. Procedendo più lentamente sento l'odore di bruciato provenire da una macchina incendiata in lontananza.

Non era questa l'idea che mi ero fatto di passare una giornata differente! Spesso alla TV ci sono notizie riguardanti questa zona e oltre a questo, l'atmosfera e il degrado che vedo mi fa capire senza alcun dubbio che qui non sono al sicuro.

Fortunatamente sono quasi arrivato. Vedo dal navigatore che manca poco alla destinazione, la bandierina a scacchi che segna l'arrivo è vicinissima a dove mi trovo. ma a rendermi dubbioso è il fatto che attorno a me vedo solo stabili abbandonati.

Guardo l'elegante giacca bordeaux sul sedile che mal si adatta al luogo in cui mi trovo.

La voce del navigatore mi avverte con un "Meta raggiunta."

Non vedo l'abitazione né anima viva. Forse il navigatore mi ha portato nel posto sbagliato, non sarebbe la prima volta, eppure dopo qualche secondo su un cartello leggo ADMOND DRIVE, quindi nessun errore. Sono proprio nella strada giusta. Si, nel posto giusto per farmi ammazzare?

Controllo i numeri civici ed ecco il numero 157.

L'istinto mi dice di non scendere dall'auto, ma prima di ponderare questa idea mi squilla il cellulare.

368 467 8674, il numero del biglietto.

"Sono all'indirizzo che mi ha dato, ma non capisco dove devo

consegnare questa giacca."

"Sto arrivando, entri pure." E riattacca.

Entri pure? Ok, andando contro al mio istinto, scendo dall'auto.
Salgo i pochi gradini sporchi di fronte all'entrata e provo a sfiorare
il portone che sembra aperto. Prendo tempo. Nel dubbio di
rischiare qualcosa all'interno del palazzo attenderò fuori.
Senza aver il tempo di guardarmi meglio attorno, sobbalzo
sentendo un ringhiare rabbioso alle mie spalle.
Un cane nero di grossa taglia mi punta annusandomi e
mostrandomi i bianchi e lunghi canini in maniera molto
minacciosa. Guardo la mia auto e cerco di calcolare se posso
arrivarci senza farmi sbranare dal cane, ma abbandono l'idea.
Per quanto l'auto possa vicina, lo scatto della belva sarà sempre più
veloce del mio!
Non ho altra scelta che entrare. Chiudo velocemente la porta dietro
di me e dopo essermi messo al sicuro dal cane mi chiedo se non mi
sia cacciato in un pericolo peggiore. Avverto un forte odore di
chiuso e chissà cos'altro. Mi giro verso l'entrata e vedo una rampa
di scale che sale a chiocciola nel palazzo portandolo ad alzarsi di
circa otto piani, alla base c'è un sottoscala dove un vecchio
materasso bruciato sembra giacere la da moltissimo tempo. Dalle
mura spuntano cavi elettrici scollegati. Questo palazzo è stato
evacuato molto tempo fa. È chiaro che nessuno ci abita legalmente.
Facendo le mie considerazioni mi accorgo che la giacca è rimasta
in macchina. Non voglio rimanere qua un secondo di più e mentre
cerco di vedere aprendo piano il portone se il cane se ne sia andato
sento che il mio cellulare suona di nuovo.
"Signor Miller, credo che lei mi debba qualcosa."

"Certo la giacca, la sto aspettando apposta."

"Credo che non ci siamo capiti…" L'uomo sta ridendo *"Mi rifarò vivo presto, intanto le lascio il tempo per riflettere."*

Terrorizzato mi riaccosto al portone accertandomi con sollievo che il cane nero se n'è andato.

La mia automobile è ancora lì ma i vetri sono infranti e la giacca non c'è più.

L'uomo misterioso si è preso quel che voleva restando nell'anonimato, ma la sua ultima frase suona ancora come una minaccia.

Esco di corsa guardandomi attorno attentamente, col telecomando tolgo la sicura alle porte che si erano chiuse automaticamente dopo il mio allontanamento. Salgo il più velocemente possibile nell'auto.

Correndo, sento immediatamente l'aria gelida che entra dal mio finestrino infranto. Avevo voluto una giornata diversa ed ero stato accontentato.

Mentre cerco di chiarire tutta la confusione di ciò che mi è successo, Il cellulare suona nuovamente.

"Le ho dato il tempo di riflettere, ora si è convinto a darmi ciò che mi spetta?"

"Volevate la giacca e ve la siete presa, cos'altr…" ma la frase mi muore in gola quando sento un

"A dopo signor Miller!"

Torno a casa col cuore in gola.

Per tutta la strada sono costantemente terrorizzato nel non capacitarmi su come la persona al telefono facesse a sapere il mio nome? E cosa vuole da me? Nonostante, vedo la mia casa come un segno di essere arrivato salvo continuo a non sentirmi al sicuro. Chiudo l'auto in garage e salgo in casa di corsa. È la prima volta che l'atmosfera della mia casa non mi trasmette sicurezza.

Cerco di capire cosa devo fare per chiarire questa situazione e mentre mi avvicino alla cucina vedo che sul tavolo solitamente vuoto e pulito c'è qualcosa. Qualcosa che di sicuro io non ho messo! C'è un foglio bianco piegato in due parti. Forse non ricordo di aver messo il foglio qua sopra? Lo apro per vedere cosa io abbia scritto in esso e con terrore leggo A stasera signor Miller!
Sono in pericolo! La stessa persona che mi chiama al cellulare sa tutto di me ed è stato qui in casa mia!

Ormai guardo con brividi il cellulare, cerco di ripercorrere la giornata e i miei gesti ma continuo a non capire. Con spirito di reazione chiamo istintivamente e aggressivamente il numero per avere spiegazioni. Appena sento che l'altra parte risponde:

"Non so cosa cavolo vuoi e sei anche entrato in casa mia! Io chiamo la polizia!"

"Non ci capiamo, le do un'ora di vantaggio" e riaggancia.

Sono fottuto. Ho minacciato di chiamare la Polizia, ma non posso per via di una vecchia storia in sospeso che rischierebbe di venir risollevata. Devo cavarmela da solo. Se qui non sono al sicuro devo andarmene. Torno in garage, salgo in macchina e premo il bottone per aprire la serranda ma... Non funziona!

Scendo e cerco di sbloccarla aprendola a mano ma qualcosa non fa scattare la serratura. È bloccata da fuori!

L'uomo nero ha calcolato tutto!

Potrebbe essere ancora in casa o aspettarmi fuori? Senza auto non posso andare da nessuna parte! Avviarmi a piedi. Dove? La prima casa vicina è comunque troppo lontana e questo potrebbe essere stato calcolato da chi mi sta braccando. Una trappola? Non mi farò sorprendere senza reagire.

Non possiedo armi, ma cerco tra gli attrezzi e imbraccio un vecchio piccone. Risalgo in casa e stringo il cellulare dopo aver chiuso la porta a chiave.

Il cellulare non ho campo!

L'unico punto della casa dove ho ricezione è giù vicino all'uscita sul retro. Una delle porte che danno sul corridoio per scendere le scale potrebbe aprirsi e io verrei colpito senza rendermene conto. Se non posso scappare aspetterò qui il nemico pronto a colpirlo! Entro nella camera da letto al piano superiore e chiudo la porta a chiave. Mi siedo rivolto con lo sguardo verso di essa, e aspetto il visitatore col piccone pronto a sferrare un colpo fortissimo.

Il tempo scorre lento e non lascia spazio a distrazioni di nessun genere. Mi aspettavo una visita immediata ma l'attesa è snervante.

Sono le 11:00 PM e la stanchezza si fa sentire. La casa è nel buio totale sia all'interno che all'esterno. Così facendo nessuno dovrebbe aver capito in quale stanza io stia. Appoggio la punta del piccone sul pavimento per non farmelo pesare troppo sulle braccia stanche, continuo a puntare la porta e sento gli occhi che diventano pesanti, La reazione al troppo stress mi crea uno stato ipnotico ma la paura mi mantiene sveglio.

Un torpore ogni tanto mi trascina per un secondo nel calare la guardia e fa calare la mia attenzione. Mi chiedo se chi mi sta braccando stia cercando di chiamarmi di nuovo e non ci riesce a causa della non copertura di dove mi trovo. Mi sento una preda, per un attimo la stanchezza e aver saltato il pasto fa abbassare la glicemia. Mi assopisco nell'insicurezza notturna.

All'improvviso mi risveglio dal torpore e sento alle mie spalle uno strofinio di tessuto a qualche centimetro da me.
"Non l'ho fatta aspettare troppo, vero signor Miller?"

Chi aspettavo non se ne era mai andato da casa mia! Era probabilmente nascosto nello sgabuzzino della camera da letto al quale ho stupidamente dato le spalle per tutto questo tempo pensando che fosse entrato dalla porta.
Una scarica di adrenalina mi risveglia. Ecco l'uomo nero!

Per un attimo decido di reagire, ma sento che dopo aver stretto il piccone nelle mie mani per caricare il colpo, da dietro l'assalitore percepisce in anticipo la mia mossa e dallo strofinio dei suoi abiti sento che si muove veloce e appoggia sul mio collo un oggetto freddo e metallico, indubbiamente una lama!

"Lei è prevedibile…"

"Non sono ricco e non ho denaro, cosa vuole da me?"

"Ora con calma farà quel che le dirò. Ora andiamo giù e saliamo nella sua auto per tornare dov'eravamo oggi. È sorpreso?"

L'orrore di dover forzatamente ritornare di notte in quella zona da incubo non mi fa ragionare, non riesco a capire quale sia l'obiettivo del mostro che ho alle spalle.

Il rapitore battendo sul mio braccio mi fa capire che devo appoggiare il piccone a terra e mi ordina di alzarmi e scendere le scale. Tenendo la lama del coltello ben forzata sul mio collo mi scorta fino al garage. Mi tremano le gambe e ho paura che queste cedano da un momento all'altro.

La serranda è aperta. Con movimenti ben studiati mi fa salire in auto e si siede dietro a me.

Le strade sono libere e senza traffico, vedo una volante della polizia venire in senso opposto, ma chi sta dietro aumenta la pressione del coltello sul lato del mio collo per intimarmi di non pensarci nemmeno a fare alcun segnale alla volante.

In pochi minuti seguendo le indicazioni datemi e a tratti da un paio di risate isteriche chi mi sta seduto dietro, mi ritrovo a ripercorrere le stesse tristi strade di oggi di EASTDRIVE. Cerco d'intravedere il suo volto nello specchietto retrovisore ma non ci riesco. Credo che abbia calcolato anche questo. Sta sempre con la testa fuori dall'angolo dove potrebbe essere riflesso. A ogni mio tentativo di saper cosa sta per succedere la risposta è sempre la stessa: *"Esegua e non parli!"*

Da come si muove e parla fa capire che nulla è improvvisato.

Si rivolge dandomi del lei. Dal suo tono di voce e da come si esprime non è un criminale da quattro soldi. Non uno stupido criminale che gioca a fare il duro. Ma sicuramente è uno squilibrato con un piano al quale non riesco a dare nessun senso logico.

"Siamo arrivati, riconosce l'indirizzo?"

Sì, lo riconosco, è il 157 di Admond Drive.
Il rapitore mi fa scendere forzandomi a lasciare le chiavi nel quadro ed eccomi di fronte al portone semichiuso. Mi pressa alla schiena e mi fa entrare.

È buio pesto, sento che la fredda lama del coltello si distacca e libera la pelle del mio collo. Il maniaco la fa scorrere lungo la mia spalla e scendere lungo il braccio. Arriva lentamente fino a toccarmi la mano e sento una piccola scossa, la lama è così affilata che solo inclinando troppo il suo senso mi ha procurato un taglio sottilissimo vicino al polso.
Ormai credo che la cosa si stia per concludere con la mia morte e invece lasciandomi stupito e sconcertato, chi prima mi minacciava ora mi mette il coltello in mano.

"In bocca al lupo signor Miller, i suoi spettri l'attendono".

Quali spettri? Cosa mi attende?
Capisco che qualcosa di peggiore sta per iniziare.
Sto passando da un incubo all'altro! Mi volto con lentezza stringendo il coltello, sento che il portone viene chiuso a chiave e

capisco che da li non potrò più uscire!

Maledizione! Non mi resta che cercare un'altra via di fuga, ma da quale parte? Perché quando ha potuto uccidermi con facilità non l'ha fatto? Tutto questo non ha senso.

Mi muovo cautamente nelle tenebre stando bene attento a dove metto i piedi mentre cammino e sento i miei passi calpestare vetri rotti di qualche bottiglia e qualcosa che a istinto sembra un ratto morto. Stringo il coltello che mi è stato dato dal mio rapitore ancora stupito da ciò che sta accadendo.

Cerco di catturare nel buio qualche riflesso di luce esterna in maniera da individuare possibili finestre dalle quali fuggire da questo inferno! Dopo un paio di minuti la mia vista riesce ad adattarsi all'oscurità dello stabile e riesco a intravedere le forme all'interno di esso. Riecco il sottoscala col materasso bruciato e le porte chiuse ai suoi lati. In questa zona non ci sono finestre. La luce proviene dall'alto.

Con passo cauto e ben ponderato devo proseguire al piano di sopra, guardarmi le spalle e cercare la prima finestra accessibile. Il mio camminare fa scricchiolare dei calcinacci caduti sulle scale dove oltre a questi la polvere sulla quale scivolo è ammassata da anni di noncuranza del palazzo. Riesco a intravedere una leggera luce provenire dal piano superiore dove mi sto dirigendo, la stessa che si riflette al piano terra, ma sento che qualcosa si sta muovendo sotto di me! Dal piano di sotto una delle tante porte si apre stridendo e mi fa pensare che presto riceverò visite! Non posso fermarmi! Se lo faccio ora non avrò molte altre speranze di cavarmela!

Procedendo con la schiena appoggiata al muro, alternando lo sguardo verso il piano superiore e verso il piano terra salgo non più lentamente le scale e aumento la velocità del passo. Arrivo al piano superiore e vedo da dove proviene la luce. C'è un lungo corridoio con in fondo a esso un'unica finestra, quella deve essere la mia via di salvezza. Sento ancora rumori provenire da sotto e dagli scricchiolii capisco che il predatore si sta muovendo prudentemente. Non ha senso che il mio rapitore mi abbiano armato. Non capisco a cosa tutta questa storia possa portare al assalitore!

Non perdo altro tempo e comincio a correre verso la finestra, i primi pensieri riguardano l'altezza dello stabile, un primo piano come questo non è molto alto e anche se fosse devo rischiare lo stesso una rischiosa caduta, al resto penserò dopo!

Vedo sui lati del corridoio le porte illuminate dalla luce della finestra che scorrono veloci ai miei lati al mio passaggio di corsa e allo stesso tempo sento chiaramente che chi prima era di sotto sta salendo le scale e corre in mia direzione. La finestra è finalmente vicina. Devo rallentare la corsa per capire come aprirla, ma con mio sconforto il senso di salvezza lascia spazio al terrore. Vedo orribilmente che è sbarrata! Pianto le mani sulle sbarre e cerco di vedere se siano danneggiate! Niente! Sono maledettamente ben saldate ai lati della finestra! Sento che chi mi sta dando la caccia corre nel corridoio, mi giro per poterlo vedere ma, ancora prima del mio maldestro movimento sento che una porta si chiude sbattendo, guardo attentamente il corridoio e le tante porte degli ex appartamenti, ma non mi danno nessun suggerimento in quale di esse sia entrato. Il mio inseguitore ha preferito non affrontarmi direttamente, forse sta giocando al gatto e al topo? Proverà più piacere nel cogliermi di sorpresa alle spalle?

E adesso dove vado? L'unica via è tornare sui miei passi e non sapere da quale porta sbucherà chi mi vuole uccidere. Prima di tornare indietro e ripercorrere il corridoio ho bisogno di qualche secondo di riflessione e prepararmi a un eventuale corpo a corpo. Mi chiedo se tutti gli appartamenti abbiano le finestre sbarrate.

Decido di evitare il lungo corridoio e di prendere una porta di uno degli appartamenti. Così prenderò tempo e magari uno di questi non avrà le sbarre alle finestre, oppure le avrà indebolite dalle intemperie. Nonostante debba tentare sono dubbioso che al primo piano di uno stabile in un postaccio come questo qualcuno non abbia installato sicurezze alle finestre.
Con l'aiuto del riflesso della luce esterna vedo che una porta di queste ha la maniglia talmente tanto impolverata che sembra grigia. Questo sta a significare che nessuno l'ha girata da tempo e nessuno l'ha mai aperta da mesi come minimo, quindi il pazzo non sarà la dentro e non troverò sorprese di nessun genere.

Tendo sempre l'udito per ascoltare se la figura losca che condivide con me questo piano mi sta cercando e si stia muovendo per trovarmi. Giro la maniglia e per fortuna sento che non è chiusa a chiave. La porta si apre senza difficoltà. Entrando spezzo delle ragnatele che mi si incollano sul viso e vedo che l'appartamento è completamente vuoto e mal ridotto. Questo è il tipico palazzo che viene usato dagli indigenti come rifugio illegale. L'ultimo suo proprietario abusivo non lo deve aver curato molto e per quanto possa immaginare da vecchie immondizie accatastate, chi ha dimorato qua dentro ha lasciato il suo posto a favore dei topi.

Finito d'ispezionare l'ambiente e la sua storia, guardo se qualche finestra mi darà il via libera a una fuga.

Questo orribile appartamento puzza da muffa e chiuso. Cerco di rimanere lucido su come pianificare la mia uscita da quest'incubo. Di corsa, per quanto la poca luce riflessa da fuori me lo consenta, controllo le varie stanze e con raccapricciante constatazione vedo che tutte le finestre sono sbarrate! Devo pensare ancora! Se questo stabile è costruito come tutti gli altri le finestre ai piani superiori saranno senz'altro libere, ma non potrò saltare fuori da nessuna di esse, l'altezza sarebbe troppa.

Velocemente, scopro nella ex camera da letto alcune lenzuola sudice buttate a terra. Ok! Se le lego fra di loro e le fisso su quella vecchia zampa di un tavolo rotta appoggiata fra le immondizie che ho visto prima riuscirò ad agganciarle su qualche tubazione dei termosifoni che sono posizionati sotto le finestre e sistemandole riuscirò a calarmi quel tanto che basta per non fratturarmi le ossa dalla caduta. Non intendo appoggiare il coltello da nessuna parte. Lo Infilo fra la cintura dei pantaloni e procedo ad annodare le lenzuola, sono tre un numero giusto, sono sporcatissime e le mie mani si insozzano presto, la vecchia zampa del tavolo ha la lunghezza giusta che serve alla mia funzione. Ora è venuto il momento di uscire dal mio nascondiglio e proseguire al piano superiore. Terrò le lenzuola staccate da terra per non trascinare nessuna robaccia che sta sul pavimento. Così facendo creerò meno rumore possibile sperando di non essere sentito.

Dopo aver riaperto la porta da dove sono entrato riprendo in mano il coltello.
Avanzo a una velocità giusta per poter anticipare l'eventuale l' apertura di una delle porte dove si è rintanato il mio cacciatore. Potrebbe balzare fuori da dietro ognuna di esse. Con il terrore addosso fatico a fare qualsiasi movimento e l'aria che si respira qua dentro è viziata e pesante. Non riesco a trattenermi nel

procedere cautamente e inizio a correre con la sete di fuga. Sento all'improvviso una porta che cigolando sui cardini si apre all'istante! Non riesco a capire la direzione da dove il rumore provenga. Non capisco bene se sia davanti o dietro di me, ma è troppo tardi! Sul mio lato sinistro sfreccia una figura umana. Mi accorgo che con un suo movimento veloce cerca di centrare il mio volto con qualcosa. Con una rapida reazione riesco a sottrarmi al colpo quassi del tutto.

Una lama mi sfiora in parte il lato destro del mio viso colpendomi di striscio.

Non ho nemmeno il tempo di reagire e rispondere al fendente, che il mio assalitore sfreccia all'interno della porta di fronte! È velocissimo! Rimango atterrito, ma per un attimo mi ha colto il pensiero d'inseguirlo e colpirlo a mia volta. Lo scatto rabbioso lascia spazio alla ragione e al mio istinto di sopravvivenza, così decido di fare la cosa più intelligente. Trattengo le lenzuola con un braccio e stringendo il coltello con l'altra mano scappo correndo verso il piano di sopra. Presto accurata attenzione che il bastardo non mi segua. Fatta la rampa di scale vedo che la struttura del piano superiore è perfettamente uguale a quello sottostante e mi comincio a chiedere se effettivamente ci sia una sola persona a darmi la caccia.

Nessuno può garantirmi che non ci sia qualcun'altro ad attendermi dietro a quelle porte.

Alla fine del corridoio vedo lo stesso tipo di finestra che stava di sotto però con la grande differenza che è completamente libera senza sbarra alcuna! Corro con le lenzuola annodate alla zampa del tavolo che ora ho lasciato strofinare e raccogliere tutta la sporcizia che sta sul pavimento logoro. Non si sente nessun rumore ne vicino a me ne provenire dal piano di sotto. Eccomi di fronte alla finestra, ha i vetri rotti e si sente una leggera brezza notturna che passa attraverso di essa.

Riesco a vedere dall'alto la mia macchina col vetro rotto ancora parcheggiata sul ciglio della strada. Mi sento vicino alla salvezza. Posiziono la zampa che ora capisco indebolita dai tarli in maniera che stia perfettamente incastrata fra i tubi del termosifone permettendomi di calarmi il più possibile. Spero che il legno non sia così danneggiato da spaccarsi appena caricherò su di esso il mio peso. Distratto dai veloci preparativi per la fuga che le mie mani terrorizzate stanno facendo non mi accorgo che dietro di me c'è qualcuno!

Questa volta riesco a girarmi e grazie alla luce esterna che riflette nell'oscurità scorgo un uomo di corporatura media vestito in jeans e giaccone che brandisce un coltello correndo verso di me! Non mi sarei mai creduto così coraggioso da reagire e affrontare una situazione simile a questa. Faccio uso dell'ultima goccia di coraggio che mi è rimasta dentro. Senza aspettare mollo a terra le lenzuola e passo al contrattacco. Allungo il pugno con il coltello e il mio avversario vista la reazione si ferma e mi gira attorno. Il respiro forte mi iperossigena il sangue e sento la testa che mi gira, la polvere mi irrita la gola e comincio a tossire, ci stiamo studiando entrambi, ed ecco ancora una volta partire un colpo deciso dal mio nemico verso il mio fianco! Questa volta non sono stato veloce abbastanza e sento la fredda lama arrivare a segno!
Per fortuna non mi ha colpito in pieno. Sento lo squarcio sulla mia camicia e la lama che si incastra per un attimo sul suo tessuto e di conseguenza le carni che bruciano. Mi si getta addosso e io per la prima volta nella mia vita aggredisco un mio simile con un colpo del coltello dritto sul suo petto! L'assalitore avverte immediatamente di esser stato colpito e sento il suo urlo di dolore!

Il suo lamento mi fa rendere conto che posso difendermi, di non essere soltanto una preda. Chiunque esso sia si è rivelato non essere invulnerabile!

Nella lotta cadiamo entrambi, ma grazie al mio passato sportivo che mi ha fatto mantenere una certa fisicità riesco a rialzarmi per primo e decido di scappare prendendo una porta aperta che collega in un appartamento vicino. Non riuscirò a difendermi ancora a lungo, nonostante la mia reazione iniziale non è cosa da me combattere. Adesso la mia salvezza per calarmi dalla finestra è giusta accanto al mio nemico e ho nessuna intenzione a riprovare a duellare e a cercare di disarmarlo per vincere su di lui. Non ho più nessuna alternativa, presto verrà lui a cercarmi, mi ritrovo in un qualcosa che devo ancora capire pienamente e che se non sarò scaltro non potrò capire mai. Nel frattempo il bruciore della ferita al mio fianco diventa sempre più forte, metto una mano sopra di essa e sento che la camicia è bagnata. Cerco di guardare e vedo la mia mano intinta di rosso, sto perdendo molto sangue, se non riceverò cure al più presto la ferita diventerà un grosso problema!

Guardo giù da una finestra e ancora una volta devo lasciar perdere l'idea di gettarmi nel vuoto. È troppo alto! Ma non posso attendere per cercare un'altra soluzione. Non ho nessun'altra scelta e contrariamente alla mia indole devo uscire e affrontare il mio nemico. Apro la porta di scatto. Accucciandomi esco fuori brandendo il coltello in maniera da garantirmi che se il criminale mi venisse incontro ne sarebbe colpito. Dopo un paio di passi vedo che il mio inseguitore giace a terra, il colpo che avevo vibrato su di lui lo ha ferito gravemente. Per un attimo penso se sia una tecnica per farmi avvicinare a lui. Ma avrebbe senso? Poteva benissimo attendermi e prendermi di sorpresa. Io stesso adesso potrei approfittare di questo e se non fosse morto potrei sferrare dei colpi per finirlo.

Non mi soffermo a chiedermi altro e guardo la mia via di fuga. Evitando di avvicinarmi troppo a chi ora è steso a terra ripercorro di corsa il corridoio verso la finestra e controllando che le lenzuola siano fissate bene come le ho lasciate comincio ad affacciarmi fuori dalla finestra, L'altezza mi spaventa e non ho mai fatto prodezze simili. Rompo qualche pezzo di vetro che spunta dal telaio della finestra rotta mentre minaccia pericolosamente i miei fianchi e srotolo le lenzuola.

Salgo sulla base della finestra e piano mi sporgo fino a cominciare a usare la biancheria come sostegno per calarmi.

L'aria esterna che sento soffiare sul mio collo sudato mi fa tremare. La ferita brucia ma non mi impedisce i movimenti. Eccomi appeso all'esterno e dopo essermi calato giù di poco comincio a sentire che sono arrivato alla fine delle lenzuola, spero che chi è disteso non trova la forza di rialzarsi e tagliare il mio unico appiglio per non cadere. Capisco che l'altezza è ancora troppa, ma senza scelta prendo un respiro profondo e decido che l'unica cosa da fare è lanciarmi nel vuoto. Attendo qualche secondo in più per non oscillare e mollo la presa!

Mi lancio in un salto il quale non avrei mai voluto provare. I nervi si tendono e in brevissimo tempo sento le gambe che per prime piombano al suolo facendomi cadere pesantemente e conseguentemente sbattendo tutto il corpo massacrandomi una spalla. Per fortuna nell'impatto sono riuscito a proteggere la testa.

Prima ancora di guardarmi attorno cerco di percepire se ci siano fratture o malanni sul mio corpo. La spalla fa un male boia ma a parte questa e qualche altro dolore non trovo nessun impedimento per alzarmi. I dolori mi fanno zoppicare. Mi giro per vedere se la mia auto sia ancora dove l'uomo del mistero me l'ha fatta parcheggiare e con una scarica di energia corro verso di essa zoppicando. Con mia fortuna le serrature sono aperte, le chiavi sono ancora nel cruscotto e finalmente piegandomi per sedermi al suo interno, impugno lo sterzo sporcandolo di sangue. Giro la chiave e mettendo in moto mi allontano dall'incubo a una velocità mai toccata prima!

Ma perché. Perché tutto questo?
Perché chi mi ha rapito mi ha lasciato un coltello per poi ridarmi la caccia concedendomi tempo per reagire.
Perché ha permesso che ritornassi alla mia auto? Era così sicuro di potermi uccidere in questo strano match?
Poteva gettare le chiavi e non lo ha fatto. Chi ha organizzato tutto ciò ha studiato tutto nel minimo dettaglio ma ha perso. Continuo a vedere molte incongruenze in tutto ciò.

Un dolore mi fa capire che nella fretta non mi sono curato di controllare la ferita sanguinante che ora sembra sanguinare di meno. Contrariamente a quello che pensavo non è grave come sembrava.
Il danno peggiore è nella mia mente, sono stravolto e distrutto.
Non ho il coraggio di tornare a casa visto che ormai non è più un posto sicuro.
Controllo ossessivamente e continuamente che nessuno mi stia seguendo.
Appena uscito da EASTDRIVE sento di nuovo mancare le forze.
Trovo una piazzale di sosta con un distributore chiuso e non esito a fermarmi per non crollare in mezzo alla strada.
Mi nascondo dietro di esso sperando di essere al sicuro e che nessuno verrà a cercarmi. Dal finestrino rotto entra il freddo

notturno ma gli occhi si fanno pesanti e la vista si annebbia.

Sento che sto per svenire. Qualcosa di fastidioso mi fa riaprire gli occhi e vedo che la luce del giorno è ciò che mi disturba. Ho perso i sensi per un lungo tempo. Ma quanto? Quando guardo l'orologio del cruscotto sono le 10:00 AM.

Quello che al mio risveglio per un attimo è sembrato solo un incubo orribile invece si fa di nuovo reale. Forse dopo tutto questo tempo sono al sicuro. Rimane il dubbio su chi sia il bastardo che mi ha incastrato in questa cosa. Forse ho ucciso un uomo. Ripensando a questo mi rendo conto di aver lasciato cadere il coltello all'interno del palazzo.

Questo grazie al mio precedente con la legge potrebbe incastrarmi grazie alle impronte digitali.

Devo scoprire chi fosse il mio assalitore per potermi scagionare e denunciare tutto alla polizia prima che sia lui o la stessa a trovarmi. L'unico indizio è la giacca rossa! Devo ritornare alla lavanderia da dove tutto è cominciato.

Chiederò alla signora Hertbrook chi le ha consegnato quella maledetta giacca rossa! E se ha altre informazioni al riguardo.

Il freddo mi fa ricordare di avere un giaccone nel bagagliaio. Mi fermo per prenderlo e scendo dall'auto nascondendo la ferita e la macchia di sangue sulla camicia strappata.

Con il giaccone addosso posso finalmente sentirmi meglio e a c coprire i segni della lotta così da non dare nell'occhio. Risalgo in macchine e mi dirigo a tutta velocità verso il centro commerciale. Sono convinto che riuscirò a risalire allo schifoso e a uscirne! In pochi minuti mi ritrovo nel parcheggio a pensare che sono sopravvissuto e questo è ciò che conta. Ora è arrivato il momento di finire questa cosa.

È giorno e le paure della notte lasciano spazio al coraggio illuminato dalla luce. La mia vita da questa notte è cambiata e sono pronto ad agire! Cercando di mantenere la calma entro nel centro commerciale e i miei passi decisi ma zoppicanti dalla caduta conoscono la strada per raggiungere la lavanderia. Ci sono quasi. Il mio sguardo punta sull'ingresso della lavanderia ma...vedo il colore rosso della saracinesca. È chiusa! Strano. Non è normale. Non è questo il giorno di chiusura. Le luci all'interno sono ancora accese e vedo del vapore sul vetro, quindi se non c'è nessuno al suo interno non è passato molto tempo da quando il negozio è stato lasciato. Mentre mi avvicino mi accorgo di una coppia di poliziotti davanti alla lavanderia che parlano.

"È questa. Il tagliando nella tasca della giacca ritrovata vicino al cadavere in EASTDRIVE riportava il nome di questa lavanderia."

Ora sono sicuro di aver commesso il più terribile dei crimini. Ho ucciso un essere umano!La polizia ha già trovato il suo cadavere e si è messa sulle tracce dell'assassino!
Come posso spiegare l'accaduto? Come potrebbero credermi?

Mentre torno verso la mia berlina, intravedo la signora Hertbrook con un uomo nel parcheggio.
Non so se scappare o sfruttare la chance prima dei poliziotti. Devo tentare. Con voce rotta dalla stanchezza urlo:

"Signora Hertbrook! Si fermi!"

La Hertbrook si gira stupita, ma l'uomo che l'accompagna invece non lo sembra essere e con un movimento deciso la sprona a correre verso la loro auto. Io li inseguo zoppicando. Appena riesco ad avvicinarli sono saliti in macchina e sento il loro motore accendersi. Ci guardiamo per qualche secondo e sento il mio cellulare suonare. Lo prendo e vedo che è ancora il numero di chi mi ha perseguitato per tutta la notte. Guardo all'interno dell'auto e vedo che l'uomo che sta trasportando la signora Hertbrook ha in mano un telefono e lo passa a lei. Dall'interno dell'auto sento la signora Hertbrook al telefono

Ora tutto si fa più chiaro! Ecco chi è il bastardo! Ora potrò vederlo in faccia!

"Allora eravate d'accordo!"

"Buongiorno signor Miller! Ho visto che lei e il signor Harris...si il signore con la sua stessa vita monotona. Quello che ieri le ho presentato alla lavanderia. Avevate entrambi una vita molto monotona. Le è piaciuto il gioco che abbiamo organizzato per ravvivarvi?"

Senza darmi il tempo di replicare riattacca e la macchina scatta via. Sento alle mie spalle arrivare i poliziotti che con tono deciso mi ordinano:
"Metta le mani sopra la testa e non si muova!"

Ora è tutto chiaro. Quello che non mi tornava ora crea un senso. Completa tutto come i tasselli di un puzzle perfetto. Chi io credevo fosse il mio predatore nel palazzo non era che un'altra vittima scelta assieme a me per un gioco perverso nel quale siamo stati messi l'uno contro l'altro.
Adesso dovrò cercare di difendermi dal accusa di un omicidio il quale sono stato spinto a commettere per volontà di altri che con

243

abilità se ne stanno andando via liberi. Dovrò cercare di spiegare una storia assurda e far capire che a volte le persone diaboliche e colpevoli si celano dietro a una signora dall'aspetto innocuo che lavora in una lavanderia e al suo amico.

Un comunissimo paravento che questa signora ha costruito. Un paravento fatto di vita comune e sorrisi piacevoli che mi ha tradito.

Dominique Williams

Fin da bambino è sempre stato incuriosito da ciò che andava oltre all'immaginazione.
Affascinato da storie e personaggi inusuali collegati a racconti gotici, ha deciso di crearne di nuovi ispirandosi alle paure comuni e insolite.
Intrattenere i lettori con un sano brivido è uno dei suoi obbiettivi principali.